Gestohlene Herzen

KAY HOOPER

Gestohlene Herzen

Deutsch von Heinz Tophinke

Weltbild

Originaltitel: *Once a Thief*
Originalverlag: Bantam Books, New York

This translation is published by arrangement with
The Bantam Dell Publishing Group, a division of Random House, Inc.

Die Autorin

Kay Hooper lebt in North Carolina. Sie ist die preisgekrönte Autorin zahlloser Bestseller, ihre Bücher wurden weltweit über sechs Millionen Mal verkauft. *Gestohlene Herzen* ist der erste Band einer Reihe über den charmanten Meisterdieb »Quinn«. Im Weltbild Buchverlag wurden folgende Titel von Kay Hooper veröffentlicht: *Die Augen des Bösen, Die Stimmen des Bösen, Das Böse im Blut, Jagdfieber, Kalte Angst, Wenn das Grauen kommt* und *Eisige Schatten.*

Weltbild Taschenbuch

Vorbemerkung der Autorin

Vor etwa zehn Jahren schrieb ich eine Reihe von Liebesromanen, die in der Gegenwart spielten. Sie haben richtig gelesen – Liebesromane.

Doch bei der Entstehung dieser Bücher geschah etwas Eigenartiges. Obwohl ich mit allen Charakteren zufrieden war, gab es einen, der buchstäblich nur schwer aus der jeweiligen Geschichte herauszuhalten war, wenn er gerade nicht aktiv sein sollte. Quinn, mein Einbrecher und Fassadenkletterer, entstieg sozusagen den Seiten, und schon damals meinte meine Agentin, »eines Tages« müsse ich mit ihm noch mehr machen.

Und »eines Tages« war es dann so weit.

Manchmal hat ein Schriftsteller das Glück, ein älteres Werk wieder aufgreifen zu können, um es umzugestalten und so zu schreiben, wie er oder sie es schon damals hätte machen wollen. Ich schrieb damals eine Serie von Liebesromanen, und es gab einfach Dinge, die ich eben deshalb und zu jener Zeit in diesen Büchern nicht unterbringen konnte. Ich bin sehr stolz auf diese Romane, aber es waren definitiv Geschichten, die sich an ein bestimmtes Publikum richteten und in eine bestimmte Zeit gehörten.

Damals war ich sowohl wegen des Umfangs dieser Bücher als auch wegen des Genres nicht in der Lage, die Charaktere so komplex zu gestalten, wie ich es wollte, ihnen in ihren Motiven und Persönlichkeiten Schattierungen und Ambiguitäten zuzugestehen. Und da ich auch schon damals den Drang verspürte, meine Flügel auszubreiten und umfangreichere und komplexere Werke zu verfassen, war mir sehr bewusst, dass ich Quinn und einigen anderen Figuren notgedrungen nicht die größere Spannbreite zur Verfügung stellte, die sie verdienten.

Was mich zum zweiten Grund bringt, aus dem ich diese Vorbemerkung aufnehmen möchte: *Gestohlene Herzen* (Originaltitel: *Once a Thief)* und *Geraubte Träume* (Originaltitel: *Always a Thief)* haben mit ihren ursprünglichen Originalversionen nicht mehr viel gemein. Sie wurden gewissermaßen neu erfunden. Ich habe nicht nur hier und da ein paar tausend Wörter hinzugefügt, sondern beide Geschichten in mehrfacher Hinsicht neu konzipiert. Einige Szenen der Originale sind geblieben, aber auch sie wurden verändert, um den Charakteren andere Perspektiven oder mehr Spielraum zu ermöglichen. Einige Figuren sind entweder aus dem Rampenlicht in den Hintergrund getreten oder sogar ganz verschwunden und neue hinzugekommen. Dasselbe gilt für einige Handlungsstränge.

Dies ist Quinns Geschichte – oder zumindest ihr Anfang. Und da er in meiner Vorstellungswelt auch lange nach dieser Geschichte sehr lebhaft und präsent war, gehe ich davon aus, dass er noch mehr Abenteuer vor sich hat. Wir werden sehen.

Wenn Ihnen meine letzten Thriller gefallen haben, dann hoffe ich, Sie geben auch diesem eine Chance. Er ist nicht so düster und rau wie die Bishop-Bücher, und ob es irgendwelche paranormale Elemente gibt, bleibt abzuwarten, aber auf jeden Fall macht Quinn eine Menge Spaß, und er erlaubt es mir, eine leichtere, verspieltere Seite meines Schreibens zu präsentieren.

Meine Agentin nennt diese Art von Geschichte eine »Kapriole, ein herrliches, spaßiges, geistreiches Abenteuer voller Humor, auch wenn darin womöglich tödliche Gefahren lauern«. Könnte gut sein … und ist auch so. Denn es geht um eine Ausstellung spektakulärer Schmuck- und Kunstobjekte, die vorbereitet wird, und nicht nur eine Person setzt alles daran, sie zu besitzen – bis hin zu Mord.

Lernen Sie also Quinn kennen, und lassen Sie mich wissen, was Sie von ihm halten. Ich mag ihn sehr gern. Und ich hoffe, Sie ebenfalls.

Prolog

Draußen vor den Fenstern des Penthouse verbarg die Dunkelheit den Nebel, der vom Meer hereingezogen war und nun feucht über der Stadt lag; es war eine ziemlich typische Nacht für San Francisco. Im Inneren der komfortablen Behausung wurde das gedimmte Licht mehrerer Lampen von glänzenden Antikmöbeln reflektiert. Und in dem vertieft angelegten, gemütlichen Wohnzimmer war das helle Knacken des Feuers in dem großen offenen Kamin aus Marmor das einzige Geräusch, das die angespannte Stille unterbrach.

Dann ergriff der Mann auf der Couch, der mit gerunzelter Stirn in die Flammen gestarrt hatte, das Wort, ohne den Blick auf seinen Besucher zu richten. »Was bringt dich zu der Überzeugung, dass du ihn fassen kannst? Bislang ist niemand ihm auch nur nahe gekommen. Er ist praktisch nicht mehr als ein Gerücht.«

Der Besucher war während dieser Worte im Zimmer auf und ab gegangen; nun setzte er sich in einen Sessel am Kamin. Wie sein Gastgeber sprach auch er leise. »Eine Lektion, die ich schon vor langer Zeit gelernt habe: Mit dem richtigen Köder kannst du alles fangen. Und jeden. Und der Köder, den du anzubieten hast, wird ihn unter Garantie anlocken.«

Der Gastgeber warf ihm einen schnellen Blick zu. »Das glaube ich gern. So ein Köder zieht mit Sicherheit jeden Gauner von Rang und Namen an. Die werden sich gegenseitig über die Füße stolpern.«

»So schlimm wird es auch wieder nicht werden. Ein Top-Sicherheitssystem wird außer den … mmmh … ernsthaften Konkurrenten so ziemlich alle abschrecken.«

»Ein Top-Sicherheitssystem?« Der Mann auf der Couch

lachte halblaut. »Wir wissen doch beide, dass Sicherheit meistens nicht mehr ist als eine hübsche Illusion, selbst wenn sie mit neuester Technik einhergeht. Wenn einer unbedingt hineinwill, dann findet er auch einen Weg. Sicher, die kleinen Fische lassen sich von einem erstklassigen Sicherheitssystem durchaus abschrecken, aber es bleiben trotzdem noch ziemlich viele, die sich Hoffnungen machen.«

Der Besucher nickte. »Ich weiß, aber nicht allzu viele da draußen sind ehrgeizig genug, um sich etwas von der Sammlung Bannister unter den Nagel reißen zu wollen, egal, welche Sicherheitsvorkehrungen wir treffen. Zum einen wäre es verdammt schwierig, etwas davon zu verkaufen. Die Stücke sind praktisch alle so gut bekannt, dass es sich jeder Hehler zweimal überlegen und dann trotzdem Nein sagen würde. Das Risiko übersteigt einfach den potenziellen Profit. Ich glaube wirklich, der Köder würde einen *Sammler* anlocken – nicht einen Dieb, der nur auf schnelles Geld aus ist.«

»Manche Diebe sind Sammler«, hielt sein Gastgeber dagegen.

»Nicht viele. Aber er ist einer davon. Und schau dir an, was er bisher alles gemacht hat. Jedes Stück, das er nach unserem Wissen in den letzten drei Jahren gestohlen hat, war einzigartig und hat eine schillernde Vergangenheit; die meisten davon sind mit sogenannten Flüchen behaftet. Der Bolling-Diamant, zum Beispiel. Schon das leiseste Gerücht, dass der Bolling aus dem Tresor heraus ist und auf einer Ausstellung gezeigt wird, lässt ihm das Wasser im Mund zusammenlaufen.« Der Besucher rutschte unruhig auf seinem Sessel herum und fügte dann hinzu: »Ich will nicht die ganze Kollektion aufs Spiel setzen. Dieser Verrückte ist habgierig genug, um sich alles zu holen, wenn wir es ihm zu leicht machen.«

»Ich kann aber nicht den Bolling allein ausstellen. Er ist Teil der Sammlung, und ich habe mehr als einmal öffentlich geäußert, dass ich niemals ein Einzelstück ausstellen werde. Wenn ich meine Meinung jetzt plötzlich änderte, würde jeder Dieb von Format sofort eine Falle wittern.«

»Verdammt«, sagte der Besucher nach einer Pause, »ich wusste nicht, dass du das öffentlich gesagt hast. Hätte ich das gewusst, ich hätte dich nie – ich kann von dir nicht verlangen, die gesamte Sammlung aufs Spiel zu setzen, das ist einfach zu gefährlich. Ein einzelnes Stück könnten wir sichern, könnte *ich* sichern, aber wenn die Kollektion immer als Ganzes präsentiert wird und er an sämtlichen Schutzmaßnahmen vorbeikommt, an mir vorbeikommt … dann könnte er sich alles nehmen.«

»Dann wären Köder und Fisch für immer verschwunden.« Den Blick wieder auf die Flammen richtend, sagte der Mann auf der Couch ruhig: »Meine Familie hat fast fünfhundert Jahre gebraucht, um die Kollektion zusammenzutragen.«

»Ich weiß.« Es entstand eine lange Stille, dann sagte der Besucher leise: »Das war eine verrückte Idee. Ich werde etwas anderes versuchen, Max.«

Maxim Bannister warf seinem Besucher erneut einen Blick zu, diesmal war er etwas gequält. »Es gibt nichts anderes zu versuchen, und das weißt du auch. Die Sorte Köder, die du brauchst, ist selten; ich könnte dir auf Anhieb keinen anderen Sammler nennen, der bereit wäre, das Risiko einzugehen.«

»Ich kann aber *dich* nicht bitten, es einzugehen.«

»Was bleibt dir denn anderes übrig?«

Die abgenutzte Mappe enthielt eine Anzahl Fotografien, Größe etwa zwanzig mal fünfundzwanzig, und alle in Farbe. Es waren Bilder, die wieder und wieder in Büchern und Zeitschriften auf der ganzen Welt abgedruckt worden waren. Was ihren geheimnisvollen Nimbus und die öffentliche Faszination anbetraf, konnte sich die Sammlung Bannister mit den Schätzen der Pharaonen messen. Es war die letzte große, rein private Sammlung von Kunstgegenständen und Schmuck, und sie wurde der Öffentlichkeit nur dann gezeigt, wenn der Eigentümer dies wollte. Aus diesem Grund war sie seit mehr als dreißig Jahren nicht mehr präsentiert worden.

Er öffnete den Hefter mit etwas zittrigen Händen, und ein

gepresster Atemzug wurde hörbar, als das Licht der Schreibtischlampe auf das erste Foto fiel. Wie oft er es auch ansehen mochte, die Wirkung auf ihn war immer dieselbe. Der Bolling-Diamant war in einen so schlichten wie exquisiten Anhänger aus vierundzwanzigkarätigem Gold gefasst, und er war einfach atemberaubend. Ein Stein von fünfundsiebzig Karat, dessen gelbe Färbung von einer solch strahlenden Intensität und Schönheit war, als habe man ein Stück aus der Sonne herausgebrochen.

Dieser Stein war das zentrale Objekt der Sammlung Bannister; ein lupenreiner Diamant von unschätzbarem Wert. Wie der Hope-Diamant hatte auch der Bolling eine unstete und oft tragische Geschichte; es hieß, ein Fluch laste auf ihm, doch der Betrachter des Fotos glaubte nicht an solche Dinge.

Er strich mit einem Finger über die Abbildung und meinte, die Kühle des polierten Steins fast spüren zu können. Dann gab er sich einen Ruck und studierte kurz, eines nach dem anderen, die restlichen Bilder. Sie beeindruckten ihn persönlich nicht so stark wie der Bolling, doch die Großartigkeit der ganzen Sammlung ließ sein Herz fast schmerzhaft heftiger schlagen.

Der Schwarze Königsdiamant etwa, ein dunkles, vollkommenes Oval von vierzig Karat, mit funkelnden weißen Diamanten eingefasst. Ein Gerücht besagte, er sei das Lösegeld bei einer Entführung gewesen, die von den Geschichtsbüchern geflissentlich totgeschwiegen wurde.

Oder der Mitternachtssaphir, ein quadratischer Stein von zweihundert Karat, nicht ganz lupenrein, jedoch mit einer unglaublich kräftigen, tiefen Färbung. Man sagte, dieser angeblich fast tausend Jahre alte Edelstein sei facettiert und matt poliert vor dreihundert Jahren in den Ruinen eines indischen Tempels gefunden worden.

Und der ovale Talisman-Smaragd – hundertfünfzig Karat grünes Feuer, mit rätselhaften Symbolen versehen, die nie entziffert werden konnten, und in einen breiten Armreif aus vierundzwanzig Karat Gold eingearbeitet. In Mystikerkreisen hielt sich hartnäckig die Meinung, Merlin habe diesen Smaragd getragen, und er habe die magischen Kräfte des Zauberers verstärkt.

Natürlich gab es noch eine große Zahl weniger wertvoller Stücke, die aber nichtsdestotrotz alle ebenso fantastisch waren. Halsketten, Ringe und Armreifen aus Gold, mit exquisiten Edelsteinen besetzt. Von der Brillanz von Diamanten bis zur Opazität von Jade, Elfenbein und Opal war praktisch jeder Edel- und Halbedelstein in seiner vollkommensten Form vertreten.

Kein Wunder, dass die Ausstellung *Geheimnisse der Vergangenheit* betitelt wurde. Jedes ihrer herausragenden Stücke war mit einem Geheimnis verbunden, und viele von ihnen standen mit historischen Ereignissen oder Persönlichkeiten in Zusammenhang.

Dazu sollten noch Figurinen, Kelche, Karaffen und religiöse Kunstwerke aus Gold und Edelsteinen gezeigt werden. Jedes Stück hatte eine Geschichte oder Legende, und ein jedes war von atemberaubender Schönheit. Alle zusammen hätten sogar einen Heiligen schwach gemacht.

Und ein solcher war er beileibe nicht.

Mit zitternden Händen schob er die Fotos zusammen und steckte sie wieder in die abgenutzte Mappe. Schon in acht Wochen sollte die Ausstellung in San Francisco eröffnet werden und nur zwei Monate lang dauern. Danach würde die Sammlung wieder in der ungestörten Sicherheit der Tresorräume verschwinden, die sie seit Jahrzehnten schützte.

Es sei denn, jemand bekam sie davor zu fassen.

1

Die sollte man mal in einem dieser Schaukästen ausstellen. Da kriegt doch wirklich jeder Stielaugen.«

Morgan West blieb abrupt stehen und betrachtete den plötzlich nervös gewordenen Arbeiter mit hochgezogenen Augenbrauen. »In Museen tragen Stimmen ziemlich weit«, hielt sie freundlich, aber bestimmt entgegen. »Vielleicht sollten Sie daran mal denken.«

»Klar. Ich meine – ja, Ma'am. Tut mir leid, Ma'am. Wollte Sie nicht beleidigen.«

»Schon gut. Ich hatte schon immer den Ehrgeiz, ein Ausstellungsstück im Museum zu sein«, konterte sie ironisch.

Der Mann räusperte sich. »Unbezahlbare Dinge. Das ist es, was ich gemeint habe. Schätze. Kunstwerke.« Er sah sie fragend an und seufzte dann. »Ich schaffe es wohl nicht, wie?«

»Nein, ich fürchte nicht.«

»Ich bin ein Sexistenschwein.«

»Kann man so sagen.«

»Das Frauen zum Objekt macht.«

»Mich zumindest. Ja, ich würde sagen, genau das haben Sie gemacht.«

»Entschuldigen Sie, Ms West.«

Morgan war überaus klar, dass die anderen Arbeiter in Hörweite alle ein Grinsen unterdrückten, und sie wusste, wann es Zeit war, ihren Fang von dem Haken zu lassen, an dem er sich selbst aufgehängt hatte. »Angenommen. Einen schönen Tag noch.«

»Ja, Ma'am. Ihnen auch.«

Sie ging weiter, wohl wissend, dass Gelächter losbrechen würde, sobald sie außer Sichtweite war.

Und so war es auch. Morgan seufzte. Ihre Maße bescherten ihr schon Probleme seit ihrem dreizehnten Geburtstag, also sollte sie inzwischen wenigstens einigermaßen daran gewöhnt sein.

Aber sie war es nicht.

Manche Männer gaben zu, dass lange, wohlgeformte Frauenbeine amouröse Fantasien inspirierten; andere reagierten eher auf kurvenreiche, wiegende Hüften. Doch in der Mehrzahl waren die, das hatte Morgan zweifelsfrei herausgefunden, deren primitive Instinkte von einer großen Oberweite angeregt wurden.

Wahrscheinlich hatte das irgendetwas mit Freud zu tun.

Oder mit etwas Infantilem.

Jedenfalls bereiteten ihr ihre Traummaße meist mehr Kummer als Freude. Wesentlich mehr.

Ihre Verabredungen in der Highschool und im College waren von ihren Reizen immer so sehr angetan gewesen, dass sie sich oft gefragt hatte, ob die Jungs eigentlich wussten, wie ihr Gesicht aussah. Sogar der Rhodes-Stipendiat, mit dem sie eine Zeit lang zusammen gewesen war – in der Hoffnung, er würde sich in etwas höheren geistigen Sphären bewegen –, war bedrohlich ins Stottern gekommen, wann immer sich sein Blick auf ihre Brust verirrt hatte.

Was ziemlich oft der Fall gewesen war.

Und das war einer der Gründe, weshalb Maxim Bannister ihre innige und aufrichtige Loyalität genoss. Sicher, auch er hatte bei ihrem ersten Erscheinen in seinem Büro sichtlich geschluckt, aber er hatte sich während ihres eine volle Stunde lang dauernden Gesprächs nicht einmal erlaubt, den Blick auf ihren Busen wandern zu lassen – und das, ohne dass sie das Gefühl bekam, dass er dazu all seiner Konzentration bedurfte. Zudem hatte er es seit dieser Zeit nicht nur immer fertiggebracht, dass sie sich in seiner Gegenwart absolut wohlfühlte, sondern er hatte auch jedes Mal mit echter Sympathie reagiert, wenn sie sich in einem explosionsartigen Anfall von Wut über eine besonders erniedrigende Erfahrung mit einem Mann Luft machen musste.

Sie mochte Max sehr gern. Er war einer ihrer wenigen Männerfreunde, und es freute sie, dass sein Interesse und seine Aufgeschlossenheit, wenngleich er großzügige Gaben der Natur nicht weniger schätzte als jeder andere Mann, eher objektiver Natur als hormonell bedingt waren. Außerdem besaß er ein untrügliches Auge für Farbe und Stil, und so hatte sie während der Monate der Vorbereitung für die Ausstellung *Geheimnisse der Vergangenheit* ihre dunklen, weiten Blusen und mehrlagigen Outfits allmählich zugunsten eleganterer und schmeichelhafterer Garderobe aufgegeben.

Wenn Max sagte, dass sie in etwas gut aussah, dann wusste sie, dass es die Wahrheit war. Einmal hatte er gemeint, sie sei eine majestätisch wirkende Frau, und zwar eher in einem abwägenden denn höflichen Ton. Daraufhin hatte Morgan ganz unbewusst angefangen, nicht mehr so in sich zusammengesunken zu gehen, wie sie es sich – ebenso unbewusst – seit ihren Teenagertagen angewöhnt hatte. In ein paar wenigen Monaten hatte er sehr still, freundlich und unaufdringlich Morgans Verbitterung und ihren Komplex beseitigt. Max hatte sie es zu verdanken, dass sie auf ihren Körper ebenso stolz sein konnte wie auf ihren Verstand.

Na ja, fast.

Was nicht heißen sollte, dass ihr Körper ihr keine Probleme mehr bereitete. Tatsächlich sollte die männliche Wertschätzung ihrer Maße noch zum Grund für eine unerquickliche Situation werden, die sie einige Zeit beschäftigen würde.

Doch an diesem milden Donnerstagnachmittag war sich Morgan noch nicht der Sturmwolken bewusst, die sich an ihrem Horizont zusammenbrauten. Als Leiterin der bevorstehenden Ausstellung der Sammlung Bannister war sie vollkommen auf ihre berufliche Tätigkeit konzentriert.

»Du machst dir Sorgen«, stellte Wolfe Nickerson fest, als sie sich in der Eingangshalle trafen. Er war der Sicherheitsexperte, den Lloyd's of London geschickt hatte, um die Vorbereitungen für die Ausstellung wie auch diese selbst zu beaufsichtigen.

»Das kann ja wohl nicht überraschen. Glaubst du an Intuition?«, fragte sie.

»Ab und zu habe ich schon so eine Ahnung. Wieso? Hast du eine starke Intuition?«

»Ja. Zumindest – glaube ich, dass es das ist, was ich spüre. Irgendetwas ist nicht im Lot, Wolfe. Irgendetwas stimmt nicht.«

»Mit den Vorbereitungen für die Ausstellung?«

»Ich weiß nicht. Vielleicht. Oh Gott, ich hasse es, wenn ich so ein Gefühl bekomme. Das ist, wie wenn man etwas aus dem Augenwinkel sieht, weißt du? Etwas, das man sich nicht so genau angeschaut hat, wie man es hätte tun sollen.«

Wolfe nickte. »Ja, das kenne ich auch. Aber du weißt so gut wie ich, dass es ziemlich unmöglich ist, sich gegen eine Bedrohung zu schützen, wenn das Einzige, wonach man sich richten kann, ein Gefühl ist. Wir tun alles in unserer Macht Stehende, um die Ausstellung zu sichern.«

»Vielleicht nicht wirklich alles. Wäre es unangebracht, die Zugbrücke hochzuziehen und den Burggraben zu fluten?«

»Na ja, das könnte die Sache für die Besucher etwas erschweren.«

Morgan umfasste ihr Klemmbrett, das sie immer bei sich hatte, stützte das Kinn darauf und erwiderte dann mit nicht weniger Ernst als er: »Ja, aber brauchen wir wirklich Besucher? Sie kommen, gaffen – und das war es.«

Lächelnd meinte Wolfe: »Du machst dir wirklich ziemliche Sorgen, nicht wahr?«

»Ein wenig schon, ja.«

»Aber dir ist doch klar, dass noch gar nichts hier ist, was geraubt werden könnte? Ich meine, nichts von der Sammlung. All die hübschen Schaukästen, die sie gerade bauen, werden noch wochenlang leer sein.«

»Ich weiß, ich weiß.«

»Aber?«

»Aber … irgendetwas stimmt nicht.« Morgan verzog kopfschüttelnd das Gesicht. »Es fühlt sich einfach nicht *richtig* an hier. Ich bin vor einer Weile durchgelaufen, und ich hätte schwören können, dass mich jemand beobachtet hat.«

Wolfe musterte sie leicht amüsiert. »Na ja, das ist bei dir ja nicht so ungewöhnlich.«

»Nein, nicht *so*!« Morgan war fest entschlossen, ihre Gefühle und Ahnungen plausibel klingen zu lassen. »Ich meine *beobachtet*. Fast … ich wollte schon fast sagen *verfolgt*, aber nicht in diesem modernen Sinn, wie ein Stalker, so ein Halbverrückter, der meint, er sei verliebt, und mir deshalb auf Schritt und Tritt auf der Pelle sitzt.«

»Wie meinst du es dann?«

»Mehr wie ein … Raubtier. Als hätte mich jemand heimlich in Augenschein genommen, mich beschattet, meine Stärken und Schwächen eingeschätzt.«

Wolfe zog die Augenbrauen nach oben, allerdings mehr aus Überraschung als aus Ungläubigkeit. »Das ist eine ziemlich urtümliche Vorstellung. Und eine sehr spezielle Bedrohung, um sie intuitiv zu erfassen.«

»Ich weiß. Eben darum macht es mir ja so zu schaffen.«

Er runzelte die Stirn. »Also gut, Morgan. Ich lasse die Sonderbewachung zu Beginn jeder Schicht einen extra Rundgang machen, und auch einen in der Mitte der Schicht. Reicht das?«

»Ich hoffe es.« Sie schüttelte noch einmal den Kopf, offenbar verärgert über Sorgen, die zu schwer fassbar waren, um sie in Worte kleiden zu können, und fügte dann hinzu: »Ich bin dann in meinem Büro und sehe die Pläne des Museums nochmal durch.«

»Hör mal«, sagte Wolfe, »lass dir deine Verantwortung als Ausstellungsleiterin in der Zeit, die Max in den Flitterwochen ist, nicht zu sehr an die Nieren gehen, okay? Ob du recht hast damit, dass jemand die Vorbereitungen beobachtet, oder nicht – die Sammlung ist sicher, und wir tun alles Menschenmögliche, dass es auch so bleibt.«

Morgan straffte die Schultern und nickte. »Du hast vermutlich recht. Aber ich will mir trotzdem noch diese Pläne ansehen.«

»Na klar. Und wenn du etwas findest, was unser perfektes Sicherheitssystem noch verbessern kann, bin ich der Erste, der dir dafür dankbar ist.«

»Ich möchte einfach nur sichergehen«, beharrte Morgan.

»Ich weiß.«

»Versteh mich nicht falsch, ich will deine Kompetenz gar nicht in Frage stellen …«

Er winkte ab. »Das sehe ich auch gar nicht so. Wir sind beide dafür verantwortlich, die Ausstellung zu schützen, Morgan, also glaube nicht, du trittst mir auf die Füße, wenn du alles doppelt und dreifach prüfst, einschließlich deiner eigenen Ahnungen. Ich mache es doch genauso.«

»Okay. Nur, damit zwischen uns Klarheit herrscht.«

»In Ordnung.« Wolfe schaute ihr nach, wie sie auf ihr Büro zuging, und fügte dann halblaut hinzu: »Wir machen uns ja beide Sorgen. Ich weiß, weshalb … aber warum du?«

Carla Reeves wunderte sich noch immer darüber, dass sie es geschafft hatte, einen Job bei einem Sicherheitsunternehmen zu bekommen. Und irgendwie fand sie es auch amüsant.

Bei einer Sicherheitsfirma? Ja, genau.

Aber wenn sie nicht Hamburger braten oder im Supermarkt Lebensmittel eintüten wollte, dann musste sie jede sich bietende Gelegenheit beim Schopf packen und sich bewerben. Es war ihr Glück gewesen, dass Ace Security händeringend Leute mit Erfahrung im Geschäft mit der Sicherheit gesucht hatte – und dass ein Typ bei ihrer letzten Arbeitsstelle ihr einen großen, großen Gefallen geschuldet und ihr deshalb eine hervorragende Empfehlung ausgestellt hatte.

Trotzdem hätte man doch gedacht, dass so eine dusslige Sicherheitsfirma wenigstens ein polizeiliches Führungszeugnis verlangen würde, bevor sie einen einstellten.

Carla hatte dem Universum für kleine wie große Gefallen gedankt, hatte ihre neue Stelle glücklich angetreten und sich bereits nach ein paar Wochen dort ganz heimisch gefühlt. Man vertraute ihr und gab ihr schon bald mehr Verantwortung, was ebenfalls erfreulich war und noch dazu zu einer kleinen Gehaltserhöhung führte.

Carla mochte ihren Job, und sie hatte nicht vor, etwas zu tun oder sich in irgendetwas hineinziehen zu lassen, das ihn gefährden konnte. Sie hatte die harte Lektion gelernt, dass ein einmaliger großer Treffer nur selten das Risiko wert war, erwischt zu werden. Außerdem brauchte sie so etwas nicht mehr zu tun.

Nein, Carlas Leben entwickelte sich gut. So gut in der Tat, dass sie keinerlei Argwohn hegte, obwohl für sie schon bald alles mächtig schieflaufen würde.

An diesem Abend machte sie sich ein bisschen später als sonst auf den Heimweg, hauptsächlich, weil sie sich durch ein wenig extra Arbeit an einem Sicherheitssystem, das für ein Privathaus entwickelt wurde – das Haus eines Freundes ihres Chefs –, ein paar Bonuspunkte dazuverdienen wollte.

Sie ging zu ihrem Wagen und lächelte bei dem Gedanken an das Lob, das sie am nächsten Morgen bekommen würde. Bonuspunkte zu bekommen war einfach Klasse.

Während sie in ihrer Tasche nach der Funkfernbedienung für ihren Wagen kramte, wurde sie plötzlich von einer angenehmen Stimme angesprochen und hielt abrupt inne.

»Hallo, Carla.«

Die Stimme war ihr nicht bekannt, aber Carla war im wahrsten Sinne des Wortes auf der Straße aufgewachsen, und deshalb erkannte sie eine bedrohliche Situation sofort. Sie war jedoch noch zu weit von ihrem Wagen entfernt, um darauf loszurennen, deshalb drehte sie sich langsam um und blickte den Mann an.

Er lächelte ihr zu. Und er hielt eine elegante kleine Pistole in seiner behandschuhten Hand.

»Oh, keine Angst, Carla. Ich habe nicht vor, dich zu vergewaltigen. Oder gar zu beklauen.«

Sie schluckte schwer. »Was wollen Sie dann?«

»Nur ein paar Informationen, das ist alles.«

»Informationen?«

»Na komm schon, Carla, keine große Show. Du weißt doch genau, was ich will. Und auch, wie du drankommst. Schließlich hast du so was doch schon mal gemacht, nicht wahr?«

Carla starrte den Mann an, und sie verstand jedes Wort, das er verschwieg. »Ja«, antwortete sie schleppend. »Dann weiß ich, was Sie wollen.«

Es war Morgans Gewohnheit, morgens immer schon sehr früh im Museum zu sein, lange bevor geöffnet wurde, und der nächste Morgen war in dieser Hinsicht keine Ausnahme. Und wie gewöhnlich war das Erste, was sie tat, einen Rundgang durch das Gebäude zu machen.

Nicht, dass sie dem Wachpersonal misstraut hätte. Aber den eigenen Augen und ihren anderen Sinnen vertraute sie einfach mehr.

Nach Monaten der Vorbereitung für die Ausstellung war sie mit den von Gewölben überdachten Hallen und an ein Labyrinth erinnernden Korridoren des Museums immerhin bestens vertraut.

So sehr sogar, dass sie ihren Weg wahrscheinlich auch mit einer Taschenlampe gefunden hätte – was angesichts der Größe und Komplexität des Gebäudes nicht unbedingt eine Kleinigkeit war.

Bis vor Kurzem hatte sie sich nie in irgendeinem Bereich des Museums unwohl gefühlt. Aber während ihre Absätze nun über die polierten Marmorböden klapperten, hatte sie einmal mehr das seltsame Gefühl, dass sie nicht so allein war, wie sie es hätte sein sollen. Sie blieb mehrmals stehen und sah sich stirnrunzelnd um, aber niemand war da. Sie war sicher, dass niemand da war.

»Morgan, langsam schnappst du noch über«, murmelte sie schließlich vor sich hin.

Dies war ein Museum für historische Kunst, und damit war es nicht annähernd so furchteinflößend wie einige andere, in denen sie gearbeitet hatte. Hier gab es weder ausgestopfte Bestien oder riesige Skelette noch Themen wie *Der prähistorische Mensch als Jäger* mit Figuren von Menschen und wilden Tieren, die sich in Drohgebärden erstarrt gegenüberstanden.

Statuen gab es allerdings schon, und mehr als einmal erwischte sich Morgan dabei, wie sie nervös auf eine Männergestalt in einer dunklen Ecke starrte und sie erst auf den zweiten Blick als das in Marmor oder Bronze ausgeführte Werk eines Künstlers erkannte.

»Anscheinend werde ich wirklich verrückt.« Der Klang ihrer eigenen Stimme erschreckte sie ein wenig, und Morgan beschleunigte ihre Schritte, nach wie vor danach suchend, was sie so beunruhigte. Doch sie fand nichts. Oder zumindest fand sie nichts, was irgendwie Argwohn hätte erregen können.

»Ich weiß ja nicht einmal, wonach ich suche«, sagte sie sich halblaut.

Doch als sie kehrtmachte und wieder zurückging, wurde Morgans Unruhe noch stärker. Es fühlte sich nach wie vor nicht richtig an hier. Sie versuchte, sich darauf zu konzentrieren, was sie spürte, aber es war vage und nicht greifbar. Einfach nur eine innere Unruhe und eine seltsame Furcht, eine Ahnung.

Am Beginn des Gebäudeflügels blieb Morgan stehen, blickte die widerhallenden Korridore hinunter, und ein kleines Lachen entglitt ihr. »Wir sind im Begriff, hier eine unbezahlbar wertvolle Ausstellung zu machen«, erinnerte sie sich selbst laut. »*Natürlich* beunruhigt mich das einigermaßen. Aber das ist auch alles. Das ist wirklich alles.«

Nach diesen beschwichtigenden Worten beeilte sie sich, zur Eingangshalle zurückzugehen. Wieder klapperten ihre Absätze laut auf dem Marmor.

Das Klappern entfernte sich, und in einer dunklen Ecke, die Morgan zweimal passiert hatte, bewegte sich eine der Figuren und trat aus dem Schatten. Der Mann blickte einige Momente hinter ihr her, machte dann kehrt und verschwand mit lautlosen Schritten und einer fast katzenartigen Anmut ins Innere des Museums.

Wäre ein Lauscher hier gewesen, er hätte nichts gehört. Nichts, außer einem sehr leisen, amüsierten Lachen.

Mit seinen sechsunddreißig Jahren war Wolfe zwei Jahre jünger als Max Bannister. Sie waren Halbbrüder, von ihren Vätern an den beiden entgegengesetzten Küsten der Vereinigten Staaten großgezogen worden, und hatten sich erst als Erwachsene gut kennengelernt. Aber obwohl sie sich erst seit weniger als fünfzehn Jahren kannten, bestand zwischen ihnen eine ungewöhnlich starke Bindung. Dies war einer der Gründe, weshalb Max speziell Wolfe angefordert hatte, als Lloyd's, das Unternehmen, welches die Sammlung Bannister versicherte, darauf bestanden hatte, während der Ausstellung und der Vorbereitungen dazu einen eigenen Repräsentanten vor Ort zu haben.

Einer der Gründe. Der andere war, dass Wolfe seinen Job sehr, sehr gut machte. So gut, dass er die Besorgnis der Leiterin der Ausstellung ernst nahm – selbst wenn sie das nicht glaubte.

»Morgan, ich habe lediglich gesagt, dass …«

»Du hast lediglich gesagt, ich sei durchgeknallt.« Die Hände in die Hüften gestemmt, funkelte sie Wolfe zornig an.

»Nein, das habe ich nicht gesagt. Ich sagte, wir sind dieses Museum durchgegangen, und die Wachmannschaft ebenfalls, und keiner von uns hat irgendetwas gefunden, das nicht in Ordnung wäre. Also …«

»Also bin ich durchgeknallt.«

Wolfe zählte bis fünf im Bemühen, sein beträchtliches Temperament zu zügeln; bis zehn zu zählen, hatte er zu wenig Geduld. »Hör mal, ich habe Verständnis dafür, dass du dir Sorgen machst. Ich mache mir auch welche. Aber bis das neue Sicherheitssystem installiert und in Betrieb ist, gibt es wirklich kaum mehr, was wir tun können.«

»Wir können ein paar der verdammten Türen mit Vorhängeschlössern und Eisengittern versehen und dafür sorgen, dass nur mehr der Haupteingang benutzt wird«, schlug sie vor.

»Ein paar der hinteren Eingänge müssen benutzbar sein, das weißt du so gut wie ich.«

»Aber …«

»Die Sicherheitsbestimmungen, Morgan. Wir können nicht Türen blockieren, die gegebenenfalls als Notausgänge dienen müssen. Es ist nur der Flügel für die Öffentlichkeit geschlossen, in dem die Ausstellung untergebracht wird; der Rest des Museums ist offen, und wir haben Hunderte von Leuten, die hier jeden Tag ein und aus gehen. Also müssen wir sicherstellen, dass sie das Gebäude schnell verlassen können, falls es sein müsste.«

»Mist«, murmelte sie. »Ich wusste es, wir hätten einen Graben einziehen sollen. Ich wusste es einfach.«

»Alles, was ich tun kann«, entgegnete Wolfe stirnrunzelnd, »ist, dem Computertechniker Dampf zu machen, damit er ein bisschen schneller arbeitet und das neue System früher als geplant fertigstellt. Bis wir eine bessere Möglichkeit haben, das Kommen und Gehen hier zu überwachen, müssen wir uns mit dem derzeitigen System begnügen. Das weißt du, Morgan.«

Sie wusste es. Aber deshalb musste es ihr noch lange nicht gefallen.

Entschlossen, das letzte Wort zu haben, sagte sie: »Also gut. Aber wenn wir uns später mal an diesen Augenblick erinnern – und das werden wir –, dann denk daran, dass ich dich gewarnt habe. Okay?«

»Am heutigen Tag hat mich Morgan gewarnt, dass sie ein ungutes Gefühl hatte. Registriert.«

»Klugscheißer.«

Er grinste ihr zu und schlenderte dann in Richtung der Büros davon.

Morgan blieb in der Eingangshalle und beobachtete wie geistesabwesend das Kommen und Gehen der Besucher. Es würde ein betriebsamer Nachmittag werden, und eigentlich hätte sie eine Menge zu tun gehabt. Stattdessen machte sie sich Sorgen und ängstigte sich und ging Wolfe auf die Nerven.

Und das alles nur, weil sie etwas spürte ... Was?

Dass etwas falsch lief. Einfach nur ... falsch.

Trotzdem, Wolfe hatte recht gehabt mit seinem Hinweis, dass die Sammlung Bannister ja noch nicht einmal im Haus war, und dass bis dahin auch noch Wochen vergehen würden. Also war noch genug Zeit, alles, was falsch war, zu berichtigen. Zeit genug, das neue Sicherheitssystem zu installieren und in Betrieb zu nehmen, die sorgfältig geplanten Schaukästen zu bauen, aufzustellen und zu verdrahten. Zeit genug, um sämtliche Lücken im Sicherheitsnetz zu schließen. Zeit genug, um sicherzustellen, dass die Ausstellung *Geheimnisse der Vergangenheit* so sicher sein würde wie Fort Knox, das sicherste Gebäude der Welt.

Es war noch jede Menge Zeit.

Warum also hatte sie dieses unheimlich seltsame Gefühl, dass ihnen die Zeit davonlief, und zwar wesentlich schneller, als jede Uhr und jeder Kalender anzeigte?

Warum war sie sicher, dass sie nicht annähernd so viel Zeit hatten, wie sie alle dachten?

Ed betrachtete stirnrunzelnd die Liste und blickte dann mit hochgezogenen Brauen auf seinen Boss. »Also – was? Wir sollen mit all dem Zeug einfach rausmarschieren? Zum Teufel, ich weiß noch nicht mal, ob wir das alles tragen können.«

»Wenn ihr es nicht könnt, dann finde ich eben andere, die es können.«

Diese unnachgiebige Erwiderung überraschte Ed kaum. Aber zu sagen, er wäre glücklich darüber, wäre eine maßlose Übertreibung gewesen. »Hören Sie, ich weiß, dass unsere Partnerschaft bisher noch immer lukrativ war, aber allmählich fangen Sie an, mir Sorgen zu machen. Jeder neue Job ist größer als der vorangegangene, und gefährlicher.«

»Und du verdienst dabei mehr, als du dir je hast träumen lassen, also komm mir jetzt nicht dumm daher.«

»Das tue ich doch gar nicht; aber ich frage mich, wie lange unsere Glückssträhne noch anhalten kann.«

»Ich habe dir schon oft gesagt, dass das nichts mit Glück zu tun hat. Das ist Können, und Planung – und Mumm. Eiserne Nerven. Und mit diesem nächsten Job werden wir das beweisen.«

»Warum zum Teufel wollen wir das unbedingt beweisen?«, fragte Ed. »Und vor allem – wem?«

»Allen. Der Polizei, den anderen Sammlern in dieser Stadt – und jedem, der blöd genug ist, uns in die Quere zu kommen.«

»Herrgott, das Einzige, was wir tun, ist, uns zu einer immer größeren Zielscheibe zu machen. So wie Sie es vorhaben, ziehen wir nur mehr und mehr Aufmerksamkeit auf unsere Operationen, und das ist das Letzte, was wir wollen. Ein Dieb, der auffällig wird, endet nun mal im Knast, falls Sie das vergessen haben sollten. Und für meinen Geschmack werden wir viel zu auffällig. Wenn die Jobs jetzt noch größer werden, werden wir einen gottverdammten Lieferwagen brauchen, um die Beute wegzuschaffen. Und die Sicherheitssysteme zu knacken, wird auch immer schwieriger; das letzte war die reine Hölle.«

»Wir haben es geknackt, oder nicht?«

»Schon, aber ...«

»Kein aber. Wenn dir das alles nicht passt, dann such dir einen neuen Job.«

Ed schnaufte schwer im Versuch, sich zu beherrschen, denn er hatte auf die harte Tour gelernt, dass das wesentlich sicherer war. »Okay, okay. Schauen wir uns die Grundrisse und die Sicherheitstechnik an.«

»Hab ich's doch gewusst, dass du das sagen würdest.«

* * *

Als Morgans Arbeitstag beendet und sie bereit war, das Museum am Freitagabend zu verlassen, hatte sie sich endlich selbst davon überzeugt, dass ihr ungutes Gefühl nicht mehr war als eine ganz natürliche Besorgnis, die verstärkt wurde durch die immer näher rückende Ankunft der Sammlung Bannister. Doch das hatte sie nicht davon abgehalten, vor dem Verlassen des Hauses noch einen letzten Rundgang durch das Gebäude zu unternehmen.

Aus einem ihr selbst unerfindlichen Grund tauschte sie die Schuhe mit den klappernden Absätzen gegen die Turnschuhe aus, die sie immer im Schreibtisch parat hielt, sodass dieses Mal ihre Schritte auf dem Marmor kaum hörbar waren.

Und dieses Mal leuchtete sie mit einer Taschenlampe in jede dunkle Ecke, hinter jedes Postament und um jeden Schaukasten herum. Sie fand nichts. Absolut nichts, das nicht exakt war, wo und wie es sein sollte.

Morgan gab sogar sich selbst gegenüber nur sehr ungern zu, dass sie gehofft hatte, etwas zu finden, irgendeinen Umstand, der ihre Furcht hätte erklären können. Nicht, dass sie auch nur die geringste Ahnung gehabt hätte, was das hätte sein können, aber trotzdem.

»Alles klar, Ms West?«

Sie gab dem Wachmann in der Eingangshalle die Taschenlampe zurück und lächelte betreten. »Soweit ich es sehen kann, ist alles bestens. Danke für Ihre Geduld, Chris.«

»Ich weiß ja, was in ein paar Wochen hierherkommt«, erwiderte er ernst, »und da kann man es Ihnen nun wirklich nicht übel nehmen, wenn Sie ein bisschen übervorsichtig sind. Ach, übrigens – vor einer Weile hat Mr Nickerson angerufen und mich gebeten, Ihnen zu sagen, dass er ab morgen Nacht für die zweite und dritte Schicht noch ein paar zusätzliche Wachleute kommen lässt.«

Also hatte Wolfe ihre Besorgnis ernster genommen, als er ihr gegenüber zugegeben hatte. Sie wusste nicht recht, ob sie das beruhigte oder ob es ihre Ängste noch weiter schürte.

Morgan nickte. »Vielen Dank, Chris. Also dann bis morgen Abend.«

»Einen schönen Abend, Ms West.«

Auf dem Weg zu ihrem Wagen sagte sich Morgan, dass sie genau das haben würde. Einen schönen Abend. Ihre eigentlich für heute geplante Verabredung hatte sie auf Montag verschoben, doch nach der ganzen Anspannung heute war sie darüber eher froh. Was sie brauchte, war, sich mit einem guten Buch in eine Ecke oder einem schönen alten Film vor dem Fernseher zusammenzukauern und aufzuhören, dauernd über das Museum und die Ausstellung nachzudenken.

Wenigstens für heute Abend.

Trotzdem hielt sie vor dem Öffnen der Wagentür noch einmal inne und schaute auf das Museum zurück. Nach der abendlichen Schließung wurde das Gebäude gut beleuchtet, und all die wehenden Fahnen, die die bevorstehende Ausstellung *Geheimnisse der Vergangenheit* ankündigten, waren bestens sichtbar. Sehr eindrucksvoll.

Und für einen Dieb sehr anziehend.

Morgan schüttelte diesen Gedanken ab, stieg ein und fuhr heimwärts. Während der Fahrt merkte sie etwas überrascht, dass ihre ängstliche Besorgtheit nachließ, je weiter sie sich von dem Museum entfernte. Als sie zu Hause ankam, fühlte sie sich sogar wieder so gut gelaunt und optimistisch wie immer.

Was ihr erst wesentlich später eigenartig vorkam.

Er wartete, bis der kleine Wagen außer Sichtweite war. Erst dann trat er aus dem Schatten unweit des Museumsgebäudes. Er blickte dem Auto, und ihr, nach und schüttelte unwillkürlich den Kopf.

Der Verstand sagte ihm, dass sie seine Gegenwart unmöglich spüren oder sonst irgendwie wahrnehmen konnte, wiewohl sie sich eben diesen Anschein gab. Seine geschärften Sinne sagten ihm jedoch, dass genau dies aber der Fall war.

Hatte er sich irgendwie verraten?

Vielleicht. Aber vielleicht waren ihre Instinkte wesentlich besser, als er gedacht hatte.

Wie auch immer, er dachte, eine Korrektur seiner Pläne konnte nicht schaden.

Am Montagnachmittag stand Wolfe in der Eingangshalle des Museums und hörte sich Morgans Erklärung an, weshalb einer der für die Ausstellung neu gefertigten Schaukästen nicht funktionieren konnte.

»Also müssen wir noch einmal von vorne anfangen«, beendete sie ihre Ausführung mit gereiztem Ton. »Verdammt, man sollte doch meinen, wenigstens einer von uns hätte merken müssen, dass das Ding nicht hinhauen würde. Und jetzt sagen sie, eine Neuplanung dieser Vitrine könnte auch Konsequenzen für die beiden ihr am nächsten stehenden haben.«

»Verlieren wir dadurch Zeit?«, wollte Wolfe wissen.

»Keinesfalls. Wenn jemand auch nur andeutet, dass wir die Eröffnung verschieben sollen, dann reiße ich ihm den Kopf ab«, entgegnete Morgan entschlossen.

»Obwohl du nach wie vor ein ungutes Gefühl hast?«

Morgan musterte ihn. »Ist das nicht verständlich?«

»Sagen wir mal, es ist ersichtlich. Noch immer nichts Konkretes, das du uns sagen könntest?«

»Nein. Ich war Samstag hier und gestern, und es war ein nettes, friedliches Wochenende. Keinerlei Probleme.«

»Ich dachte, Max hätte dir gesagt, die Wochenenden frei zu nehmen.«

»Ja, aber ich hatte nur die Wahl zwischen zu Hause zu bleiben und mir Sorgen zu machen oder hierherzukommen und meine Sorgen loszuwerden. Ich entschied mich für Letzteres.«

»Ich habe aber nicht den Eindruck, dass du deine Sorgen losgeworden bist.«

Morgan seufzte. »Nein, nicht allzu gut. Aber wenigstens habe ich jetzt etwas, worauf ich mich konzentrieren kann. Diese verdammten Schaukästen.«

»Dann lasse ich diese Sache in deinen fähigen Händen«, meinte Wolfe in sich hineinlachend. Er bemerkte, wie sie auf ihre Uhr blickte, und fragte: »Hast du noch einen Termin?«

»Leider ja.« Sie verzog etwas das Gesicht und lachte ein wenig. »Er scheint ein Verstandesmensch zu sein, aber wir werden sehen.«

Nachdenklich meinte Wolfe: »Ich war schon immer der Ansicht, dass der Verstand den Instinkt nur bis zu einem gewissen Maß beherrschen kann.«

»Na ja, wenn er den seinen nicht beherrschen kann, dann wird er sich Schwierigkeiten einhandeln. Ehrlich, Wolfe, wenn ich es noch einmal mit einem zu tun bekomme, bei dem sich hinter jedem netten Grinsen eine lüsterne Bestie versteckt, dann gehe ich ins Kloster.«

»Kopf hoch«, riet Wolfe ihr lächelnd. »Irgendwo da draußen gibt es mindestens einen Mann, der deinen Kopf ebenso schätzt wie deinen Körper – und wahrscheinlich stolperst du über ihn, wenn du gerade etwas ganz anderes suchst.«

2

In den letzten Jahren hatte sich Morgan in Arbeit vergraben, nach der Zauberheilung durch Max dann aber, wenngleich etwas zögerlich, wieder begonnen, sich mit Männern zu treffen. Es war einfach nur Pech, sagte sie sich, dass hinter dem Lächeln des jungen Direktors, der sie immer mit Ernst und Respekt behandelt hatte, niedrigere Beweggründe verborgen lagen, wie sich herausstellte.

Beim Abendessen war er absolut charmant, und danach fragte er sie, ob sie Lust habe, in sein Museum zu gehen und die neueste Ägyptenausstellung anzuschauen, die erst in einigen Tagen eröffnet werden sollte. Es war nicht gerade die Aufforderung, sich seine »Briefmarkensammlung anzusehen«, aber da sie den Blick bemerkt hatte, der mit diesem saloppen Angebot verbunden war, reichte es aus, um sie argwöhnisch werden zu lassen.

Die Ägyptensammlung wollte sie aber dennoch gern sehen, und die viele Zeit, die sie in ihre eigene bevorstehende Ausstellung investieren musste, würde einen Besuch während der regulären Öffnungszeiten problematisch werden lassen. Außerdem vertraute sie darauf, dass sie mit den Annäherungsversuchen eines Museumsdirektors durchaus fertig werden würde. Notfalls waren ja auch noch die Sicherheitsangestellten da.

»Komisch«, murmelte er, als er eine Seitentür aufsperrte.

»Was denn?«

»Das Sicherheitslicht in dieser Halle sollte ...«

Es sollte an sein, das wusste Morgan, doch ihr Begleiter konnte seinen Satz nicht mehr beenden. Sie waren nicht mehr als drei Schritte in den dunklen Flur getreten, als er plötzlich ein leises Stöhnen von sich gab und zu Boden ging.

Danach war sich Morgan nicht mehr sicher, ob sie wirklich wusste, was in diesem ersten Augenblick geschehen war, oder ob in der totalen Dunkelheit, die sie umgab, nur mehr ihr Überlebensinstinkt ihr Tun bestimmte. Jedenfalls überlegte sie nicht, dass Peters schlaffer Körper zwischen sie und die Tür gefallen war und diesen Ausgang versperrte; sie wirbelte einfach nur herum und rannte, ohne zu überlegen, den Korridor hinunter.

Nach einem halben Dutzend Schritten schaffte sie es, ihre Schuhe von sich zu schleudern, ohne viel an Geschwindigkeit zu verlieren. Dadurch wurde ihre Flucht sofort leiser, und sie konnte die sie verfolgenden Fußtritte hören – schnell und schwer, und viel zu dicht hinter ihr. Sie hatte den Vorteil, dass sie das Museum bestens kannte; wie viele Archäologen betrachtete sie die Depots alter Schätze als eine Art zweites Zuhause und neigte dazu, auch einen großen Teil ihrer Freizeit damit zu verbringen, sich in der Vergangenheit zu verlieren.

Das wollte sie nun vor allen Dingen – sich in der Vergangenheit verlieren. So schnell sie konnte, rannte sie aus dem Labyrinth der Büro- und Lagerräume zu den größeren Hallen des eigentlichen Museums. Das brachte zwar auch einen Nachteil mit sich, doch sie hatte keine große Wahl. Die meisten Exponate wurden einzeln beleuchtet, was sie für ihren Verfolger sichtbar machen würde, wenn sie es nicht schaffte, sich zu verstecken, bevor er aus dem Korridor auftauchte. Als sie um die letzte Ecke bog, sah sie in einiger Entfernung vor sich bereits ein schwaches Licht.

Der erste der gewölbten Räume, den sie erreichte, war eine Halle mit Gemälden; dort gab es keine Möglichkeit, sich zu verbergen. Den kalten, harten Marmor unter ihren Füßen kaum spürend, rannte Morgan durch einen der beiden Bogengänge, ohne sofort zu verstehen, weshalb sie sich für diese Richtung entschieden hatte. Dann wurde es ihr klar. Es mussten mehrere Einbrecher sein, und sicher waren sie auf Objekte aus, die sie möglichst leicht wegschaffen konnten. Schmuck also –

und die große Ausstellung kostbarer Steine lag in dem Gebäudeteil, von dem sie sich entfernt hatte.

Dort, wohin sie gelaufen war, befanden sich mehrere größere und für die Diebe weniger wertvolle Präsentationen von Statuen, Waffen und diversen Artefakten, von denen viele groß genug waren, um sich als Versteck anzubieten.

Verzweifelt rannte sie durch den nächsten Bogengang; er führte in eine Halle, die offenbar schwächer beleuchtet war als die anderen – und war plötzlich gefangen. Ein langer Arm, der nicht aus Fleisch und Knochen, sondern aus Eisen zu bestehen schien, hob sie hoch, presste ihr die Arme an die Seiten, drückte sie mit dem Rücken an einen granitharten Körper, und eine große, dunkle Hand legte sich über ihren Mund, bevor sie auch nur einen Laut von sich geben konnte.

Im ersten Moment dachte Morgan entsetzt, eine der bedrohlichen, wilden historischen Kriegerstatuen habe sie gepackt. Doch dann zischte eine leise Stimme in ihr Ohr, und der Eindruck eines übernatürlichen Vorfalls erlosch.

»Schhhh!«

Es war keine der Museumswachen. Die Hand über ihrem Mund steckte in einem dünnen, schwarzen, geschmeidigen Handschuh, und auch das, was sie von seinem Arm sehen konnte, war schwarz. Mehrere harte Gegenstände in der Gegend seiner Taille drückten ihr schmerzhaft in den Rücken. Dann näherten sich schnelle Schritte, er zog sie noch näher an sich, unerträglich nahe, und sie spürte deutlich das Kratzen von Wolle – eine Skimaske? –, als sein hartes Kinn ihre Schläfe streifte.

Sie wehrte sich nicht gegen die kraftvolle Umarmung des Mannes, wiewohl sie nicht wusste, weshalb. Stattdessen konzentrierte sie sich darauf, ihr schweres Atmen zu kontrollieren, damit es nicht hörbar war, und starrte wie gebannt in die Halle. Jetzt erst bemerkte sie, dass sie in einen Raum mit nur einem Zugang gelaufen war. Der Mann, in dessen Gewalt sie sich befand, hatte sie im wahrsten Sinn des Wortes in eine Ecke und in den Schatten hinter einer der finsteren Kriegerstatuen getragen, und sie bezweifelte, dass sie vom Eingang aus zu sehen waren.

Die Schritte in der Halle endeten abrupt, und Morgan erhaschte einen Blick auf das bedrohlich aussehende, zornige Gesicht ihres Verfolgers, als er den Raum überflog. Sie versteifte sich, doch er blieb nur kurz stehen und machte dann kehrt. Als seine Schritte verklangen, begann sie sich zu wehren, doch der stählerne Arm schloss sich noch fester um sie; sie hatte das Gefühl, er werde ihr gleich die Rippen brechen.

Drei atemlose Sekunden später erkannte sie, warum.

»Ed!« Es war eine leise, harsche Stimme, und sie war ganz in ihrer Nähe.

Morgan wurde sehr still.

Ein nicht auszumachendes Gemurmel von mindestens zwei Personen wurde vernehmbar, und dann war wieder die erste Stimme zu hören – und zwar mit unverhohlenem Zorn.

»Ich dachte, sie ist hierhergerannt. Verflucht, sie könnte in diesem Mausoleum überall sein – das Ding ist riesig!«

»Hat sie dich gesehen?« Eds Stimme war gefasster.

»Nein, es war zu dunkel in der Halle. Sobald ich ihren Freund niederschlug, rannte sie los wie ein Kaninchen. Wieso zum Teufel musste er ausgerechnet heute Nacht herkommen? Wenn er was von ihr wollte, hätte er sie doch gleich zu sich nach Hause mitnehmen können. Wenn man nach dem geht, was ich von ihr zu sehen bekommen habe, hätte sie ihn eine ganze Woche lang im Bett beschäftigt!«

Morgan spürte, wie sie sich erneut versteifte, dieses Mal allerdings aus Entrüstung, und sie war sich einer absurden Verlegenheit bewusst, weil der Mann, der sie so fest an sich presste, diese vulgäre Bemerkung natürlich auch gehört hatte.

»Macht nichts«, meinte Ed ungeduldig. »Wir behalten sämtliche Türen im Auge, dann kann sie nicht entkommen, und die Telefonleitungen sind gekappt. Da hinten hat sie ihre Tasche fallen gelassen, stimmt's? Seht nach, ob sie ein Handy bei sich hatte; wenn ja, macht es kaputt. Dann geht ihr an eure Posten zurück und wartet. In einer halben Stunde sind wir fertig und raus hier. Sie bleibt einfach bis zum Morgen eingesperrt, so kann sie uns nichts anhaben.«

»Mir gefällt das nicht, Ed.«

»Muss es auch nicht. Und hör auf, meinen Namen zu benutzen, du Trottel! Tu, was ich dir sage, und geh zurück auf deinen Posten.«

Es folgte ein Moment angespannter Stille, dann hastete Eds unglücklicher Büttel durch den Bogengang zurück an seinen Posten, das Gesicht von Wut entstellt.

Morgan hörte, wie seine Schritte verhallten, doch so sehr sie sich auch anstrengte, sie vernahm nichts von Ed. Mindestens fünf Minuten mussten qualvoll und langsam vergangen sein, ehe ihr Häscher endlich etwas locker ließ und sie langsam wieder die Füße auf den kalten Boden stellen konnte. Er sprach wieder zu ihr, sehr leise und direkt an ihrem Ohr.

»Ich tue Ihnen nichts. Verstanden? Aber Sie müssen schön still und leise sein, oder Sie hetzen sie uns auf den Hals.«

Morgan nickte zum Zeichen, dass sie verstand. Sobald er sie losgelassen hatte, trat sie einen halben Schritt zurück und musterte ihn. »Wenn Sie nicht zu denen gehören, was machen Sie dann –«, begann sie im Flüsterton, brach jedoch gleich wieder ab, denn ihre Frage war beantwortet.

Er war groß, mindestens einsfünfundachtzig, mit breiten Schultern und einem drahtigen Aussehen, das eher von ausgefeilter Kraft und einer katzenhaften Geschmeidigkeit zeugte als von massigen Muskeln. Sie hatte diese Kraft gespürt. Von Kopf bis Fuß in Schwarz gekleidet, trug er um die Taille einen kompakten, sehr praktisch wirkenden Werkzeuggürtel. Und aus der schwarzen Skimaske glühte fast katzengleich das grünste Augenpaar, das sie je gesehen hatte.

»Oh.« Jetzt wusste sie, was er hier machte. »Ach du lieber Gott.«

»Nicht annähernd«, murmelte er.

Sein unpassender Humor brachte Morgan im Nu in Rage, doch irgendwie schaffte sie es, trotzdem leise zu sprechen. »Sie sind nur noch so ein *Dieb!*«

»Also bitte.« Er klang richtig beleidigt. »Was für eine Plattitüde. Ein geradezu hässliches Wort. Ich ziehe es vor, mich als Freibeuter zu bezeichnen.«

»Falsch!«, fuhr sie ihn an, noch immer so leise, dass es nur ein paar Meter weiter nicht mehr zu hören gewesen wäre. »Dies ist kein Schiff auf dem offenen Meer, und wir sind auch nicht im Krieg. Sie sind ein ganz gewöhnlicher, ordinärer, hundsgemeiner Verbrecher!« Morgan hätte schwören können, dass diese lebhaften grünen Augen vor schierem Vergnügen leuchteten.

»Meine liebe junge Frau«, erwiderte er, und eben dieses Vergnügen schwang in seiner leisen, unbetonten Stimme mit, »ich bin weder gewöhnlich noch ordinär. Tatsächlich bin ich in unserem so unangenehm durchorganisierten Hightech-Zeitalter einer der Letzten einer aussterbenden Rasse. Wenn Sie einen Begriff an mir festmachen müssen, dann nennen Sie mich doch einen *Katzenmenschen* – einen Fassadenkletterer. Allerdings würde es mir viel besser gefallen, wenn Sie mich einfach Quinn nennen würden.«

Wolfe zögerte lange, bevor er anrief, aber als er es dann tat, überraschte es ihn kaum, dass Max Bannister bereits beim zweiten Klingeln abhob. Er mochte in den Flitterwochen sein, aber nur wenige Menschen hatten seine Handynummer, und noch weniger hätten es gewagt, besagte Flitterwochen zu stören.

»Sag Dinah, dass es mir leidtut«, bat Wolfe seinen Halbbruder.

»Du hast Glück«, antwortete Max gelassen. »Sie schläft. Es ist schon ein bisschen spät hier bei uns.«

Wolfe warf einen Blick auf seine Uhr, überlegte kurz und zuckte zusammen. »Entschuldige.«

»Macht nichts. Ich war sowieso gerade wach. Was gibt es?«

»Wenn ich das so genau wüsste … Ich weiß nicht, wie ich dir das beantworten soll. Aber Morgan macht sich Sorgen, Max, und sie hat mich damit angesteckt.«

»Worüber?«

»Ich würde ja gern sagen, dass wir beide nur Gespenster sehen, aber ich glaube, es ist doch mehr als das. Irgendetwas im Museum stimmt nicht. Es fühlt sich einfach seltsam an.«

»Das klingt ziemlich nebulös.«

»Ist aber kein Witz. Morgan hat es zuerst gespürt, aber mittlerweile merke ich es auch. Es ist, als würde es in dem Gebäude spuken. Wenn ich es nicht besser wüsste, würde ich schwören, dass sich nach den Öffnungszeiten außer dem Wachpersonal noch jemand darin aufhielt.«

»Gibt es dafür irgendeinen handfesten Beweis?«

»Nicht die Bohne.«

»Und es wurde auch nichts gestohlen.«

»Nein. Hör mal, Max, du weißt, dass ich kein Panikmacher bin. Aber wenn tatsächlich schon jemand im Gebäude *ist*, dann haben wir ein massives Problem. Ich kann den Transfer der Sammlung auf keinen Fall genehmigen, nicht, wenn ich auch nur den geringsten Zweifel hinsichtlich der Sicherheit des Gebäudes habe.«

»Das neue Sicherheitssystem ist noch nicht installiert, richtig?«

»Nein, noch nicht.«

Max schwieg einen Augenblick lang, dann sagte er: »Es sind noch Wochen, bis die Sammlung ankommt. Ich würde sagen, wir installieren das neue Sicherheitssystem und nehmen es in Betrieb; schließlich soll es ja irgendwelche Schwachstellen des jetzigen Systems ausmerzen. In der Zwischenzeit sind Morgan und du ermächtigt, jegliche euch notwendig erscheinenden Schritte zu unternehmen, um die Sicherung des Gebäudes zu gewährleisten. Stell mehr Wachpersonal ein, hol dir einen Spezialisten für einen Check der Elektronik, was auch immer. Ich regle das mit Ken Dugan und dem Vorstand.«

»Du weißt, dass Dugan allem zustimmt, wenn es nur dazu führt, dass er die Sammlung Bannister hier zeigen kann. Für einen Museumsdirektor ist das eine wichtige Sprosse in der Karriereleiter.«

»Auch das Direktorium wird nichts dagegen haben. Ich finanziere jede zusätzliche Sicherheitsmaßnahme und garantiere, dass das Museum besser dasteht, auch nach der Ausstellung.«

»Das ist eine gefährliche Garantie. Die Stadt ist voll von Dieben, Max.«

»Das habe ich auch schon gehört. Einschließlich einer neuen Bande, der die Polizei nicht auf die Spur kommt.«

»Ja, die haben schon ein paar Häuser leergeräumt. Wenn denen nicht das Handwerk gelegt wird, habe ich keinen Zweifel, dass sie sich auch deine Sammlung vornehmen.«

Max lachte leise. »Ich setze mein Geld auf dich und Morgan.«

»Ja – im wahrsten Sinn des Wortes.« Wolfe seufzte. »Ich werde gleich morgen früh mit ihr reden. Zusammen werden wir schon eine Möglichkeit finden, das Haus sicher zu machen.«

»Ich verlasse mich auf euch. Und du hältst mich auf dem Laufenden, okay?«

»Natürlich. Aber ich verspreche, euch in euren Flitterwochen nicht mehr zu belästigen als unbedingt nötig.«

»Das würde mich freuen.« Max verabschiedete sich und klappte sein Handy langsam zu.

Dinah, die während des Gesprächs hellwach gewesen war, meinte nachdenklich: »Ich wusste gar nicht, wie gut du mogeln kannst.«

»Ich habe ihm doch nur gesagt, dass du schläfst. Eine kleine Notlüge, damit er sich nicht schlecht fühlt.«

»Aber dir geht es dadurch nicht besser. Du magst es nicht, ihn anzulügen, nicht wahr?«

»Nein, natürlich nicht.«

»Und vor allem magst du nicht, dass die Sammlung als Köder dienen soll.«

»Vor allem das.« Max seufzte.

»Es sind Probleme im Anzug, nicht wahr?«

»Ja. Ja, das fürchte ich. Und zwar schon bald.«

Morgan starrte ihn an. Quinn? Quinn. Sie hatte von ihm gehört. Guter Gott, *natürlich* hatte sie von ihm gehört. Seit nunmehr fast zehn Jahren war der Name Quinn – zusammen mit diversen Decknamen und von den Medien erfundenen Spitznamen in mehreren Sprachen – ein Synonym für waghalsige, kaltblütige und höchst dramatische Raubdelikte.

Wenn man den Zeitungen glauben durfte, dann hatte er in eleganter Manier die besten Familien Europas bestohlen und sie mit größter Präzision und einem höchst wählerischen Geschmack, der seiner zuvor umschriebenen Selbsteinschätzung bestens entsprach, um Schmuck und Kunstwerke erleichtert. Und er hatte dabei auch noch mit einer fast lächerlich erscheinenden Leichtigkeit einige der teuersten je gebauten Sicherheitssysteme überwunden.

Die Zeitungen wussten ferner zu berichten, dass er niemals Waffen benutzte, noch nie jemanden verletzt hatte und noch nie auch nur annähernd Gefahr gelaufen war, gefasst zu werden. Das alles hatte ihn zu einer Art Volkshelden werden lassen.

»Teufel auch«, flüsterte Morgan.

»Noch nicht.« Jetzt schien er sogar noch mehr amüsiert zu sein. »Wie ich sehe, eilt mir mein Ruf voraus. Wie erfreulich. Es ist schön, festzustellen, dass die Arbeit, die man leistet, anerkannt wird.«

Sie ignorierte diese saloppe Bemerkung. »Ich dachte, Sie würden nur in Europa ›arbeiten‹.«

»Ah – aber Amerika ist doch das Land der unbegrenzten Möglichkeiten«, hielt er in ehrerbietigem Ton dagegen.

Sie wusste nicht, ob sie lachen oder erneut fluchen sollte. Bei all ihrer Liebe für antike Artefakte und Kunstwerke von unschätzbarem Wert hatte sie doch nie die geringste Regung verspürt, den Diebstahl solcher Dinge zu romantisieren. Und wenn gewisse Journalisten auch noch so begeistert die abenteuerlichen Unternehmungen eines Diebes beschrieben, der Geschmack hatte und ohne Zuhilfenahme von Gewalt vorging, so sah sie an ihm dennoch nichts, was an einen neuen Robin Hood erinnert hätte: Niemand hatte je durchblicken lassen, dass Quinn seine Beute mit den Armen teilte.

»Was tun Sie hier?«, fragte sie in befehlendem Ton.

»Ich dachte eigentlich, das wäre offensichtlich.«

Morgan atmete tief durch. »Verdammt, ich meine natürlich – hören Sie gefälligst auf, mir dauernd auf den Busen zu starren!«

Quinn räusperte sich mit einem seltsam klingenden, leisen Geräusch und sagte dann in einem verdächtig ernsten und demütigen Ton: »Ich habe in diesen meinen Händen einige der schönsten Kunstwerke gehalten, die die Welt je gesehen hat. Hätte ich bis vor ein paar Augenblicken gewusst, dass ein so auserlesenes Werk der Natur mir so nahe war … Darf ich sagen …«

»Nein, dürfen Sie nicht«, unterbrach sie ihn durch zusammengepresste Zähne, im heftigen Versuch, ein Kichern zu unterdrücken.

»Nein, natürlich nicht«, murmelte er und fügte traurig hinzu: »Ein Gentleman-Einbrecher zu sein bringt auch einige Nachteile mit sich.«

»Oh, jetzt behaupten Sie auch noch, ein Gentleman zu sein?«

»Wie heißen Sie?«, fragte er neugierig, ohne auf ihre Frage einzugehen.

»Morgan West.« Seltsamerweise kam sie nicht einmal darauf, ihm diese Information vorzuenthalten.

»Morgan. Ein ungewöhnlicher Name. Von Morgana abgeleitet, glaube ich … Altwalisisch …« Dieses Mal unterbrach er sich selbst und fuhr nach einem nachdenklichen Moment fort:

»Und mir bekannt. Ah, jetzt fällt es mir ein. Sie sind die Leiterin der bevorstehenden Ausstellung *Geheimnisse der Vergangenheit.*«

Sie erhob drohend einen Zeigefinger. »Wenn Sie es wagen, meine Ausstellung zu berauben«, erklärte sie grimmig, »werde ich Sie bis ans Ende der Welt verfolgen und Ihren Gentleman-Kadaver über dem Höllenfeuer schmoren lassen!«

»Das glaube ich Ihnen sofort«, erwiderte er in einem Ton voller Nachsicht. »So resolut hat mir bisher nicht einmal Interpol gedroht.«

»Zweifeln Sie bloß nicht daran!« Sie ließ ihre Hand sinken und sagte gereizt: »Und Sie haben mich durcheinander gebracht.«

Noch immer freundlich erklärte Quinn: »Nicht annähernd so sehr wie Sie mich, Morgana.«

»Es heißt Morgan. Nur Morgan.«

»Mir gefällt Morgana besser.«

»Es ist aber nicht Ihr Name ...« Sie nahm sich zusammen. Absurd. Von allen Lächerlichkeiten ... Sie war hier in einem dunklen Museum, das gerade von einer bestens organisierten Diebesbande systematisch ausgeraubt wurde. Ihr Begleiter war zumindest bewusstlos geschlagen worden, ein Mann hatte sie durch die Hallen verfolgt, der, wenn er sie erwischt hätte, wahrscheinlich alles andere als nett gewesen wäre, und nun verteidigte sie ihren Namen gegen einen international berüchtigten Dieb, der mehr Charme hatte, als gut für ihn war!

Und für sie.

Verbissen versuchte sie es noch einmal. »Vergessen Sie meinen Namen. Wenn Sie nicht zu diesen Idioten da draußen gehören, warum sind Sie dann hier?«

»Die Situation hat in der Tat die Züge einer Farce«, erklärte er freundlich. »Ich fürchte, ich bin ihnen in die Quere geraten. Ganz wörtlich. Wir scheinen für heute Nacht die gleiche Agenda gehabt zu haben. Wenngleich meine Vorhaben vom Umfang her natürlich geringer waren. Aber da sie mir zehn zu eins überlegen und noch dazu eindeutig bewaffnet sind, zog ich es vor, die Sache, sagen wir einmal, nicht zu forcieren. Es bricht mir allerdings das Herz, denn ich bin fast sicher, dass das, was mich hierher brachte, nun in einer ihrer langweiligen kleinen Ledertaschen verstaut ist. Aber ... *c'est la vie.*«

Morgan musterte ihn. »Weshalb sind Sie gekommen?«

»Das geht Sie nichts an, Morgana«, antwortete er in aller Höflichkeit.

Nach einem kurzen Augenblick mutmaßte sie: »Sie möchten mir nicht eventuell Ihr Gesicht zeigen?«

»Das wäre im Moment nicht mein vordringlichster Wunsch, nein. Quinn ist ein Name und ein Schatten, nicht mehr. Ich habe das starke Gefühl, dass Ihre Fähigkeit, etwas zu beschreiben, überdurchschnittlich gut ist, und ich habe keine Lust, in sämtlichen Zeitungen ein Phantombild von mir zu finden. Ein Fassadenkletterer zu sein ist eine verteufelte Sache, sobald die Polizei weiß, wie du aussiehst.«

»All die vielen Überwachungssysteme in der Welt, die mit Videokameras arbeiten, und niemand hat es je geschafft, ein Bild von Ihnen zu bekommen?«

»Ich habe Talent«, erklärte er in aller Bescheidenheit.

»Jaja. Wahrscheinlicher ist wohl, dass Sie einen Hammer haben«, sagte sie mit Blick auf seinen Werkzeuggürtel.

»Ich zerstöre nie etwas. Vielleicht zerbreche ich hin und wieder mal eine Glasscheibe oder einen Schaukasten, mehr aber auch nicht.«

»Unbezahlbare Dinge zu stehlen, ist das nicht mehr als das?«

»Na ja, ich meinte, was Zerstören anbetrifft.«

»Und dafür soll ich Ihnen nun ein Kompliment machen?«

»Eigentlich hatte ich schon gehofft, dass Sie das tun würden«, erwiderte er mit einem verdächtigen Ernst.

»Ach du lieber Himmel«, murmelte Morgan.

Er hatte sich lässig, wenngleich mit verhaltener Aufmerksamkeit, an den steinernen Krieger gelehnt, doch nun richtete er sich, bevor sie noch mehr sagen konnte, abrupt auf. Sie musste sein Gesicht nicht sehen, um seine plötzliche Anspannung zu spüren, und als er nach ihr griff, spürte sie einen Augenblick lang echte Angst.

»Schhhh«, flüsterte er, zog sie näher an sich und tiefer in den Schatten. »Sie kommen.«

Morgan versteifte sich nur kurz. Der Mann musste Ohren haben wie ein Luchs; sie hatte absolut nichts mitbekommen, doch nun hörte auch sie die gedämpften Schritte, die durch die Halle auf sie zu kamen. Eine ganze Menge gedämpfte Schritte.

Quinn brachte den Mund an ihr Ohr und flüsterte: »Ihr Lastwagen steht vor einem Seiteneingang. Sie müssen durch diesen Raum, um dorthin zu kommen.«

Morgan befürchtete zwar, sie könnten entdeckt werden, aber dennoch beobachtete sie etwas, das so unwesentlich wie unlogisch war. Trotz Quinns Andeutung, dass er seinen Händen erlaubt hätte, ein wenig zu »wandern«, wenn er ihre Reize nur früher entdeckt hätte, blieb seine Hand an ihrer Taille absolut reglos und hatte auch auf ihrem Weg dorthin nicht zufällig die »Richtung verloren«. Das gereichte ihm auf ewig zu seiner Ehre als Mann, dachte sie. Oder zu seinem distanzierten Professionalismus als Dieb, der mehr geschäftliche Interessen im Sinn hatte. Oder aber er hatte bei seiner Bewunderung besagter Reize schamlos übertrieben. Sie wusste nicht recht, was zutraf.

Aber sie hätte es gerne gewusst. Sehr, sehr gerne.

Sie schob diesen schon fast krankhaft unpassenden Gedanken von sich und versuchte, die beunruhigende Nähe seines harten Körpers zu ignorieren, während sie beide fast ein Dutzend schattenhafte Gestalten beobachteten, die still und leise vor ihnen vorüberzogen. Jeder der Männer trug eine Ledertasche, und sie führten verschiedene Werkzeuge mit sich. Morgan beobachtete sie, und plötzlich traf sie wie ein Donnerschlag der Gedanke, dass in diesen kleinen braunen Taschen die Schätze des Museums fortgeschafft wurden.

Diese Vorstellung war wie ein Hieb in die Magengrube, der schmerzte und ihr Übelkeit bereitete. Sie konnte doch nicht einfach nur dastehen und zuschauen, ohne einen Finger zu rühren, um sie aufzuhalten …

Genau in diesem Moment legte sich Quinns Hand rasch wieder über Morgans Mund, und die andere an ihrer Taille hielt sie eisern fest, sodass jeder Versuch einer Bewegung zum Scheitern verurteilt war.

Sie fühlte sich sehr sonderbar. Wie hatte er es gemerkt? So ein niederträchtiger Kerl wie dieser konnte doch sicher keine Gedanken lesen? Nein. Nein, natürlich nicht. Bestimmt hatte sie sich irgendwie verraten, war zusammengezuckt oder hatte gewimmert – irgend so etwas. Sie zwang sich, absolut reglos dazustehen, bis er endlich – vielleicht nach zehn Minuten – wieder locker wurde und sie losließ.

»Meine Rippen sind gebrochen«, erklärte sie zurückhaltend. »Mindestens drei Stück.«

»Manchmal kenne ich meine eigene Stärke nicht«, entschuldigte er sich feierlich.

Sie folgte ihm, als er ihr Versteck verließ und in die Halle schritt, und schloss aus seiner entspannten Haltung – und der Tatsache, dass seine tiefe Stimme nun nicht mehr unnatürlich leise war –, dass er wusste, dass die anderen Diebe nun verschwunden waren. »Was ist mit den Wachleuten passiert?«, fragte sie ihn.

»Ich kann nur raten«, antwortete er und beschleunigte etwas seinen Schritt, »aber so, wie sie geschnarcht haben, als ich vorhin nach ihnen schaute, würde ich sagen, sie sind mit Drogen außer Gefecht gesetzt worden. Und dann hübsch gefesselt. Sie haben ja gehört, wie der reizende Ed sagte, die Telefonleitungen seien gekappt worden. Das Alarmsystem wurde natürlich deaktiviert, und keine der Außentüren wurde beschädigt, als sie hereinkamen – verdammt.« Das mit mehr Resignation als Zorn geäußerte Fluchwort entkam ihm, als sie im Eingang zu der Halle standen, die eigentlich die ägyptische Sammlung hätte beherbergen sollen.

Morgans Kraftausdruck war um einiges stärker. Tatsächlich

gab sie eine ganze Reihe so heftiger wie schillernder Äußerungen von sich, deren letzte Quinn veranlasste, mit einem eindeutigen Funkeln seiner lebhaften Augen auf sie hinabzusehen.

»Was für eine Sprache«, rügte er sie.

»Sehen Sie sich doch an, was sie angerichtet haben!«, jammerte sie und gestikulierte wild in den Raum hinein, während das Echo ihres bitteren Ausrufs wie Gespött von den nackten Wänden widerhallte. Es sah aus, dachte sie schmerzvoll, wie ein Zimmer nach einer Kinderparty – schmutzig, deprimierend leer und ziemlich trostlos.

Die Diebe hatten ganze Arbeit geleistet. Der gesamte, im wahrsten Sinne des Wortes unbezahlbare Schmuck des Pharao war in ihre Ledertaschen gewandert, und dazu alles, was sie sonst noch hatten tragen können. Figurinen, die goldenen Teller und Pokale, die der Gottkönig auch im Jenseits zum Essen und Trinken benötigte …

»Der Mumiensarg«, keuchte sie. »Sogar den haben sie mitgehen lassen?«

»Hinausgekarrt, bevor Sie die Party störten«, antwortete Quinn, immer noch unerträglich gelassen.

Morgan drehte sich abrupt um, bekam seinen Rollkragenpullover zu fassen und freute sich über sein sichtliches Zusammenzucken, als sich ihre Fingernägel in seine Brust krallten. »Und Sie haben nicht versucht, Sie aufzuhalten?«, fragte sie wütend.

Quinn blickte auf sie hinunter. »Zehn gegen einen«, erinnerte er sie in einem leicht abweisenden Ton. »Und sie hatten Knarren. Schlagen Sie mich nicht, aber wenn Sie zornig sind, sehen Sie ziemlich großartig aus.«

Sie knurrte ihn an und versetzte ihm im Zurücktreten einen Stoß. Er ließ sich davon nicht erschüttern, was ihr seltsamerweise auch gefiel. »Sie sind ein seelenloser Mensch«, sagte sie. »Wie irgendjemand – ganz egal, wer – einfach hier stehen und sich das ansehen kann … eine solche *Plünderung* in absoluter Stille – das übersteigt jedes Verständnis.«

»Der Augenschein«, erwiderte er leise, »kann sehr trügen, Morgana. Wenn ich den Kerl in die Finger bekäme, der dies angeordnet hat, würde ich ihn wahrscheinlich erwürgen.« Dann fügte er in einem leichteren, etwas spöttischen Ton hinzu: »Ein derartiger Massendiebstahl hat eine bedrückende Tendenz, die lokalen Polizeibehörden in Wut zu versetzen, ganz zu schweigen von Personen, die Wertgegenstände zu schützen haben. Und es zeugt von einer unglaublichen Gier, von den Problemen, die uns ehrlichen Handwerkern so etwas bereitet, einmal ganz abgesehen.«

»Ehrlich?«, jaulte sie.

»Ich muss mir meinen Lebensunterhalt schließlich auch verdienen«, konterte er beleidigt. »Kann ich etwas dafür, wenn meine natürliche Begabung mich in Opposition zu gewissen engstirnigen Regeln bringt?«

Als er sich abwandte und losging, blickte sie ihm verständnislos nach und hastete dann hinterher. Der Steinboden unter ihren Füßen war kalt, und es erinnerte sie … »Mein Gott, ich hoffe, sie haben Peter nicht umgebracht«, sagte sie halblaut fast zu sich selbst, als sie Quinn einholte.

»Ihren Freund?«

»Wir waren nur verabredet«, korrigierte sie ihn. »Er ist der Kurator dieses Museums.«

»Und er ist nach Dienstschluss mit Ihnen hierhergekommen? Lassen Sie mich raten. Er wollte Ihnen seine Briefmarkensammlung zeigen?«

Morgan wusste, wenn sie sein Gesicht sehen könnte, würde es sicher eine sardonische Miene zeigen; aber sie musste es nicht sehen, denn genauso klang auch seine Stimme. Doch die Frage war so unglaublich treffend, dass es ihr schwerfiel, entrüstet zu sein.

»Das geht Sie nichts an«, entgegnete sie süßlich und einigermaßen entschieden.

»So etwas nenne ich in die Schranken weisen«, murmelte er und fügte, bevor sie explodieren konnte, hinzu: »Ich würde mir über Ihren Schwerenöter keine Gedanken machen; professionelle Diebe neigen dazu, Mord zu vermeiden.«

»Gilt das auch für Sie?«, fragte sie bissig.

Er blieb unerschütterlich. »Sicher. Die Richter der Welt beurteilen Raub im Großen und Ganzen sehr streng – aber nicht annähernd so streng wie Mord.«

Morgan konnte darauf nicht anders reagieren als mit einer höhnischen Grimasse, was verlorene Liebesmüh war, denn Quinn begutachtete rasch jeden Raum, den sie durchschritten. Interessiert und voller Argwohn fragte sie ihn: »Suchen Sie etwas Bestimmtes?«

»Ich hasse vergeudete Bemühungen«, erklärte er abwesend.

Beinahe wäre sie über einen Wachmann gefallen, der auf dem Boden lag, die Hände mit Klebeband auf den Rücken gefesselt und heftig schnarchend – wie Quinn es gesagt hatte. Im Weiterhasten versuchte sie, das Gleichgewicht wiederzufinden, und holte schließlich zu dem berüchtigten Dieb auf, als er stehen blieb und in eine Glasvitrine starrte.

»Der Kellerman-Dolch«, sagte er bedächtig.

Sein Ton gefiel ihr nicht. »Was ist damit?«

»Das ist ein hübsches Stück. Goldener Griff, mit Rubinen besetzt. Einfache Scheide, aber was soll's. Bringt einen guten Preis.«

3

Was?« Morgan schnappte vor Wut die Stimme über. »Sie glauben doch wohl nicht, dass ich einfach zuschaue, wie Sie das hier stehlen?«

»Nein.« Er seufzte. »Nein, ich dachte mir schon, dass Sie etwas dagegen haben würden.« Und dann trat er in Aktion.

Später konnte sich Morgan nie zu ihrer eigenen Zufriedenheit erklären, wie er es fertiggebracht hatte. Er überrumpelte sie nicht wirklich, sondern er war einfach nur *da*, blitzschnell und einem Schatten gleich. Sie war aus dem Gleichgewicht, das war ihre einzige Entschuldigung. Aus dem Gleichgewicht und überwältigt vom sündhaften Charme dieses Schurken von einem Dieb.

Völlig unerklärlich fand sie sich plötzlich auf dem kalten Marmorboden sitzen. Quinn hatte sie in keiner Weise verletzt, aber ihre Handgelenke waren mit Klebeband gefesselt, und sie starrte auf das verschnörkelte Bein des Schaukastens, das ihre Arme umfassten – effektiv außer Gefecht gesetzt.

Sie versuchte, ihn zu treten, doch er war viel zu behände.

Glucksend stand er knapp außerhalb der Reichweite ihrer Beine, nahm etwas aus seinem Werkzeuggürtel und sagte bewundernd: »Ihre Augen sprühen nur so vor Wut, wie die einer Katze. Nein, hören Sie doch auf, mich treten zu wollen, Sie tun sich doch nur selbst weh dabei.«

Morgan zuckte zusammen, als das Glas des Schaukastens unter seiner fachmännischen Bearbeitung sprang. »Sie werden mich doch nicht hier lassen?«, fragte sie und blickte ungläubig zu ihm auf.

»Tut mir leid«, murmelte er.

»Sie – Sie *Bastard!*«

Vielleicht hatte er das echte Entsetzen in ihrer Stimme gehört; jedenfalls legte er fast mitleidig den Kopf schräg, als er zu ihr niedersah und sagte: »Nur circa eine Stunde, Morgana, ich verspreche es Ihnen. Sobald ich weg bin, gebe ich der Polizei einen Hinweis.«

Sie blickte ihn düster an, wütend auf sich selbst dafür, dass sie einen Augenblick lang Schwäche gezeigt hatte. Die Wahrheit war, dass sie sich gar nicht darüber freute, allein zu sein, hilflos gefesselt, in einem halbdunklen Museum, nur mit betäubten Wachleuten und einem womöglich ermordeten Peter als Gesellschaft.

Es war ihr bis jetzt nicht aufgefallen, aber Quinns sorglose Art und seine mühelose Kraft waren – auf eine eigentümliche Weise, die näher zu betrachten sie sich weigerte – mehr als nur ein kleiner Trost gewesen. Selbst wenn er ein verschlagener, gemeiner, nichtsnutziger Krimineller war.

»Kann man auf Ihr Wort überhaupt zählen?«, fragte sie kalt.

Er schien für einen Moment sehr still zu werden, dann sagte er mit einer Stimme, die anders war als die, die sie bisher von ihm kannte: »Mein Wort ist das einzig Gute an mir. Irgendeinen Rest Ehre muss man sich schließlich bewahren.«

Sein oberflächlich klingender Ton konnte nicht ganz ein wesentlich tiefer liegendes Gefühl verbergen, eine Ernsthaftigkeit, die Morgan überraschte. Sie stand ihren finsteren Blick nicht durch, sondern schaffte es lediglich, ihm gegenüber nicht allzu sehr einzulenken.

Er steckte den Dolch in einen Lederbeutel an seinem Gürtel, den sie bis jetzt nicht bemerkt hatte. Dann veranlasste sie ein plötzlicher Einfall zu einer Frage: »Ed sagte, ich würde bis zum Morgen hier eingesperrt sein; wie wollen Sie denn hinauskommen?«

»Auf demselben Weg, auf dem ich hereingekommen bin.« Jetzt war seine Stimme wieder die alte, unbekümmert und etwas spöttisch.

»Und der wäre?«

Seine Augen funkelten katzengleich, als er zu ihr hinabblickte. »Das ist mein kleines Geheimnis. Schließlich – verwende ich womöglich den gleichen Trick, um an Ihre Ausstellung heranzukommen.«

Ihre momentane Nachgiebigkeit verschwand, als habe ein arktischer Wind sie fortgeweht. »Ich schwöre bei Gott, Quinn, wenn Sie auch nur einen Finger an irgendeinen Teil der Sammlung Bannister legen ...«

»Ich weiß ja«, meinte er mitfühlend, als ihr die Stimme versagte. »Es ist so schwer, ein zweites Mal zu ruhmreichen Höhen aufzusteigen. Die erste Drohung war schon so herrlich formuliert. Wie war das doch gleich – ah, ja: Wenn ich es wage, Ihre Ausstellung zu berauben, verfolgen Sie mich bis ans Ende der Welt und lassen meinen Gentleman-Kadaver über dem Höllenfeuer schmoren. So oder so ähnlich war es doch, nicht wahr?«

Morgan gab einen erstickten Zorneslaut von sich.

Er lachte leise. »Ich muss jetzt gehen, *Chérie*. Haben Sie es einigermaßen bequem?«

Der Stolz gebot ihr, seine spöttisch besorgte Frage zu ignorieren, doch der harte und kalte Steinboden unter ihrem dünnen Rock gemahnte sie, sich zu Wort zu melden, bevor er verschwand. Der gesunde Menschenverstand obsiegte, doch ihr Cherokee-Stolz ließ ihre Stimme schmollend klingen. »Nein, verdammt. Der Boden ist hart. Und kalt.«

»Oh, ich entschuldige mich«, sagte er fast feierlich. »Ich werde versuchen, Linderung zu finden.« Und verschwand im Schatten, in Richtung eines der anderen Räume.

Morgan musste gegen einen ängstlichen Impuls ankämpfen, seinen Namen herauszuschreien. Nachts war ein Museum nun einmal ein zermürbender Ort, sagte sie sich tapfer und setzte sich über das Angstgefühl hinweg. Es war so ... so still. Aus den Schatten ragten große, dunkle Dinge hervor, und über allem lag schwach der abgestandene Geruch von Alter und unaufhaltsamem Zerfall. Sie schauderte; zum ersten Mal sah sie die

Spuren der Geschichte aus einer neuen Perspektive, die ihr gar nicht behagte.

Wenige Minuten später war Quinn zurück, mit einem farbenprächtigen, mit Quasten verzierten Kissen, das er von weiß Gott woher hatte. Noch immer schmollend, aber auch neugierig, wartete sie ab, was er tun würde. Ihre Position auf dem Boden war unangenehm; sie konnte sich nicht viel hochstemmen. Er kauerte sich hinter sie, legte einen Arm um ihre Taille – wieder ohne zu fummeln –, und dann hob er sie etwas hoch und schob ihr das Kissen unter.

»Besser?«, fragte er gut gelaunt.

Sie blickte zu ihm hinauf. »Besser«, wiederholte sie widerwillig. »Aber die Polizei wird mir nicht glauben, dass sich ein skrupelloser Dieb die Zeit nahm, ein Kissen zu suchen und es mir unter den Hintern zu schieben.«

Er lachte amüsiert. »Doch, das werden sie. Vertrauen Sie mir. Sagen Sie einfach nur, Sie hätten um das Kissen gebeten.« Sein Lachen verschwand, er stand da und musterte sie kurz. »Und sagen Sie ihnen, dass ich hier war. Vergessen Sie das nicht.«

Morgan hatte plötzlich die Vorstellung, dass ihre Geschichte schrecklich unwahrscheinlich klingen würde. Sie ertappte sich dabei, wie sie im Kopf Quinn komplett aus ihrer Schilderung entfernte, und war so erstaunt über sich selbst, dass sie lediglich verwirrt zu ihm aufsehen konnte. »Ich – ich will nicht – das heißt, ich habe noch nicht entschieden, was ich der Polizei sage.«

Er blieb ein paar Herzschläge lang still, dann fragte er leise: »Wirst du für mich lügen, süße Morgana?«

»Nein!«, fuhr sie ihn an. »Für mich. Falls Sie es noch nicht gemerkt haben, jede Geschichte, die ich erzähle, wird unglaublich verdächtig klingen. Dass ich vor einer gut organisierten Diebesbande davonlaufe und dabei ausgerechnet von einem international bekannten Fassadenkletterer geschnappt werde, der sich rein zufällig in derselben Nacht dasselbe Museum vorgenommen hat? Und dann fesselt mich dieser besagte Dieb und Klettermaxe an ein Schaukastenbein und schiebt mir zu meiner Bequemlichkeit auch noch ein Kissen unter den Hintern, bevor er einen wertvollen Dolch stiehlt und glücklich seine Flucht bewerkstelligt? Und vergessen Sie nicht, dass Peter und ich mit einem Schlüssel ins Haus gekommen sind. Was sollte die Polizei davon abhalten zu glauben, dass ich mit Ihnen oder mit den anderen Dieben unter einer Decke stecke?«

»Wenn Sie sich gut doof stellen können«, meinte Quinn gelassen, »wird die Polizei nie auf diesen Gedanken kommen.«

»Ich werde mich hysterisch aufführen«, knurrte sie. »Gott, dieser Schlamassel, in den ich da gerate! Bloß weil Peter mir unbedingt seine Briefmarken zeigen musste. Hör auf zu lachen, du Monster! Hau ab – ja, verschwinde gefälligst von hier! Setz dich ab in Nacht und Nebel. Brich deine Zelte ab und verdufte! Das nächste Mal, wenn ich eine schwarze Skimaske sehe, trete ich ihr ans Schienbein. Ich hoffe, beim nächsten Einbruch erwartet dich eine Meute scharfer Hunde. Dobermänner. *Große* Dobermänner. Große, *ausgehungerte* Dobermänner – solche, die früh, mittags und abends nichts zu fressen bekommen haben!«

Sie musterte ihn verächtlich, während er sich ein wenig schwach an den Schaukasten lehnte und sie weiterhin auslachte.

»Im Großen und Ganzen«, meinte er, »glaube ich, dass ich doch den Flammen des Höllenfeuers den Vorzug gebe.«

»Darauf kannst du dich verlassen. Wenn Interpol dich nicht fasst, dann kriege ich dich!«

Er lachte ein letztes Mal und richtete sich dann auf. »Darauf freue ich mich ja schon fast. Gute Nacht, meine Süße – und vielen Dank dafür, dass du einen langweiligen Abend so aufgeheitert hast.«

Sie wartete ein wenig und rief ihm dann nach: »Quinn?«

Er zögerte und drehte sich um. Sie sah seine grünen Augen blitzen.

»Du – du rufst die Polizei?«

»Ich gebe dir mein Wort, Morgana«, antwortete er bestimmt. »Sie werden innerhalb einer Stunde hier sein.«

Morgan nickte, und einen Augenblick später war er lautlos wie ein Schatten verschwunden. Es war sehr still, und sie fühlte sich eigenartig einsam. Sie saß da, an das Bein einer Vitrine gefesselt, ihre nur in Strümpfen steckenden Füße wurden kalt – warum hatte sie Quinn nicht gebeten, ihr ihre Schuhe zu bringen? –, und ein dickes Kissen schützte sie vor dem harten, kalten Boden.

Dann kam ihr der Gedanke, dass sie eine glaubhafte Geschichte für die Polizei zusammenstricken sollte. Eine rechts, zwei links. Nein, das war zu simpel. Sie musste weben – wie Penelope, die nachts die Fäden aus ihrer Webarbeit wieder herauszupfte, weil sie keinen anderen als Odysseus heiraten wollte, obwohl dieser für eine sehr lange Zeit fortgegangen war.

Wie standen die Chancen dafür, zweimal im Leben einem berüchtigten Dieb und Einbrecher zu begegnen? Denkbar schlecht. Es sei denn, man war die Leiterin einer unglaublich wertvollen Ausstellung ...

»Na ja, wissen Sie, Officer«, sagte sie laut vor sich hin, »das ist folgendermaßen passiert ...«

Dem Leuchtzifferblatt ihrer Uhr zufolge traf die Polizei fünfundvierzig Minuten später ein. Und Quinn behielt tatsächlich recht. Die Beamten warfen nur einen Blick auf sie und gingen dann sofort davon aus, dass ein geschäftiger Dieb sich die Zeit nehmen würde, ein Kissen für sie aufzutreiben, weil sie ihm gesagt hatte, der Boden sei zu hart und kalt.

Es hatte also auch Vorteile, wie ein dummes Sexpüppchen auszusehen.

Manchmal zumindest.

Alle Jubeljahre einmal.

»Das gefällt mir gar nicht«, meinte Wolfe, fläzte sich in seinen Sessel und blickte mit düsterer Miene auf einen vor ihm liegenden Polizeireport. »Das sind zwei beraubte Museen innerhalb einer Woche. Diese neue Bande ist offenbar unglaublich gierig, und ich bezweifle, dass sie ausgerechnet jetzt aufhören werden.«

»Hast du das wirklich geglaubt?«, fragte Morgan.

»Nein. Nein, das habe ich nicht.«

Es war noch sehr früh. Sie saßen in Morgans Büro, weil es größer war als das von Wolfe.

Nach einer Weile erklärte sie: »Keines dieser beiden Museen hat ein Sicherheitssystem wie das, das hier installiert wird. Deren Systeme sind nicht einmal so gut wie das hier bereits existierende. Sie haben nur Wachen und simple Türalarmanlagen. Keine Laser, keine Sensoren und kein Notstromsystem für einen eventuellen Stromausfall.«

Wolfe schüttelte den Kopf. »Das ist es nicht, was mir Sorge macht. Dass die Sicherheitsanlagen dieser Museen veraltet waren, das gebe ich ja gerne zu. Aber was mir gar nicht gefällt, ist dieses *Ausmaß*. Diese Kerle sind da hineinmarschiert wie eine Armee und haben alles mitgehen lassen, was sie tragen konnten. Deinen Beobachtungen und den Polizeiberichten zufolge haben sie sich Zeit gelassen und gingen sehr methodisch vor, fast geschäftsmäßig. Sie haben keinen Fingerabdruck oder sonst eine Spur hinterlassen, und ich kann nicht erkennen, dass sie sich auch nur einen Fehler geleistet hätten.

Alle Informationen, die wir haben, sind lediglich rudimentär, und das meiste davon stammt von dir: zehn bis zwölf Mann, einer davon heißt Ed, und er stahl sehr geschickt Objekte, die kein Hehler, der etwas auf sich hält, anfassen würde. Das deutet auf einen großen Sammler oder ein Sammlerkartell hin, das von diesen Dieben beliefert wird. Und das bedeutet, dass wahrscheinlich nichts von dem Diebesgut jemals wieder auftauchen wird; die Polizei hat nicht die geringste Hoffnung, irgendetwas davon wiederzufinden.«

»Der Dolch könnte wieder auftauchen«, murmelte Morgan.

»Was für ein Dolch?«

Morgan räusperte sich und begegnete seinem Blick. »Der

Kellerman-Dolch. Die Diebe – die Bande – hat ihn nicht an sich genommen. Das war jemand anderer.«

»Wer?«, fragte Wolfe.

»Quinn.«

Wolfe setzte sich ruckartig auf und starrte sie bestürzt an. »Quinn? Er war letzte Nacht auch dort?«

Morgan nickte. »Er war da. Das habe ich der Polizei nicht erzählt, weil … na ja, weil – wenn er nicht gewesen wäre, hätte mich die Bande erwischt, und die wären wahrscheinlich nicht sonderlich nett zu mir gewesen.«

»Ich dachte, *die* hätten dich erwischt«, sagte Wolfe langsam.

»Nein. Sie wussten, dass ich da war, und waren gar nicht froh darüber, aber sie schienen sich auch nicht besonders darüber aufzuregen. Ich wurde erst gefesselt, als sie schon weg waren. Quinn hat das gemacht. Ich … äh … habe mich aufgeregt, als er beschloss, den Dolch mitgehen zu lassen; deshalb hat er mich an den Schaukasten gefesselt.«

»Hast du sein Gesicht gesehen?«

»Nein, er trug eine Skimaske. Er wollte mir nicht verraten, was er eigentlich hatte stehlen wollen. Er sagte nur, als er merkte, dass er nicht der einzige Dieb in dem Gebäude war – und dass die anderen so viele waren –, habe er beschlossen, denen nicht in die Quere zu kommen.«

Wolfe musterte sie einen Moment lang, dann sagte er: »Du hast dich ja anscheinend ganz gut mit ihm unterhalten.«

Morgan errötete ein wenig, wich seinem Blick jedoch nicht aus. »Ich kann es nicht wirklich erklären, außer, dass ich mich nicht von ihm bedroht fühlte. Ich meine, ich hatte überhaupt keine Angst vor ihm. Er war sogar einigermaßen charmant – und erinnere mich jetzt bitte nicht daran, dass er auch nicht besser ist als die anderen. Das weiß ich, das kannst du mir glauben. Es ist einfach nur so, wenn ich es der Polizei erzählt hätte, wäre die Sache dadurch nur noch komplizierter geworden, und außerdem klingt die ganze Geschichte so unwahrscheinlich. Aber das macht doch nichts aus, oder? Das Einzige, was er mitnahm, war der Dolch, und wenn er den verhökert, dann taucht er wieder auf, also …«

»Du weißt doch so gut wie ich, dass das nicht stimmt. Falls der Dolch tatsächlich wieder auftaucht, könnte das die Polizei gut und gern auf eine falsche Spur bringen. Es könnte für sie bedeuten, dass all die anderen Objekte dann auch bei Hehlern landen, und so würden sie sich auf eine falsche Annahme stützen.«

»Gewöhnliche Diebe versus Sammler.« Morgan nickte seufzend. »Ich weiß, ich weiß. Anscheinend habe ich nicht gut genug überlegt.«

Wolfe betrachtete sie nachdenklich und zuckte die Achseln. »Im Endeffekt macht es wahrscheinlich keinen allzu großen Unterschied. Bei Raub muss die Polizei eine standardmäßige Routine einhalten, und das heißt, sie werden auf alle bekannten Hehler ein Auge werfen. Ohne einen soliden Verdacht können sie ansonsten nicht viel tun. Wenn nur der Dolch auftaucht, versuchen sie natürlich, diese Spur zu verfolgen – aber sie werden sich nicht lange in die Irre führen lassen.« Nach einer Pause fuhr er fort: »Wenn du gesagt hättest, dass Quinn auch im Museum war, hätte das für die Arbeit der Polizei wohl keinen großen Unterschied bedeutet. Wenn er in diesem Land ist, dann wird die Polizei das ohnehin bald herauskriegen.«

»Ich denke doch, dass er unserer Polizei bekannt ist, nicht wahr? Aber sie wissen wohl nicht mehr als das, was Interpol an Informationen zur Verfügung stellt.«

»Wahrscheinlich nicht. Sie werden seinen Decknamen kennen und die Art von Kunst und Schmuck, die er vorzugsweise raubt.« Wolfe sprach etwas abwesend, den Blick unter seiner gerunzelten Stirn hervor auf Morgans Schreibtisch gerichtet.

»Hat nicht ein Journalist in England diesen Namen erfunden? Ich meine, hat nicht dieser Journalist damit angefangen, diesen speziellen Dieb als Quinn zu bezeichnen, weil das klug und intelligent bedeutet, oder so ähnlich?«

»Wenn ich mich recht erinnere, behauptete der Journalist,

er habe nach einem großen Raub eine Nachricht von dem Dieb erhalten, die mit Quinn unterzeichnet war. Die Polizei war sich nie sicher, ob die Nachricht wirklich von ihm kam, aber der Name blieb an ihm hängen. Erst später meinte jemand, er habe diesen Namen wegen der Bedeutung von Quinn gewählt.«

»Glaubst du, dass er das tat?«

»Ich bezweifle, dass die Nachricht überhaupt von ihm war. Es wäre doch ganz schön dumm, die Verantwortung für einen Raub zu übernehmen und der Polizei eine Gelegenheit zu geben, eine Akte über ihn anzulegen. Und dass er dumm wäre, das habe ich nun wirklich nie gehört.«

»Der Journalist – oder jemand anderer – versuchte also, aus einem Raub mehr für sich herauszuschlagen?«

»Vielleicht. Wahrscheinlich. Jedenfalls war das der Beginn des ganzen Zirkus um Quinn und seine Aktivitäten. Ich habe mir immer gedacht, dass der Mythos viel größer ist als der, um den es dabei geht.«

Dessen war sich Morgan nicht so sicher, doch das behielt sie lieber für sich. Stattdessen sagte sie: »Aber er soll sehr gut sein. Was sein Vorgehen anbetrifft sogar sehr, sehr gut.«

»Er ist seit zehn Jahren aktiv und auf freiem Fuß, da muss er wohl sehr gut sein.«

Nach einem kurzen Zögern meinte Morgan: »Bis jetzt wurde noch nichts über einen Diebstahl von Quinn in den Staaten berichtet; ich habe nachgeforscht. Er kam direkt hierher, Wolfe. Direkt nach San Francisco. Und er wusste, dass ich die Leiterin von Max' Ausstellung bin. Ich weiß nicht, was er letzte Nacht in dem anderen Museum getrieben hat – aber ich denke, wir sollten davon ausgehen, dass die Sammlung Bannister sein letztendliches Ziel ist.«

»Na großartig«, meinte Wolfe grimmig. »Das ist doch einfach fantastisch.«

»Es ist kein absolut unerwartetes Problem«, erklärte Morgan. »Wir wussten von Anfang an, dass die Ausstellung ein heißes

Ziel für Diebe wird. Und sie ist sicherlich eines, das verlockend genug ist, auch einen international operierenden Kriminellen wie Quinn anzuziehen. Aber das ändert nichts. Du hast es selbst gesagt; alles, was wir tun können, ist, es solchen Kerlen so schwer wie möglich zu machen. Und du sagtest auch, dass Max uns eine Vollmacht gegeben hat, alles dazu Nötige zu tun.«

»Ja, aber ich wünschte, er würde es sich überlegen, die ganze Sache abzublasen. Ich bin mehr als nur ein bisschen geneigt, noch einmal anzurufen und zu versuchen, ihn zu überreden.«

»Du kennst ihn besser als ich«, meinte Morgan. »Aber nach allem, was er zu mir gesagt hat, glaube ich nicht, dass er sich darauf einlässt.«

»Nein, wahrscheinlich nicht.«

»Außerdem ist er in den Flitterwochen. Er ist in ein paar Wochen wieder hier, also noch eine ganze Weile, bevor die Sammlung aus dem Tresor kommt, und lange bevor die Ausstellung eröffnet wird. Vielleicht haben wir bis dahin etwas Konkreteres, das wir ihm sagen können.«

»Du hast Quinn gesehen, Morgan. Hast mit ihm gesprochen. Wie viel konkreter könnte so etwas dann noch sein?«

»Er hat mir nur gesagt, wer er war. Aber vielleicht hat er ja auch gelogen.«

»Glaubst du das?«

Sie zögerte und fluchte dann halblaut. »Nein. Ich glaube, es war Quinn. Aber wir wissen noch immer nicht sicher, ob er hinter der Sammlung her ist. Wir können es annehmen, aber sicher wissen wir es nicht. Er könnte sich zum Beispiel auch den ganzen Rummel um die Ausstellung zunutze machen und jemanden anderen berauben.«

»Mhm.«

»Na ja, natürlich stehen die Chancen schon eher dafür, dass er es auf die Sammlung abgesehen hat.«

Wolfe musterte sie.

»Mehr als das«, räumte sie widerwillig ein.

»Ich würde sagen, das ist ziemlich sicher.«

Morgan seufzte. »Ja, schon.« Sie stapelte ihre Polizeireporte und verschiedene andere Papiere sorgfältig auf ihr Notizbuch. »Also gut, ich rufe jetzt gleich die Sicherheitsfirma an. Falls ihre klugen Jungs und Mädchen irgendwelche Tricks kennen, die wir hier noch nicht für die Sicherheit eingeplant haben, will ich sie mitgeteilt bekommen. Wenn es sein muss, verwandeln wir dieses Gebäude in ein zweites Fort Knox.«

»Einverstanden.«

Carla Reeves lieferte die Informationen, die er forderte. Sie brauchte dazu nicht lange, denn sie hatte uneingeschränkten Zugang zu allem, was er wollte, und von den Schaltbildern Kopien zu machen war kein Problem. Auch die Kopien aus dem Büro herauszubekommen war einfach, denn sie hatte sich den besonderen Ruf erworben, bis spät abends zu arbeiten, und die Nachtwache war daran gewöhnt, erst nach ihr alles abzuschließen.

Sie traf ihren Erpresser, wo und wann er es angeordnet hatte, und überreichte ihm eine CD mit den von ihr gespeicherten Daten.

»Das sind die neuesten Pläne?«

Carla nickte. »Ja.«

»Danke, Carla.«

Sie musterte ihn. »Dann … sind wir miteinander fertig?«

»Sind wir … für den Moment.«

Das hatte sie erwartet, und es machte sie alles andere als glücklich. »Hören Sie, ich kann nicht ständig in alles meine Nase reinstecken und Kopien für Sie machen. Es gibt eingebaute Sicherheitsvorkehrungen, Firewalls, die ich vielleicht nicht sehe, bis es zu spät ist.«

»Dann würde ich an deiner Stelle sehr, sehr vorsichtig sein.«

»Bitte, ich kann nicht …«

»Und ob du kannst. Und setz alles daran, nicht erwischt zu werden, Carla. Ich glaube, darüber wäre ich gar nicht glücklich. Ganz und gar nicht.«

Carla Reeves spürte einen Schauder, der absolut nichts mit der kühlen Nachtluft zu tun hatte.

Morgan traf Wolfe vor dem Flur, von dem die Büroräume abgingen, und obwohl seine düstere Miene sie zu keinem Gespräch und nicht einmal einem Gruß verlockte, stürmte sie unbekümmert in etwas hinein, wo sogar Engel hätten Vorsicht walten lassen.

»Du hast Max angerufen, nicht wahr?«

»Ja, ich habe ihn angerufen.«

»Und er hat sich geweigert, auch nur darüber nachzudenken, die Ausstellung abzusagen.«

Wolfes düstere Miene wurde noch dunkler. »Er denkt nicht einmal daran, die Eröffnung zu verschieben.«

»Und deshalb bist du sauer.«

Da sie ihm mehr oder weniger den Weg versperrte, war Wolfe gezwungen zu antworten. »Natürlich bin ich nicht sauer auf Max«, erwiderte er.

Morgan zog erstaunt eine Braue hoch.

»Also gut, ich bin sauer. Er besteht borniert darauf, seine Versprechen einzuhalten, sogar wenn es besser wäre …« Er seufzte laut. »Wie dem auch sei. Es ist nicht meine Sammlung, ich arbeite lediglich für die Leute, die sie versichern.«

»Es ist nicht unsere Sache, zu überlegen, warum?«

»So in etwa. Jedenfalls nervt mich im Moment noch mehr dieser Computerheini da hinten. Ich glaube, er ist überfordert und will es nicht zugeben.«

»Wenn du ihn dauernd Computerheini nennst, brauchst du dich nicht zu wundern, wenn er dir gegenüber nichts zugibt. Er heißt Jonathan.«

»Tatsächlich?«

Morgan seufzte. »Jawohl. Und egal, wie jung und … äh … konfus er manchmal auch zu sein scheint, er ist ein Fachmann.«

»Ja. Angeblich einer der besten, die Ace Security hat, aber mir kannst du nichts vormachen.«

»Weißt du genug über Computer, um sichergehen zu können, dass er Mist macht?«

»Ich weiß genug, um zur Schau gestellte Tapferkeit zu erkennen. Und außerdem ist er ängstlich.«

»Also, was willst du tun?«

»Im Moment kann ich nicht viel tun. Max wollte Ace Security, und Lloyd's war damit einverstanden. Ace sagt, dieser Typ ist einer ihrer Topleute. Na schön. Aber das heißt nicht, dass ich nicht auch noch jemanden anfordern kann, der in der Pyramide ein Stück weiter oben steht und sich mal anschaut, was der Junge da fabriziert.«

»Wahrscheinlich machst du ihn einfach nur nervös.«

»Wer, ich?«

Morgan grinste. »Ja, du. Weißt du, mir gefällt es ja immer wieder, wenn du Feuer und Schwefel spuckst, aber ich kann mir vorstellen, dass es für eine anspruchsvolle Arbeit nicht gerade förderlich ist.«

»Wenn er nicht ein bisschen was aushält«, konterte Wolfe, »dann taugt er nicht für diesen Job. Sicherheit ist kein Geschäft für Schwächlinge.«

»Verstanden. Mmhh … Wolfe? Du arbeitest schon eine ganze Weile in der Branche, ja?«

»Zehn Jahre oder so. Warum?«

Morgan umklammerte ihr Klemmbrett und gab ihr Bestes, um möglichst wenig neugierig zu erscheinen. »Ich habe mich nur gefragt, ob du schon einmal mit Quinn zu tun hattest.«

Wolfe blickte sie unverwandt an; seine Miene war seltsam ausdruckslos. Dann sagte er in einem ebenso teilnahmslosen Ton: »Vor ein paar Jahren. Ich wohnte privat in London. Stand mitten in der Nacht auf, um mir etwas zum Lesen zu suchen, und erwischte Quinn mit der Hand im Safe.«

»Oh mein Gott.« Das war mehr, als Morgan erwartet hatte. »Was passierte?«

Wolfe lachte auf. »Nicht viel. Er entkam. Das war nicht einer meiner besten Momente.«

»Na ja … er ist eben ziemlich gerissen, nach allem, was man so hört. Ich meine, du kannst dir nicht zum Vorwurf machen, dass du ihn nicht erwischt hast, wenn nicht einmal Interpol in all den Jahren dazu in der Lage war.«

»Danke«, erwiderte Wolfe trocken.

»Damit habe ich dir jetzt auch nicht geholfen, wie?«

»Nein, aber mach dir deshalb keine Gedanken. Morgan … falls du auf die Idee verfallen bist, dass Quinn so etwas wie ein romantischer Held ist …«

Sie spürte, wie ihr Gesicht heiß wurde, und fiel ihm rasch ins Wort: »Nein, nein, natürlich nicht. Ich weiß, er ist ein Räuber.«

»Und auch nicht einer der Sorte Robin Hood«, erinnerte Wolfe sie. »Er bestiehlt nicht die Reichen, um die Beute dann an die Armen zu verteilen.«

»Ich weiß. Ich weiß das. Ich bin nur neugierig, das ist alles. So wie ich ihn getroffen habe …«

»Ich habe gehört, wenn er will, kann er sehr charmant sein. Aber überleg dir gut, warum er das womöglich will, Morgan. Du bist die Leiterin der Ausstellung *Geheimnisse der Vergangenheit.* Die einzige Person, die darüber so ziemlich alles weiß, was man wissen kann.«

»Eine kostbare Informationsquelle«, murmelte sie.

»Für einen Dieb die absolut beste. Du hast selbst gesagt, dass er direkt hierherkam, nach San Francisco. Geradewegs zum künftigen Ausstellungsort von Max' Sammlung.«

Morgan straffte die Schultern und nickte. »Ja.«

»Vielleicht war es gar nicht so ein Zufall, dass du ihm letzte Nacht über den Weg gelaufen bist.«

Das überraschte sie. »Ich wüsste nicht, inwiefern es irgendetwas anderes gewesen sein könnte. Er war lange vor mir im Museum. Und niemand wusste, dass Peter mich nach Dienstschluss dorthin bringen würde, nicht einmal ich selbst, bis wir im Auto saßen.«

Wolfe zuckte die Achseln. »Okay, mag sein. Aber denk daran,

dass es nicht allzu viele Zufälle gibt, wenn einer wie Quinn auftaucht. Nach dem, was ich so höre, hat er das Talent, Leute und Ereignisse seinen Absichten entsprechend zu manipulieren.«

»Das habe ich auch gehört«, räumte Morgan ein.

»Vergiss es nicht. Er wäre nicht seit Jahren so erfolgreich, wenn er nicht gelernt hätte, jede Situation zu seinen Gunsten zu beeinflussen. Und wenn er sich geschickt genug anstellt, kommst du nie darauf, dass er es ist, der die Fäden zieht. Es ist nicht immer alles so, wie es aussieht.«

»Gilt das auch für Personen?«

Wolfe lächelte gequält. »Ganz besonders sogar. Die meisten Menschen haben eigene Lebensvorstellungen; du bist alt genug, um das zu wissen. Und wir wissen beide, was Quinns Vorstellung ist. Alles, was ich sage, ist, lass dich nicht von dem Mythos um ihn durcheinanderbringen. Letzten Endes ist ein Dieb ein Dieb, und damit basta.«

»Ja«, sagte Morgan. »Ich weiß.«

Einige Tage verstrichen. Der langsame Prozess der Modernisierung eines veralteten Sicherheitssystems schritt voran. Wolfe war im Büro oder auch nicht, manchmal unverkennbar genervt, zumeist aber wie gewöhnlich wortkarg und lakonisch, und Morgan war energisch mit den tausend Details ihres Jobs befasst.

Am Donnerstag fragte Wolfe sie, ob sie Lust habe, am folgenden Abend mit ihm auf eine Party zu gehen. Der Gastgeber sei ein Freund von Max, ein in der Kunstwelt einflussreicher Mäzen und Sammler. Mithilfe der Party sollte Geld für eine finanziell knappe Kunstschule in der Stadt gesammelt werden, und der Regenbogenpresse zufolge erwartete man, dass die Elite von San Francisco erscheinen würde.

Morgan hatte in der Verwaltung eines anderen Kunstmuseums und einer in San Francisco ansässigen Stiftung gearbeitet, weshalb wohl auch sie auf der Gästeliste stand, doch eigentlich hatte sie entschieden, nicht hinzugehen, bis Wolfe fragte.

Wenn er so sehr an dieser Party – oder den Gästen – interessiert war, dass er hingehen wollte, dann mochte auch sie sich diese Sache nicht entgehen lassen.

Seinen Worten nach schien er sehr davon überzeugt zu sein, dass die Gang des charmanten Ed mindestens einen, möglicherweise auch mehrere Kunstsammler hinter sich hatte. Es machte also durchaus Sinn, dass Wolfe einen genauen Blick auf möglichst viele Sammler werfen wollte, noch dazu, wenn sie alle schön bequem und für seine Inspektion wie gerufen unter einem Dach versammelt waren.

Was Morgan als seine Begleiterin anbetraf, so verstand auch sie das gut. Da sie seinem Typ Frau – langhaarige Blondine – absolut nicht entsprach, würde sie ihn nicht vom »Geschäft« ablenken. Und sollte er seinen Typ zufällig treffen, würde Morgan das garantiert verstehen – und ein Taxi nach Hause nehmen.

»Ich habe sogar das Fahrgeld dabei«, berichtete sie ihm am Freitagabend gut gelaunt im Wagen auf dem Weg zur Party.

»Morgan, ich habe nicht vor, dich sitzen zu lassen.«

»Ja, das ist mir schon klar. Aber für den Fall, dass du dich im Lauf des Abends umentscheidest, wollte ich dir einfach sagen, ich bin vorbereitet.«

Wolfe schüttelte den Kopf, wollte aber nicht mit ihr streiten. »Ich will nur mit ein paar von diesen Sammlern reden. Das Ganze ist eine rein geschäftliche Angelegenheit für mich.«

»Ist ja schon gut. Weiß Leo eigentlich, dass Max dein Halbbruder ist?«

»Das bezweifle ich.« Wolfe zuckte die Achseln. »Da ich nicht hier aufgewachsen bin und Max eigentlich nie über Familienangelegenheiten spricht, glaube ich nicht, dass viele Leute das wissen. Nicht, dass es ein Geheimnis wäre, aber es ist einfach kein Gesprächsthema.«

»Ich weiß es nur, weil Max mir erzählt hat, weshalb er dir in puncto Sicherheit der Ausstellung mehr vertraut als jedem anderen Mitarbeiter von Lloyd's. Er sagte, ihr seid bei euren Vätern aufgewachsen und habt euch erst vor ungefähr fünfzehn Jahren kennengelernt.«

»Stimmt.«

»Er hat auch erzählt, eure Mutter sei eine erstaunliche Frau, und er habe Angst vor ihr gehabt.«

Wolfe grinste leicht. »Stimmt auch. Sie könnte ganze Armeen kommandieren, unsere Mutter. Man sieht es ihr nicht im Entferntesten an, aber sie verleiht dem Bild einer eisernen Faust im Samthandschuh eine neue Qualität. Und sie hat einen umwerfend vielseitigen Charme. Ich habe ein paar der mächtigsten Männer der Welt gesehen, die ihr wie volltrunken im Liebestaumel hinterherliefen.«

»Max sagte, eure Väter seien ihr nach der Scheidung beide freundschaftlich verbunden geblieben.«

»Unsere Mutter macht sich nie jemanden zum Feind, vor allem nicht ihre Ehemänner.«

Morgan musste lachen. »Sie scheint ja wirklich faszinierend zu sein. Ich würde sie gerne einmal kennenlernen. Max sagte, sie reist viel?«

»Ja. Als ich das letzte Mal von ihr hörte, war sie gerade in Australien oder Neuseeland.«

»Kommt sie ganz zufällig auch mal in unsere Gegend?«

»Das weiß nur der Himmel.«

»Du willst gar nicht, dass sie hierher kommt, stimmt's?«, fragte Morgan scharfsichtig.

»Solange durch Max' Sammlung jeder Schurke im Land möglicherweise hierhergelockt wird? Nein.«

»Na ja, so hatte ich das jetzt nicht gemeint.«

»Aber ich«, erklärte Wolfe und lenkte seinen gemieteten Sportwagen in die lange Einfahrt vor Leo Cassadys Villa mit Meeresblick.

4

San Francisco war berühmt für eine ganze Reihe von Dingen, unter anderem die Golden Gate Bridge, doch da Quinns Interesse rein professioneller Natur war, galt es transportablen Schätzen – und den Sicherheitssystemen, die sie schützten.

Sehr guten Sicherheitssystemen.

In Anbetracht der Tatsache, dass in der Stadt mehrere Superreiche wohnten, konnte es kaum überraschen, dass San Francisco ein paar der neuesten und kompliziertesten Sicherheitssysteme zu bieten hatte, die die Welt kannte. Leo Cassady zum Beispiel lebte in einer Villa, deren Sicherheitssystem das der meisten Banken beschämt hätte.

Von seinem Aussichtspunkt auf dem Dach eines fast einen halben Häuserblock entfernten Gebäudes aus beobachtete Quinn, wie nach und nach die Creme der Gesellschaft von San Francisco eintraf. Sein Infrarotfernglas ermöglichte ihm einen eingehenden Blick auf jede Person, und er ertappte sich dabei, den Dollarwert der Juwelen, die einige jener schlanken, vornehmen Körper zierten, zu kalkulieren.

Die verblüffende Gesamtsumme, die er errechnete, war immens verführerisch, umso mehr, wenn er auch noch den mutmaßlichen Wert dessen hinzuaddierte, was, wie er wusste, diese Villa auch noch enthielt: Leo Cassadys Privatkollektion von Kunstwerken und Artefakten.

Mit einem Seufzer ließ Quinn das Fernglas sinken. Ein mit Kostbarkeiten vollgestopftes Privathaus, dessen Besitzer den Gastgeber für sämtliche Kunstsammler der Stadt spielte. Zu schade, dass man nicht einfach ein Netz über das ganze Gebäude werfen konnte.

Er lachte leise vor sich hin, steckte das Fernglas in seinen

Werkzeuggürtel und verabschiedete sich etwas wehmütig von all dem verführerischen Reichtum. Zumindest für den Moment.

Doch gerade, als er sich abwenden wollte, hielt er unwillkürlich inne und warf noch einmal einen Blick auf das herrschaftliche Wohnhaus. Ein niedriger Sportwagen war angekommen und hatte sich zu den anderen kreisförmig geparkten Wagen gesellt. Quinn beobachtete, wie ein Mann und eine Frau ausstiegen und sich unter die anderen Gäste mischten, die ins Haus defilierten.

Er brauchte sein Fernglas nicht. Er brauchte nicht seine Augen, um zu erkennen, was ihm seine anderen Sinne bereits signalisiert hatten.

Morgan gehörte also auch zu den Gästen. Nicht, dass ihn das überrascht hätte; schließlich war sie in der Welt der Sammler und der Leute, die mit Museen zu tun hatten, gut bekannt. Außerdem kannte sie Leo Cassady über dessen Freund Max Bannister.

Quinn wartete, bis sie in der hell erleuchteten Villa verschwunden waren, und wandte sich dann ab. Er runzelte kurz die Stirn, zögerte jedoch nicht noch einmal, sondern verließ seinen Aussichtspunkt und ging zu einem in der Nähe geparkten unscheinbaren Wagen.

Anstatt sofort loszufahren, zog er jedoch sein Handy heraus und telefonierte.

»Ja.«

»Ich bin ein wenig überrascht, dass du heute Abend nicht auf der Party bist«, sagte er. »Alle anderen sind dort.«

»Ich habe auch noch andere Dinge zu tun, genau wie du.«

»Hast du die technischen Pläne schon aufgetrieben, die ich haben wollte?«

»Bis jetzt noch nicht. Ich kann nicht einfach danach fragen, vergiss das nicht.«

»Ich muss dich aber doch nicht daran erinnern, dass die Zeit läuft und läuft.«

»Nein, daran musst du mich nicht erinnern. Ebenso wenig, wie ich sicherlich dich daran erinnern muss, dass diese Situation mit jedem Tag, der verstreicht, schwieriger wird. Überall werden Sicherheitssysteme ausgebaut und verbessert, dank dieser Bande, die alles mitgehen lässt, was die Kerle tragen können. Selbst wenn ich dir die Pläne besorgen kann, kann ich nicht garantieren, dass sie auf dem neuesten Stand sind.«

»Lass das meine Sorge sein.«

»Du und dir Sorgen machen? Zeig mir das nächstes Mal, wenn wir uns sehen, ja? Weil ich das wirklich noch nie gesehen habe.«

Quinn lachte leise. »Oh, es gibt durchaus ein paar Dinge, die mir Sorge bereiten, glaub mir. Diese Bande zum Beispiel. Wenn deren Treiben nicht bald ein Ende findet, und zwar wirklich bald, dann werden in Kürze um alles, was es in dieser Stadt an Wertvollem gibt, bis an die Zähne bewaffnete Truppen aufmarschieren.«

»Und eine solche Barriere könntest nicht einmal du durchbrechen.«

»Na ja, sagen wir mal, mir wäre lieber, es gar nicht erst versuchen zu müssen.« Quinn hielt kurz inne. »Ich sehe mir jetzt noch ein paar in Frage kommende Objekte an und fahre dann zum Museum zurück. Wenn du diese Pläne in die Hand bekommst, dann gib mir Bescheid. Besser früher als später.«

»Okay.«

Quinn beendete den Anruf und überlegte kurz, welche Möglichkeiten er hatte, dann zuckte er die Achseln und startete den Wagen. Wenn er etwas gelernt hatte, dann dies, dass das Universum seinen eigenen Plan verfolgte, und dass ein kluger Mensch lernte, mit dem Strom zu schwimmen.

Und Quinn war ein kluger Mensch.

Morgan kannte die exquisiten Gemälde und anderen Stücke aus Leos beeindruckender Sammlung bereits, doch das hielt sie nicht davon ab, durch sein wunderschönes Haus zu wandern, um sie sich noch einmal anzusehen. Kommentarlos hatte sie die unauffällige Präsenz einiger ziviler, ebenso vornehm wie die Gäste gekleideter Wachleute registriert, die die Schätze im Auge behielten, und sie ging auch davon aus, dass Vitrinen und Bilder von einem unsichtbaren, aber zweifelsohne umfassenden Sicherheitssystem geschützt wurden.

Das war eine gegebene Tatsache.

Schließlich gelangte sie in den großen Raum, in dem Leo während seiner Festivitäten gerne Hof hielt. Er war ein sehr gut aussehender, charmanter Mann Ende vierzig und bei Männern und Frauen gleichermaßen beliebt.

»Morgan, wo ist Wolfe?«, fragte Leo.

»Er hat mich wegen einer Blondine sitzen lassen«, antwortete Morgan ohne Groll und kicherte dann. »Sie scheinen eine unwiderstehliche Anziehungskraft auf ihn auszuüben. Vermutlich hätte ich ihn darauf hinweisen sollen, dass die, mit der er gerade tanzt, ein Hai mit einem voll ausgewachsenen Gebiss ist, aber er ist schließlich ein großer Junge. Also kann er sich allein durchs Leben schlagen.«

Leo lächelte. »Du redest wohl von unserer Nyssa?«

»Genau«, erwiderte sie prompt. »Sie hat nicht nur die Angewohnheit, mir gnadenlos meine Verabredungen auszuspannen, sondern heute Abend auch schon zweimal versucht, mir das Versprechen abzuringen, dass sie die *Geheimnisse der Vergangenheit* privat noch vor der Eröffnung der Ausstellung sehen darf.«

Leo zog eine Braue nach oben. »Ich hätte gedacht, diesbezüglich müsste sie Max fragen«, meinte er.

Morgan grinste. »Bei Max hat sie bis auf Erpressung monatelang alles versucht und schließlich ihre Niederlage eingestanden. Das hat sie mir gesagt. Also bin jetzt ich dran. Jede Menge freundliches Lächeln und honigsüße Worte.« Kopfschüttelnd fügte Morgan hinzu: »Sie fragte auch, ob Max in Betracht ziehen würde, ein Stück der Sammlung zu verkaufen. Eigentlich dachte ich, dass die Antwort darauf jeder kennt.«

»Sie kennt sie auch«, pflichtete Leo bei. »Aber sie gibt eben nicht so leicht auf.«

»Wie fanatische Sammler nun mal sind«, stimmte Morgan seufzend zu. »Aber trotzdem hoffe ich, dass sie aufhört, ihre Zeit an mich zu vergeuden. Ich habe genug am Hals, auch ohne dass sie mir auf die Nerven geht.«

»Vielleicht fängt sie ja jetzt an, Wolfe zu piesacken«, meinte Leo grinsend.

Morgan blickte durch die breite Türöffnung in den Ballsaal und kicherte, als sie dort Wolfe entdeckte, der mit der großen, umwerfend gut aussehenden Blondine tanzte. »Kann gut sein.«

»Und was Männer anbetrifft«, murmelte Leo, »ist sie auch äußerst versiert in den verschiedenen Künsten der … Überredung.«

»Weißt du das aus eigener Erfahrung?«, fragte Morgan mit einem lauernden Lächeln.

Leo erwiderte in einem nachdenklichen Ton: »Ich habe ein Angebot von dreißigtausend für meinen griechischen Kelch abgelehnt.« Dann entschuldigte er sich freundlich und schlenderte fort.

Morgan konnte nicht umhin zu lachen, als sie zuschaute, wie sich ihr Gastgeber entfernte. Nyssa hatte den griechischen Kelch, und sie hatte damit geprahlt, ihn für zehntausend bekommen zu haben. Offenbar war sie für den Rest eine Art Tauschhandel eingegangen.

Morgan rechnete es Nyssa als Verdienst an, dass sie zumindest bezüglich ihrer Taktik ehrlich war.

Wolfe würde sich gegenüber einer fanatischen Sammlerin bestimmt behaupten können, dachte Morgan, selbst wenn diese zufällig auch noch eine hinreißende Blondine war, und so konnte sie die Party nun uneingeschränkt genießen.

Zumindest, bis Wolfe einen Anruf auf seinem Handy bekam.

* * *

»Wir sollten wahrscheinlich Max anrufen«, meinte Morgan seufzend, während Wolfes gemieteter Wagen sich ihrer Wohnung näherte. »Er müsste eigentlich erfahren, wie sehr Jonathan seinen Job vermasselt hat.«

»Wie sehr *hat* er ihn denn vermasselt? Weißt du das? Ich bin mir nämlich nicht sicher.«

»Computer sind nicht mein Spezialgebiet, aber nach dem, was er dir sagte, habe ich das Gefühl, dass wir es mit einem ziemlich ernsthaften Problem zu tun haben – und einem Rückschlag von möglicherweise mehreren Wochen. Vorausgesetzt, er kann das, was er verbockt hat, wieder geradebiegen, ohne nicht alles noch schlimmer zu machen. Meinst du nicht, dass wir Max anrufen sollten?«

»Es gibt keinen Grund, weshalb er verständigt werden sollte, bevor er wieder zurück ist«, erklärte Wolfe. »Unternehmen kann er ohnehin nichts. Keiner von uns, um es genau zu sagen.«

»Ja, aber wir sollten ihn verständigen.«

»Zuerst will ich wissen, wie schlimm die Lage wirklich ist. Wenn er nichts tun kann, gibt es auch keinen Grund, ihn damit zu behelligen, bevor er nach Hause kommt.«

Sie musterte ihn, während er den Wagen vor ihrem Haus zum Halten brachte. »Okay. Nur weil ich alles wissen will – hast du vor, dich später mit Nyssa zu treffen?«

»Neugierig bist du gar nicht, wie?«, fragte er leutselig zurück.

»Doch. Beantwortest du meine Frage?«

Er seufzte. »Nein, ich treffe mich später nicht mit Nyssa, sondern ich gehe wieder ins Museum zurück.«

Morgan blickte ihn stirnrunzelnd an. »Warum?«

»Um womöglich herauszufinden, wie sehr der Computerheini – entschuldige, ich meine natürlich Jonathan – seinen Job vermasselt hat. Und weil du mich mit deiner Paranoia angesteckt hast.« Er klang deutlich gereizt, als er das sagte. »Glaub mir, ich würde die Nacht wesentlich lieber mit jemand anderem verbringen als mit Sicherheitspersonal, aber so ist eben im Moment mein Leben.«

»Du willst die ganze Nacht dort bleiben? Und was tun? Dem Wachpersonal auf der Pelle sitzen?«

»Ich will nur das Museum im Auge behalten.« Er wollte den Wagen parken, doch Morgan hielt ihn davon ab.

»Nein, du brauchst nicht auszusteigen. Dieses Gebäude ist sehr sicher und bestens geschützt. Hör mal, machst du dir wirklich solche Sorgen, oder willst du mir bloß meinen Willen lassen?«

»Ich hätte die Nacht mit Nyssa verbringen können. Nichts für ungut, aber dir deinen Willen zu lassen, wäre erst weit abgeschlagen als zweite Möglichkeit infrage gekommen, wenn ich die Wahl gehabt hätte.«

Morgan war absolut nicht beleidigt. »Ja, das dachte ich mir«, sagte sie. »Du machst dir also Sorgen, weil der Techniker Mist gebaut hat? Aber das beeinträchtigt nicht die momentane Sicherheitslage.«

»Nein, aber es ist eine Anomalität. Und ich mag keine Anomalitäten. Ich misstraue ihnen. Also werde ich jede Tür und jedes Fenster in diesem Gebäude persönlich überprüfen. Und ich werde garantiert auch dafür sorgen, dass jeder Wachmann sicher mitbekommt, dass ich ihm über die Schulter schaue.«

»Ich kann …«

»Nein, kannst du nicht. Du hast in letzter Zeit mehr Zeit im Museum verbracht als die Ausstellungsstücke.«

»Sehr witzig.«

»Hör mal, Morgan, du hast in den letzten Tagen viel zu lange gearbeitet. Wir wissen beide, dass Max das nicht gefällt. Außerdem kannst du heute Nacht wirklich nichts tun. Ich verspreche, Jonathan nicht zu strangulieren. Teufel nochmal, ich werde ihn nicht einmal anpflaumen.«

»Ich bin sicher, dass er mittlerweile schon nach Hause gegangen ist«, murmelte sie.

Wolfe musste lachen. »Ja, wahrscheinlich. Also werde ich heute Nacht mit den Wachen allein sein. Du spannst ein wenig aus, und wir sehen uns dann morgen früh.«

Morgan öffnete die Wagentür. »Du kannst sie nicht die ganze Zeit über beobachten.«

»Nein, aber ich kann sie wenigstens so lange sehr gut im Auge behalten, bis das neue Sicherheitssystem installiert und in Betrieb genommen ist.«

»Also gut, ich weiß, es wird deinem gesellschaftlichen Leben nicht viel nützen, aber ich muss sagen, dass ich mich besser fühle, wenn ich weiß, dass du ein Auge auf das Gebäude hast.«

»Manchmal hasse ich meinen Job«, meinte Wolfe, nunmehr übellaunig.

Morgan erkannte, dass Nyssa ihm ganz offenbar ein unzweideutiges Angebot gemacht hatte, das Wolfe nur sehr widerwillig abgelehnt hatte, und verbarg mit Mühe ein Grinsen. »Ich bin dir wirklich dankbar, glaube mir. Und danke fürs Nach-Hause-Fahren – und fürs Mitnehmen auf die Party, auch wenn ich nur kurze Zeit an deinem Arm weilen durfte.«

»Keine Ursache«, entgegnete er nüchtern.

Lachend stieg Morgan aus, ging auf das Haus zu und sperrte auf. Erst danach hörte sie, wie Wolfe in Richtung auf das nur ein paar Blocks entfernte Museum losfuhr.

Sie wollte gerade die Treppe zu ihrem Apartment hinaufgehen und hatte die Hand schon am Treppengeländer, als sie plötzlich zögerte. Es war ein äußerst seltsames Gefühl, fast als konnte sie jemand ihren Namen rufen hören. Sie musste noch einmal hinausgehen. Musste dort draußen nach dem Rechten sehen. Und zwar gleich, sofort.

Morgan schaute an ihrem eng anliegenden goldenen Kleid hinab, auf ihre winzige Handtasche und das schwarze Jäckchen, das diesen Namen kaum verdiente, und murmelte: »Das ist wirklich zu dumm.«

Doch sie ging trotzdem noch einmal hinaus, stand dann auf dem gut beleuchteten Gehsteig und blickte sich langsam um. Nicht viel zu sehen, dachte sie. Ein paar große Bäume, die tiefe Schatten warfen. Andere Schatten um die Sträucher herum …

Einer der Schatten trat hinter einem Busch hervor.

Morgan spürte, wie sie sich auf ihn zubewegte, noch ehe sie eine bewusste Entscheidung getroffen hatte. Er war wieder ganz in Schwarz gekleidet, doch die schwarzen Handschuhe steckten in dem kompakten Werkzeuggürtel, den er trug, und die Skimaske war ein Stück hochgerollt, sodass sie, als sie nahe genug war, sein kräftiges, entschlossenes Kinn sehen konnte – und sein amüsiertes Lächeln.

»Was zum Teufel machen Sie denn hier?«, fuhr sie ihn an, fügte dann jedoch sofort hinzu: »Wenn Sie dieses Gebäude berauben wollen, können Sie sicher sein, dass ich der Polizei den Täter genauestens beschreiben werde.«

»Du triffst mich bis ins Mark, *Chérie*. Würde ich so niederträchtig sein, das Zuhause meiner Angebeteten auszurauben?«

»Sehr witzig!«, fauchte sie. »Vergessen Sie die Don-Juan-Nummer, ich kaufe Sie Ihnen nämlich nicht ab! Und so tief, wie Sie sinken würden – lassen Sie es mich mal so beschreiben: Das würde dem Fass den Boden ausschlagen.«

Seine weißen Zähne blitzten in einem strahlenden Lächeln, und wieder lachte er leise. »Morgana, du bist umwerfend.«

Sie ignorierte seine Bemerkung, die zu sehr nach einem echten, aufrichtig gemeinten Kompliment klang, denn plötzlich fiel ihr etwas auf. »Woher wissen Sie eigentlich, dass ich hier wohne?«, fragte sie argwöhnisch.

»Apartment 312«, konterte Quinn lässig. »Ich bin dir neulich nach Hause gefolgt.«

Morgan nahm sich fest vor, künftig ein wesentlich besseres Augenmerk auf die Menschen in ihrem Umfeld zu richten. Er war in ihrer Nähe gewesen – wahrscheinlich unmaskiert –, und sie hatte ihn nicht gesehen? »Also gut, aber machen Sie das nicht noch einmal«, herrschte sie ihn verärgert an. »Falls Sie es noch nicht bemerkt haben sollten, ich will mit Ihnen nichts zu tun haben.«

»Ich bin am Boden zerstört«, murmelte er, fuhr jedoch dann fort: »Übrigens, du siehst heute Abend umwerfend aus, Morgana. Gold ist definitiv deine Farbe.«

Sie hatte ihr eng anliegendes Kleid völlig vergessen und versuchte nun, sich nicht gehemmt zu fühlen, weil er es erwähnt hatte. »Ich war auf einer Party«, sagte sie, ohne sich für sein Kompliment zu bedanken.

»Ja, ich habe gesehen, wie dein Begleiter weggefahren ist. Er wollte dir seine Briefmarkensammlung wahrscheinlich nicht zeigen?«

»Er ist nur ein Freund«, hörte Morgan sich sagen. Sie warf Quinn einen finsteren Blick zu. »Nicht, dass Sie das irgendetwas anginge.«

»Natürlich nicht.« Er war nach wie vor offensichtlich amüsiert. »Nur die Neugier hat mich hierher geführt, Morgana. Warum hast du der Polizei nicht gesagt, dass ich neulich im Museum war?«

Morgan hatte nicht erwartet, diese Entscheidung vor ihm rechtfertigen zu müssen. Sie blickte verzagt um sich, ehe sie mit einer halbwegs vernünftigen Antwort aufwarten konnte. »Ich habe Ihnen damals schon gesagt, dass die ganze Geschichte einfach zu unglaubwürdig klang. Außerdem war das, was Sie gestohlen haben – was ich *glaube*, dass Sie gestohlen haben –, nichts im Vergleich zu dem, was diese Bande mitgehen hat lassen. Aber was spielt das schon für eine Rolle?«

»Wie gesagt – ich bin nur neugierig.« Dann fügte er im Ton einer Entschuldigung hinzu: »Ich fürchte, ich bin zu einem Entschluss gekommen. Die Hoffnung stirbt zuletzt, wie du weißt. Aber da du deine Gefühle eindeutig klargemacht hast, werde ich mich zurückziehen und meine Wunden im Verborgenen lecken.«

Morgan merkte, dass sie zögerte, und fluchte innerlich, als sie es feststellte. »Ich habe Ihnen gesagt, Sie sollen Ihre Schauspielerei lassen«, erklärte sie spröde. »Erstens sind Sie ein Dieb und damit etwas, wofür ich absolut kein Verständnis aufbringe. Zweitens bin ich zufällig die Leiterin einer Ausstellung, die auf Sie wirken muss wie der betörende Gesang der Sirenen. Und drittens muss wohl jede Frau ihren Kopf untersuchen lassen, wenn sie auch nur eine einzige Minute lang irgendetwas von dem glaubt, was Sie von sich geben.«

Er lächelte wieder. »Nehmen wir einmal an, ich würde sagen, dass ich keine Schau abziehe, Morgana. Nehmen wir an, ich würde jegliches Interesse an den *Geheimnissen der Vergangenheit* in Abrede stellen und dir versichern, dass du mir absolut vertrauen kannst.«

»Ich würde Ihnen nicht glauben«, erklärte sie unerschütterlich.

Wieder blitzten seine weißen Zähne, als er sie anlächelte. »Sehr klug von dir, Morgana. Wirklich sehr klug.«

Morgan musterte ihn mit mehr Unbehagen, als sie ihm zu zeigen bereit war. »Sie haben es also auf die Sammlung Bannister abgesehen.«

»Das habe ich nicht gesagt, Süße.«

»Oh ja, als ob Sie mir auf den Kopf zu die Wahrheit sagen würden. Ausgerechnet mir, der Leiterin dieser Ausstellung.«

»Das wäre dann äußerst unklug von mir, nicht wahr?«, meinte Quinn in einem Ton überraschter Erkenntnis. Er verschränkte die Arme vor der Brust und gab einen Laut von sich, als würde er nachdenken. »Du hast wahrscheinlich recht, Morgana. Warum tun wir nicht einfach so, als wäre dieses Thema nie aufgekommen?«

»Warum tun wir nicht einfach so, als sei es aufgekommen? Quinn, wenn Sie glauben, ich werde einfach nur dastehen und zuschauen, wie Sie ihre Räuberklauen an Max' Sammlung legen, dann sind Sie verrückt.«

»Na ja, tatsächlich würdest du zu diesem Zeitpunkt gar nicht da sein, Morgana. Hypothetisch gesprochen, natürlich.«

»Ich meine – ach, Sie *wissen* doch, was ich meine.« Sie schüttelte den Kopf. »Wieso stehe ich überhaupt hier und rede mit Ihnen?«

»Meine Frage wäre – warum bist du sogar noch einmal herausgekommen, um mit mir zu reden?«

Morgan starrte ihn unverwandt an und spürte plötzlich eine

andere Art von Unbehagen. »Ich … dachte einfach nur, ich hätte etwas gehört.«

»Nein«, widersprach Quinn.

»Doch. Ich dachte, ich hätte hier draußen ein Geräusch gehört. Deshalb bin ich noch einmal herausgekommen, einfach um nachzusehen.«

»Du hast nichts gehört, Süße. Ich stand hier und habe keinen Laut von mir gegeben.«

»Ich habe ja auch nicht gesagt, dass ich *Sie* gehört habe!«, schnauzte sie ihn an.

Quinn lachte leise. »Du gibst es nicht zu, Morgana, nicht wahr?«

»Zugeben? Was denn?«

»Dass du es spürst, wenn ich in deiner Nähe bin. Dass du meine Gegenwart spürst.«

»Das ist lächerlich. Ich bin nicht …« Morgan blickte ihn an. Plötzlich erinnerte sie sich an die Angst, die sie im Museum mehrmals gefühlt hatte. »Moment mal. Sie haben doch nicht etwa schon einen Weg gefunden, ins Museum zu gelangen – oder doch?«

»Erwartest du wirklich, dass ich dir das beantworte?«, fragte er etwas überrascht. Aber bevor sie etwas erwidern konnte, beantwortete er ihre Frage doch, und dabei war seine Stimme ungewöhnlich ernst. »Ich war während der üblichen Öffnungszeiten im Museum, wie andere Besucher auch. Und was die Nacht anbelangt … sagen wir einfach, ich behalte die meisten Museen dieser Stadt im Auge.«

»Auf der Suche nach dem nächsten Coup?«

»Ich versuche, die Konkurrenz einzuschätzen. Diese Bande, die wir beide neulich nachts trafen.«

»Sie wissen, wer hinter denen steckt?«

»Nein. Noch nicht.«

»Und wenn Sie es herausfinden? Was dann? Geben Sie dann der Polizei einen Tipp, damit sie Ihnen nicht mehr im Weg sind?«

Er gluckste. »Das wäre sozusagen die schlaue Variante, nicht wahr?«

»Ist es das, was Sie vorhaben, Quinn?«

»Das«, antwortete er, »hängt davon ab, wer hinter ihnen steckt, Süße.«

»Hören Sie auf, mich Süße zu nennen!«, herrschte sie ihn unwillkürlich an. »Glauben Sie, dass diese Bande die Sammlung Bannister im Visier hat?«

»Ich glaube, es wäre erstaunlich, wenn es nicht so wäre. Aber bis du dir um diese Kerle Sorgen machen musst, oder auch um mich, werden noch Wochen vergehen, Süße. Die Sammlung Bannister ist noch in den Tresoren verwahrt, die sie seit Jahrzehnten schützen.«

»Irgendwie gibt mir das kein besseres Gefühl«, sagte Morgan langsam. »Ich nehme an, es wäre … naiv von mir zu erwarten, dass Sie der Sammlung fernbleiben, nur weil ich Sie darum bitte.«

»Spürst du es, wenn ich in deiner Nähe bin, Morgana?«

Sie blickte zu ihm auf, gebannt von diesen lebhaften grünen Augen, von diesem verhaltenen Lächeln, das betörender war, als es jemals hätte sein dürfen.

»Spürst du es?« Seine Stimme war leise, aber beharrend.

»Ich … ich glaube schon. Ich weiß nicht, wie oder warum, aber – aber ich glaube schon«, antwortete sie schließlich.

Unvermutet ergriff Quinn ihre Hand, beugte sich rasch und elegant darüber, und seine Lippen streiften über ihre Fingerknöchel. Dann tat er einen schnellen Schritt rückwärts, in den Schatten des Gebäudes.

Doch sein strahlendes Lächeln blitzte wieder auf, und er lachte leise. »Nicht naiv, Süße. Aber unmöglich. Einer der kostbarsten Sammlungen fernbleiben, die die Welt je gesehen hat? Welcher Dieb mit Selbstachtung könnte das?«

»Quinn …« Doch er war bereits verschwunden. Sie wusste es.

Sie spürte es.

Morgan blickte auf ihre Hand, die er so elegant, mit solchem Charme, geküsst hatte, und seufzte schwer. »Oh, verdammt«, murmelte sie.

Carla hätte sich in den Hintern treten können dafür, dass sie dem Erpresser dieses erste Mal nachgegeben hatte. Warum hatte sie nicht einfach Nein gesagt? Oder warum hatte sie nicht Ja gesagt, um dann zu ihrem Arbeitgeber zu gehen und ihm alles zu beichten? Zu diesem Zeitpunkt wäre sie lediglich gefeuert worden; für ihr vergangenes Verbrechen hatte sie schließlich schon gebüßt.

Sie wusste, warum sie nicht klug gehandelt hatte. Weil sie Angst hatte.

Aber dadurch, dass sie dem Erpresser nachgegeben hatte, war sie nun in eine neuerliche Serie von Verbrechen verstrickt. Und wenn man einmal angefangen hatte, gab es kein Zurück mehr.

Jetzt hatte sie sogar noch mehr Angst. Sie hatte Angst, und sie saß in der Falle. Eines der Dinge, die man lernte, wenn man auf der Straße groß wurde, war, wirklich üble Typen sofort zu erkennen. Und ihr Erpresser war so einer – ein Mann mit so wenig Gewissen, dass er ihr die Kehle durchschneiden würde, ohne groß darüber nachzudenken.

Das wusste Carla.

Und sie wusste auch, dass es weitergehen würde, dass er immer mehr Informationen von ihr verlangen würde, bis er sie nicht mehr brauchte. Und dann würde sie wahrscheinlich die Lebenserwartung einer Fruchtfliege haben.

Aber Carla Reeves war noch keine dreißig, und sie war noch nicht bereit zu sterben.

Also tat sie, was ihr befohlen wurde, ging zur Arbeit, machte ihren Job und sammelte Informationen über die Sicherheitssysteme zum Schutz von Privathäusern und Wertgegenständen in der ganzen Stadt, und sie wartete darauf, dass er sie anrief und das nächste Treffen arrangierte. Sie verhielt sich in der Arbeit exakt so, wie man es von ihr erwartete, doch hinter ihrer lächelnden Miene arbeitete ihr Hirn die ganze Zeit wie verrückt.

Sie sah keine Möglichkeit, sich gegen ihn zur Wehr zu setzen. Sie wusste nicht, wer er war. Er passte sogar immer darauf auf, dass sein Gesicht im Dunkeln blieb, wenn sie sich trafen. Sie hätte also nicht einmal eine halbwegs brauchbare Beschreibung von ihm abgeben können. Ein Mann mittlerer Größe mit einer erschreckend ruhigen Stimme – und einer tödlichen Waffe, mehr wusste sie nicht.

Sie vermutete, dass es selbst jetzt noch Sinn machen würde, zur Polizei zu gehen, zweifelte aber, dass die ohne einen Beweis überhaupt etwas unternehmen konnten oder wollten, ganz zu schweigen davon, sie vor dem Zorn ihres Erpressers zu schützen.

Flucht? Möglicherweise, aber wenn sie das versuchen wollte, das wusste Carla, dann durfte sie keinerlei erkennbare Vorbereitungen treffen. Was bedeutete, sie würde nur mitnehmen können, was sie tragen konnte. Oder letztlich nur, ihre Handtasche in den Wagen zu werfen und loszurasen. So weit fort wie möglich.

Sie beschloss, die beste Zeit zur Flucht würde sein, wenn sie ihm wieder eine CD mit Informationen gegeben hatte, sodass es bis zum nächsten Treffen wenigstens ein paar Tage sein würden. Das ergab Sinn, dachte sie. Und so lange sie sicherstellen konnte, dass er noch ein weiteres Treffen *erwartete* und nicht auf den Gedanken kam, dass er sie nicht mehr brauchte, sollte es funktionieren.

Zumindest hoffte sie das.

Am Samstagabend rief er an.

»Carla, setz noch ein Sicherheitssystem auf die Liste.«

»Welches?« Sie musste nicht erst versuchen, ihre Stimme zitternd und verängstigt klingen zu lassen.

»Das Museum für historische Kunst. Insbesondere die Pläne des Systems zum Schutz der Ausstellung *Geheimnisse der Vergangenheit.*«

Carla zögerte, ihre Gedanken rasten. »Dieses System ist noch nicht einmal installiert.«

»Das weiß ich. Ich weiß aber auch, dass es geplant ist und dass die Pläne bei Ace Security liegen. Ich will sie haben.«

Sie schluckte. »Ich habe es Ihnen schon mal gesagt – an Sicherheitssysteme für Museen ist schwerer dranzukommen. Da gibt es Falltüren, Firewalls, jede Vorsichtsmaßnahme, die zum Schutz dieser Informationen möglich ist. Ich habe die Zugangscodes nicht ...«

»Dann besorg sie dir.«

»Hören Sie, ich versuche es. Aber nur der Bürochef und der Manager haben diese Codes, und es ist nicht so, dass sie in irgendjemandes Schreibtisch liegen würden.«

»Deine Probleme interessieren mich nicht«, sagte er freundlich. »Besorge einfach nur die Pläne. Und lass dich dabei nicht erwischen. Ich würde mich nicht freuen, wenn du dich erwischen lassen würdest, Carla. Vergiss das nicht.«

Carla schluckte erneut; dieses Mal war der Kloß in ihrer Kehle noch größer. »Also gut. Ich – ich verstehe.«

»Gut. Und da ich dir jetzt eine ziemlich schwere Aufgabe gestellt habe, bin ich bereit, dir ein bisschen mehr Zeit zu geben. Wir treffen uns am Dienstagabend. Bis dahin hast du die CD.«

»Aber ...«

»Enttäusche mich nicht, Carla. Oh – und falls du an Flucht gedacht haben solltest, an Weglaufen – ich würde dir davon abraten. Ich werde ein Auge auf dich haben.«

Sie hörte ein leises Klicken, dann kam das Summen des Freizeichens.

Und ein überwältigendes Gefühl von Endgültigkeit.

5

Morgan, diesmal in Wolfes Büro, lehnte sich in ihrem Stuhl zurück und fluchte zum dritten Mal. »Na ja, wenigstens wissen wir jetzt, wie sehr Jonathan seinen Job vermasselt hat.«

»Die Festplatte zu zerstören, das würde ich definitiv als vermasseln bezeichnen«, stimmte Wolfe ihr zu. »Sein Vorgesetzter hat zwar ein paar Tage gebraucht, bis er zugeben konnte, dass das Ding total hinüber ist, aber am Ende hat er es dann doch getan.«

»Vielleicht hat es ja auch sein Gutes«, meinte Morgan. »So unwohl, wie wir uns beide gefühlt haben, ist es vielleicht nicht verkehrt, mit einem komplett neuen Sicherheitssystem wieder von vorne anzufangen. Das tun wir doch, oder?«

»Ja. Die Festplatte muss ersetzt, und sämtliche Basisprogramme müssen neu installiert werden. Das wird nicht billig, aber Ace *besteht* darauf, die Kosten selbst zu übernehmen.«

»Ja, Ken Dugan hat mir gesagt, er habe heute Morgen gehört, wie du mit Ace gesprochen hast. Oder sie angebrüllt hast, besser gesagt. Er meinte, du hättest Worte benutzt, die man von dir noch nie gehört hat.«

»Ich war eben sauer«, erklärte der Sicherheitsexperte freundlich. »Und das wollte ich sie auch wissen lassen.«

»Was dir zweifellos gelungen ist«, murmelte Morgan. »Und außer Ken weiß es auch noch das gesamte Wachpersonal und das erste halbe Dutzend der Museumsbesucher von heute Morgen.«

»Dann versteht zumindest jeder meine Position«, konterte Wolfe.

»Kann man wohl sagen.« Morgan grinste und fragte dann: »Aber der Punkt ist – können wir mit Ace weiter zusammenarbeiten?«

Wolfe zuckte die Achseln. »Sie sind angeblich die Besten, auch wenn sie im Moment hochrote Köpfe haben. Und ihr Hauptgeschäftsführer rief mich ungefähr vor einer halben Stunde an und schwor bei allem, was ihm heilig war, dass so etwas nicht noch einmal vorkommt. Er holt sogar seinen Top-Computerspezialisten von einem Job in Europa weg, damit er für den Kerl einspringt, der am Freitag so massiv gepfuscht hat. Der Ersatzmann sollte nächste Woche hier sein.«

»Und wir bekommen ein brandneues Sicherheitssystem?«

»Das haben sie uns versprochen. Ein System, das speziell auf uns und die Ausstellung zugeschnitten ist und das es nirgendwo geben wird außer hier in diesem Gebäude. Max und ich bekommen Gelegenheit, vor der Umstellung das gesamte System und sämtliche Pläne anzusehen und zu billigen. Nur wir beide, du und der Programmierer bekommen die endgültigen Pläne für die Sicherheit der Ausstellung zu sehen, und die sicherheitsrelevanten Veränderungen für den Rest des Gebäudes werden nur Ken Dugan mitgeteilt.«

»Das klingt wirklich gut und sicher.«

Wolfe verzog das Gesicht. »Langsam fange ich an zu glauben, dass gar nichts mehr sicher genug ist. Aber das ist das Beste, was wir tun können, solange Max darauf besteht, dass wir mit Ace Security zusammenarbeiten.«

»Und das tut er? Sogar jetzt noch?«

»Sogar jetzt noch.«

Morgan runzelte die Stirn. »Trotzdem, wir haben immer noch Wochen, um sicherzustellen, dass alles okay ist, bevor wir die Sammlung ins Haus bringen. Falls der neue Programmierer nicht allen Erwartungen entspricht, können wir die Ausstellung immer noch verschieben, wenn es sein muss. Oder abblasen, wenn alle Stricke reißen.«

»Das macht Max nicht mit«, erklärte Wolfe definitiv.

»Nicht einmal, wenn du deine Trumpfkarte ziehst und sagst, Lloyd's versichert die Sammlung nicht wegen unzureichender Sicherheitsmaßnahmen?«

»Diese Karte auszuspielen, dürfte mir schwerfallen, solange Max ein hoch angesehenes Sicherheitsunternehmen beschäftigt und alles unternimmt, um die Sammlung zu schützen.«

»Aber wenn wir weiterhin solche … Anomalitäten haben? Würdest du die Karte dann ausspielen?«

»Vielleicht.«

»Nehmen wir einmal an, du würdest es tun. Würde Max dann die Ausstellung absagen?«

»Ich weiß nicht«, antwortete Wolfe. »Ich weiß es ehrlich nicht. Er hat sein Wort gegeben, dass seine Kollektion gezeigt wird, und wenn es darum geht, Wort zu halten, ist er sehr eigen. Wenn ich wetten würde, würde ich darauf setzen, dass die Ausstellung früher oder später gezeigt wird.«

Morgan seufzte. »Dann gehen wir also besser davon aus.«

»Ja. Die Ausstellung *Geheimnisse der Vergangenheit* wird eröffnet. Vielleicht nicht rechtzeitig, aber sie wird eröffnet.«

Quinn war ein Dieb. Morgan wusste das. Und zu stehlen war unrecht, auch das wusste sie. Irgendwo in ihrem Inneren wusste sie sogar, dass Quinn ganz gewiss gefährlich war, absolut fähig zu Skrupellosigkeit und sehr wahrscheinlich noch zu viel schlimmeren Dingen.

All das wusste sie.

Aber sie wusste auch noch etwas anderes – und er wusste das ebenfalls. Nämlich, dass zwischen ihr und ihm irgendeine Art von Verbindung bestand. Sie wollte es nicht Anziehung nennen, obwohl das wahrscheinlich war, in einer gewissen Hinsicht zumindest: eine Affinität des Geistes und des Denkens, ein verwandter Humor und eine ähnlich rasche Auffassungsgabe. Was immer es war, es hatte in einer einzigen Nacht in der spannungsgeladenen Atmosphäre eines dunklen Museums sehr rasch ein Band geschaffen, und dieses Band hatte bei Morgan ein Bewusstsein hinterlassen, dessen Existenz sie nicht verleugnen konnte, so sehr sie es auch versuchte.

Er hatte sie dazu gebracht, zuzugeben, dass sie seine Präsenz spüren konnte, und sobald dieses Eingeständnis ausgesprochen war, hatte Morgan festgestellt, dass sie versuchte, eben dies zu tun. Das Unheimliche dabei war, dass sie am Montagmorgen mindestens einmal absolut das Gefühl hatte, dass Quinn im Museum war – und sie beobachtete. Aber es war ein sehr geschäftiger Vormittag, und bei so vielen Menschen im Gebäude konnte sie ihn nicht ausfindig machen.

Ganz zu schweigen davon, ob er es zugelassen hätte, von ihr ausfindig gemacht zu werden, dachte sie gereizt.

»Morgan, kannst du – oh, tut mir leid. Ich wollte dich nicht erschrecken.«

Sie umklammerte ihr Klemmbrett und blickte zu Wolfe hoch. »Schon gut. Ich war nur … nicht ganz bei der Sache.«

Er musterte sie. »Irgendwie hatte ich den Eindruck, du hättest nach jemand gesucht.«

»Nein. Nein, ich war nur in Gedanken. Brauchst du mich für irgendetwas?«

»Ja, ich brauche diese Liste, die du von sämtlichen Beschäftigten hast, die an den Schaukästen arbeiten.«

»Wofür? Sie sind alle von dir und Max genehmigt.«

»Ich weiß, aber ich möchte noch einen Sicherheitscheck machen.« Er zuckte die Achseln. »Vorsicht ist die Mutter der Porzellankiste.«

Morgan durchsuchte den dicken Stapel Papier auf ihrem Klemmbrett und gab ihm die Liste. »Hier. Ich habe eine Kopie davon in meinen Ordnern, du kannst sie also behalten.«

»Prima, danke.«

Sie wusste, sie sollte nicht fragen, sollte nicht einmal das Thema zur Sprache bringen, hörte sich aber dennoch sagen: »Wolfe … glaubst du, dass Quinn wirklich plant, einen Teil der Sammlung zu rauben?«

»Bei seinen Nerven plant er vielleicht sogar, sie ganz und gar zu klauen.«

»Einer allein könnte das nicht alles *tragen.*« Sie dachte darüber nach und fühlte ein Unbehagen in sich aufsteigen. »Noch nicht einmal, wenn überhaupt keine Wachen da wären, um die er sich kümmern müsste, und wenn er eine ganze Nacht hätte, in der die Türen weit offen stehen. Und einen großen Lastwagen.«

»Ja, na gut, ich würde es ihm trotzdem zutrauen. Wir müssen einfach abwarten, was?«

»Das denke ich auch.« Morgan schaute ihm nach, während er zu den Büros zurückging, und wiederholte halblaut: »Wir müssen einfach abwarten.«

Das Treffen fand ziemlich spät am Montagabend statt, wie es bei Quinns Treffen meistens der Fall war, und wenn er etwas weniger gut gelaunt war als sonst, dann fiel es dem Mann, mit dem er sich traf, nicht auf, oder er erwähnte es einfach nicht.

»Der neue Techniker kommt nächste Woche?«, fragte Quinn anstatt eines Grußes.

»Das ist der Plan.«

»Und er baut ein komplett neues Sicherheitssystem im Museum ein.«

»Alles andere würde verdächtig aussehen.«

»Dadurch wird mein Job nicht leichter.«

»Du wusstest bereits, als du unterschriebst, dass es nicht leicht werden würde. Korrigiere mich, falls ich falsch liege, aber war das nicht der Punkt?«

»Ich habe mit einer Herausforderung gerechnet; etwas nicht Einhaltbares war nicht Teil des Geschäfts.«

»Es sind noch Wochen, bis wir alle Teile an Ort und Stelle haben. Für dich ist das doch ein absoluter Luxus an Zeit.«

»Zeit, in der zu viel schief gehen kann«, erwiderte Quinn. »Es hat bislang schon zu viele Überraschungen gegeben.«

»Heißt das, du willst aussteigen?«

Quinn schüttelte den Kopf. »Ich habe gesagt, es hat zu viele Überraschungen gegeben. Wofür sind Informationen gut, wenn sie keinen Sinn machen?«

»Also gut. Ich sehe, was ich diesbezüglich unternehmen kann.«

»Das wäre wirklich gut.«

»Und was planst du in der Zwischenzeit?«

»Ich«, antwortete Quinn, »plane … meine eigenen Kontakte zu pflegen.«

»Ah ja? Wie heißt sie?«

Die einzige Antwort, die Quinn darauf gab, war ein Lachen, und es klang vergnügt. Es klang sehr vergnügt.

Bis zum Dienstagabend hatte sich Carla die Sache mit der Flucht wieder aus dem Kopf geschlagen. Er beobachtete sie, hatte er gesagt. Sie schimpfte sich selbst jede Art von Feigling, aber das half nicht gegen die Angst.

Also hatte sie ihm gehorcht und es irgendwie fertiggebracht, an die Informationen, die er wollte, heranzukommen, um sie ihm zu überbringen.

»Und?« Er tauchte wie üblich aus dem Schatten auf, plötzlich und unvermutet.

Carla überreichte ihm die CD. »Es ist alles darauf, was Sie verlangt haben.«

»Einschließlich des Sicherheitssystems für das Museum und die Ausstellung *Geheimnisse der Vergangenheit*?«

»Alles, was ich finden konnte.«

»Und du hast keine Spuren hinterlassen, nicht wahr, Carla?«

»Nein. Nein, bestimmt nicht. Ich war sehr vorsichtig.«

»Das hoffe ich.«

Sie atmete schwer. »Sie haben alles, was Sie haben wollten. Aber ich dachte, ich sollte Sie warnen, dass – dass ein paar der Sicherheitssysteme in den nächsten Wochen auf den neuesten Stand gebracht werden. Ich meine, das wird ständig gemacht. Um die Technologie auf dem Laufenden zu halten und – und um es potenziellen Einbrechern zu erschweren. Bloß, damit Sie Bescheid wissen.«

Er lachte leise. »Keine Sorge, Carla. Ich bin noch nicht ganz fertig mit dir. Das heißt, so lange du mir nützliche Informationen liefern kannst.«

»Kann ich. Werde ich.«

»Ich weiß, Carla. Ich weiß.«

Da Morgan nur vier Blocks vom Museum entfernt wohnte, ging sie manchmal zu Fuß zur Arbeit oder nach Hause. Die Gegend war relativ sicher, die Straße nachts ruhig und gut beleuchtet, und sie dachte, dass ihr das Laufen guttat. Außerdem gab es ihr Zeit und Ruhe, um über Verschiedenes nachzudenken. Dennoch hatte sie nicht zehn Jahre lang auf sich allein gestellt überlebt, ohne gelernt zu haben, wie man Risiken vermied, und so hatte sie es sich zur Gewohnheit gemacht, an ihrem Schlüsselring eine ohrenbetäubend laute Polizeipfeife und in der Handtasche eine Dose Pfefferspray zu haben.

An diesem Mittwochabend schritt sie energisch heimwärts und hielt dabei eine Hand in ihrer Tasche, während die andere die Pfeife umklammerte. Diese Vorsichtsmaßnahme war Routine; sie fühlte sich weder nervös noch durch ihr Umfeld bedroht. Gedanklich war sie mit Spekulationen über Diebe beschäftigt, die noch auf freiem Fuß waren.

Ganz besonders mit einem speziellen.

Urplötzlich blieb sie wie angewurzelt stehen. Alle ihre Sinne warnten sie. Dieses ungute Gefühl, das wachsende Bewusstsein, nicht allein zu sein, beobachtet zu werden. Er war hier.

Bis zum Vordereingang ihres Hauses waren es nur noch ein paar Meter; links von ihr verbreitete eine Baumgruppe an der Ecke des Gebäudes etwas Schatten.

Morgan drehte sich langsam um und suchte das Dunkel ab. Etwas bewegte sich dort, kam auf sie zu, blieb jedoch seltsam konturlos. Ohne darüber nachzudenken, verließ sie den Gehsteig und schritt über das Rasenstück auf ihn zu. Als sie näherkam und ihre Augen sich besser an die Dunkelheit gewöhnt hatten, sah sie, dass seine Skimaske wieder etwas aufgerollt war und den unteren Teil seines Gesichts freigab.

»Guten Abend, Morgana.« Er hatte ein kräftiges Kinn, bemerkte sie. Wahrscheinlich ein unheimlich sturer Typ.

Und er lächelte.

Einmal mehr erinnerte sich Morgan an eine fraglose, unzweifelhafte Tatsache. Der Mann war ein *Dieb.* Das durfte sie einfach nie vergessen. Als sie ihn erreichte, sagte sie mit Nachdruck: »Ich habe eine Dose Pfefferspray in der Hand, und ich habe keine Hemmungen, sie auch zu benutzen.«

Quinn erhob in einer beschwichtigenden Geste beide Hände – sie steckten nicht in Handschuhen – und lachte leise. »Glaub mir, Morgana, das bezweifle ich nicht im Mindesten. Das Letzte, was ich vorhabe, ist, dein ziemlich beeindruckendes Temperament herauszufordern.« Sein Tonfall war der, an den sie sich so lebhaft erinnerte – leicht, unbekümmert und ein wenig spöttisch.

»Was zum Teufel machen Sie hier?«

»Ich wollte nur mal vorbeischauen und Hallo sagen, Süße.«

»Oh, wie witzig!«

»Ganz im Gegenteil. Das ist mein voller Ernst.«

»Dann gehe ich mal meine Schlittschuhe holen, ja? Weil nämlich die Hölle zugefroren sein muss.«

Er lachte.

Ihrerseits weit weniger amüsiert, sagte Morgan: »Nur für den Fall, dass Sie immer noch planen, die Ausstellung zu berauben, wollte ich Sie warnen, dass wir jetzt noch ein besseres Sicherheitssystem bekommen als ursprünglich geplant.« Noch während sie es sagte, fragte sie sich, weshalb in aller Welt sie ihm den Fehdehandschuh hinwarf.

Das war einfach zu dumm. Was war los mit ihr?

»Ich sollte also die Sammlung Bannister von meiner Liste streichen, ist das dein Gedanke?«

»Wenn Sie auf Ihre Haut Wert legen – und wie ich höre, tun Sie das.«

»Das tue ich in der Tat, Süße.«

»Dann verlassen Sie San Francisco.«

»Aber wir wissen doch beide, dass du das gar nicht wirklich willst. Nicht wahr, Morgana?«

Sie hätte zurückweichen sollen, als er einen Schritt auf sie zu machte. Oder in ihre Pfeife blasen. Oder das Pfefferspray herausholen und auf ihn richten. Aber zu ihrem späteren Zorn tat sie nichts dergleichen. Stattdessen hob sie den Kopf an, als sei das die natürlichste Sache der Welt, und sank in seine Arme, als gehöre sie dorthin.

Sie spürte seine Hand an ihrem Hals, warm und fest, spürte die Stärke seines Arms, der sie an ihn presste. Sie sah seine Augen mit einem grünem Feuer auf sie leuchten, das nicht einmal die Dunkelheit beeinträchtigen konnte. Und dann legte sich sein Mund über ihren.

Es war ein seltsam neckischer Kuss, ohne Gewalt, aber mit einem unterschwelligen Begehren, das zu verbergen er nicht einmal versuchte. Sie bekam kaum mit, dass sie das Pfefferspray losließ, damit sie die Arme um seine schlanke Taille legen konnte, und sie hörte nur wie von ferne das Klappern ihrer Schlüssel, als sie ihr aus der anderen Hand fielen. Das Einzige, dessen sie sich wirklich bewusst war, waren sein harter, erregter Körper an ihrem und das Verführerische dieses Kusses.

Sie fühlte sich lächerlich benommen, als er den Kopf anhob, und konnte nichts tun als stumm zu seinem schattenhaften, halb von der Maske verdeckten Gesicht aufschauen. Ihr Herz hämmerte, ihr Atem flatterte, und sie konnte absolut keinen Gedanken fassen.

Er nahm sanft ihre Arme von seiner Hüfte, trat zurück und ließ sie los. Falls er bei dieser Umarmung irgendetwas gefühlt hatte, war es absolut nicht erkennbar. Als er sprach, klang seine Stimme bestenfalls amüsiert.

»Vergiss mich nicht, Morgana.«

Es klang wie ein endgültiger Abschied, und dieser Eindruck verstärkte sich bei ihr, als er im Schatten verschwand. Noch ehe sie ihre Stimme wiederfinden oder einen Gedanken formulieren konnte, war er fort.

Wie in jener Nacht im Museum, so fühlte sich Morgan auch nun wieder beraubt, seiner Abwesenheit ebenso deutlich bewusst, wie sie seiner Präsenz gewärtig gewesen war. Sie wollte seinen Namen rufen, und es kostete sie große Mühe, dies nicht zu tun.

Verdammt, sie *wusste* seinen Namen nicht einmal! Sie kannte lediglich seinen berüchtigten Spitznamen, diese Bezeichnung für einen verrufenen Dieb.

Bestimmt fünf Minuten lang stand Morgan allein im Dunkeln, stumm auf sich selbst fluchend, wütend und irgendwie gekränkt darüber, wie leicht – wie unerträglich leicht – es ihm gefallen war, sie zu faszinieren – auch körperlich. Es war eine für San Francisco typische kühle Nacht, doch ihr war heiß, aber sie sagte sich fest entschlossen, das sei nichts als ihre schiere Verlegenheit. Sie zog den Kragen ihres Pullovers hoch – und dann erstarrte sie.

Ihr Lieblingsschmuck, das einzige Stück von wirklichem Wert, das sie besaß, war ein goldener Anhänger, den sie an einer Goldkette um den Hals trug. Er hatte die Form eines Herzens und war mit zahlreichen kleinen Rubinen verziert – ein Schmuckstück, das je nach dem, welche Kleidung sie trug, salopp oder elegant wirken konnte.

Heute Abend war es salopp gewesen.

Und jetzt war es weg.

Morgan machte einen Laut, der nicht weiter als einen Meter entfernt noch vernehmbar gewesen wäre. Hätte Quinn das Privileg genossen, ihn zu hören, er hätte kein Problem damit gehabt, ihn zu interpretieren. Und sein äußerst wacher Selbsterhaltungstrieb, der ihn seit zehn Jahren am Leben und in Freiheit hielt, hätte begonnen, Alarmglocken läuten zu lassen.

Und falls er wirklich nicht vorgehabt haben sollte, Morgans beträchtliches Temperament zu reizen, so war ihm das bestens misslungen.

* * *

Als Wolfe Nickerson mitten am Nachmittag des folgenden Dienstags in den Computerraum des Museums stakste, hätte ein Blick in sein Gesicht jedermann erkennen lassen können, dass er nicht in guter Laune war. Doch leider konnte die Technikerin, die halb unter dem großen Schreibtisch kniete, sein Gesicht nicht sehen. Deshalb schlug sie sich wegen seines brüsken Tons und seiner gebieterisch klingenden Aufforderung ziemlich heftig den Kopf an der Unterseite der Schreibtischplatte an.

»He – Sie«, knurrte er, schnalzte mit den Fingern und blickte sich in dem etwas chaotisch aussehenden Raum um, der mit Geräten, Monitoren und Steuerpaneelen vollgestopft war.

Der dumpfe Schlag lenkte seine Aufmerksamkeit auf die Unterseite des Schreibtischs, und er sah einen ziemlich wilden, blonden Haarschopf, den eine kleine Hand rieb, und ein heftig funkelndes grünes Augenpaar, das zornig zu ihm aufblickte.

Mit einer Stimme, die ihrem Blick an Intensität in nichts nachstand, und mit einem starken Südstaatenakzent sagte sie: »Wenn Sie ein Taxi anhalten wollen, dann können Sie mit den Fingern schnalzen. Wenn Sie einen Hund zu sich rufen wollen, ebenfalls. Aber wenn Sie von mir eine druckfähige Reaktion haben wollen, dann benutzen Sie gefälligst meinen Namen.«

»Ich kenne Ihren Namen nicht«, konterte er.

Sie ließ einen leisen, verärgert klingenden Seufzer verlauten und rappelte sich, immer noch ihren Kopf reibend, auf die Füße. Ihre Miene war nach wie vor etwas ärgerlich, die Stimme aber nun versöhnlicher. »Das ist richtig, aber kaum eine Entschuldigung. Sie hätten wenigstens ›Hey, Lady‹ oder ›Entschuldigung, Ms‹ sagen können.«

»Ich wusste auch nicht, dass Sie – eine Frau sind«, erwiderte Wolfe. Er bemerkte, dass sie ihn anstarrte, und beschloss, diese Aussage klarzustellen. »Ich meine, mir war nicht bewusst, dass Ace mir eine Techniker*in* schicken würde. Und als ich ins Zimmer kam, habe ich Sie nicht gesehen.«

»Dann klopfen Sie beim nächsten Mal«, sagte sie.

So klein wie sie war, ließ sie doch nichts auf sich sitzen, dachte er. Er überragte sie um fast dreißig Zentimeter, doch das schien sie nicht im Geringsten einzuschüchtern. Tatsächlich hatte ihre Miene sogar etwas leicht Spöttisches. Wolfe war es nicht gewöhnt, mit Spott behandelt zu werden, schon gar nicht von einer Frau.

»Wie heißen Sie denn nun?«, fragte er sie.

»Storm Tremaine.«

Er reagierte auf diese Information nicht sofort, obwohl er sie angefordert hatte. Es kam nicht oft vor, dass eine Person oder Situation ihn überraschte, doch dies war eine der seltenen Ausnahmen. Als Ace Security ihm versprach, ihren allerbesten Computerspezialisten zu schicken, um jenen zu ersetzen, der ohne es zu wollen vor mehr als einer Woche das neue Sicherheitssystem des Museums sabotiert hatte, war Wolfe davon ausgegangen, dass es wieder ein ernster junger Mann sein würde, dessen Sprache so technisch war, dass ein Normalmensch sie kaum verstand, und der sich außer für Computer wahrscheinlich für nichts interessierte.

Was Wolfe definitiv nicht erwartet hatte, war eine kleine Blondine Mitte zwanzig mit sehr langen und wirklich wilden Haaren, großen grünen Augen, einem so arroganten und erbarmungslosen Blick, dass jede Katze darauf stolz gewesen wäre, und einem kleinen, aber quicklebendigen Gesicht, das nicht unbedingt hübsch, aber auf jeden Fall unvergesslich war.

Wolfe stand auf Blondinen, aber eigentlich auf hochgewachsene elegante mit langen Beinen. Auf diese passte eine solche Beschreibung absolut nicht. Tatsächlich hätte sie, ihrem feurigen Temperament nach zu urteilen, eindeutig rotes Haar haben sollen. Er war fast sicher, dass es eigentlich hätte rot sein sollen.

Er musterte sie, nicht hundertprozentig erfreut, denn sie entsprach eindeutig auch nicht dem Bild, das er von einem Top-Computerspezialisten hatte. »Sie heißen Storm?«, fragte er sachlich.

Sie erwiderte seinen Blick, dann stemmte sie die kleinen

Hände in die Hüften und taxierte ihn langsam von oben bis unten – ohne irgendetwas auszulassen und ohne jegliches Zeichen von Befangenheit. »Ja, und soviel ich weiß, heißen Sie Wolfe«, sagte sie gedehnt. »Also schmeißen wir besser nicht mit Steinen aufeinander, ja?«

Dagegen konnte man keine Einwände erheben, doch ihre Haltung ärgerte ihn dennoch. »Hören Sie, falls es Ihnen noch niemand gesagt hat – Sie arbeiten für mich.«

Ohne zu zögern und sehr sachlich entgegnete sie ihm: »Mein Job ist, die Installation eines computergesteuerten Sicherheitssystems in diesem Museum abzuschließen. Ich arbeite an erster Stelle für Ace Security, denn das ist mein Auftraggeber, zweitens für Max Bannister, weil er Ace den Auftrag gegeben hat, drittens für das Museum für Historische Kunst in San Francisco, weil die Installation hier stattfindet. An vierter Stelle kommt dann Morgan West, die Leiterin der Ausstellung *Geheimnisse der Vergangenheit.* Und Sie sind Nummer fünf, denn als Sicherheitschef für die Ausstellung decken Sie einen verhältnismäßig engen Bereich ab. Und da Mr Bannister nicht hier ist – sondern in den Flitterwochen, so viel ich weiß –, wende ich mich direkt an Sie, wenn es Fragen der Sicherheit betrifft.« Sie lächelte. »Und ich brauche es auch nicht, dass Sie mir über die Schulter schauen. Falls es *Ihnen* niemand gesagt hat – ich bin sehr gut, was meine Arbeit anbelangt.«

»Das muss sich erst noch zeigen«, konterte Wolfe. Diese Frau irritierte ihn sehr. Gleichzeitig konnte er den Blick nicht von ihrem ausdrucksstarken Gesicht abwenden – eine höchst befremdliche Kombination von Reaktionen seinerseits.

Sie nickte kaum merklich und nahm seine Herausforderung damit an. »Na schön. Es wird mir eine Freude sein, mich zu beweisen. Ich arbeite, und ich arbeite hart – aber, wie gesagt, nicht, wenn Sie dastehen und mich anstarren. Um einen alten Spruch zu bemühen, dieser Raum ist zu klein für uns beide. Hat es einen besonderen Grund, dass Sie hierher gekommen sind?«

»Ja, das hat einen Grund.« Er wusste, dass er so verärgert klang, wie er sich fühlte. »Ich wollte wissen, wie lange die Türalarmanlagen deaktiviert sind. Solange das Museum geöffnet ist, brauche ich das Wachpersonal in den Korridoren, nicht an den Türen.«

Storm nahm in dem Bürostuhl hinter dem Schreibtisch Platz, lehnte sich zurück und legte die Füße auf die Tischplatte. Sie trug sehr kleine, sehr abgetragene Westernstiefel mit hohen Absätzen.

Sie war wirklich ziemlich klein, erkannte Wolfe, als er bemerkte, dass sie durch die Absätze noch einige Zentimeter an Größe gewonnen hatte.

»Die Türalarmanlagen funktionieren bereits wieder«, erklärte sie. »Ich musste sie eine halbe Stunde deaktivieren, weil jemand Mist gebaut und vier Kabel falsch verbunden hat, und dadurch bestand Gefahr, dass das gesamte System kollabierte.«

»Ich war das nicht«, hörte er sich sagen. Wegen der Art und Weise, wie sie ihn anblickte, verspürte er einen besonderen Drang, sich zu verteidigen. Gleichzeitig erleichterte es ihn, nun zu wissen, dass sie aus gutem Grund unter dem Schreibtisch gewesen war, denn irgendwie hatte ihn das irritiert.

Storm faltete die Hände vor dem Bauch und blickte ihn noch immer unverwandt an. Nach einer Weile sagte sie freundlich: »Na ja, das macht ja nun auch nichts mehr, denn ich habe die Sache ja behoben. Jedenfalls werden die Türalarmanlagen jetzt bis zum Umstieg auf das neue System in Betrieb bleiben.«

»Und das wird wann sein?«

»Ich musste mit einer neuen Festplatte wieder ganz von vorne anfangen, wenn Sie sich erinnern. Das heißt, sämtliche Daten vom Betriebssystem aufwärts müssen neu eingegeben werden. Dann muss das neue Sicherheitsprogramm geschrieben, installiert und integriert werden. Das wird schon einige Zeit dauern. Eine Woche. Maximal zehn Tage.«

Wolfe zog unwillkürlich die Brauen nach oben. Wenn sie das neue Sicherheitssystem in zehn Tagen oder weniger in Betrieb nehmen konnten, würden sie sogar schneller vorankommen als ursprünglich geplant. Da er von Natur aus skeptisch war, fragte er: »Sind Sie mit dieser Einschätzung nicht ein bisschen zu optimistisch?«

»Nein.«

Völlig gegen seinen Willen spürte er eine Spur von Erheiterung in sich aufflackern. Storm Tremaine mochte von kleinem Körperbau sein, aber an ihrem Selbstbewusstsein war sicher nichts dergleichen festzustellen. Sie hatte Charakter, und das war etwas, das er in aller Regel respektierte. »Meinen Sie nicht, dass Sie dann besser loslegen sollten?«, schlug er trocken vor.

Sie deutete mit einem Kopfnicken auf den Computer auf dem Schreibtisch neben ihren Füßen. Der Bildschirm war dunkel, doch der Rechner summte leise. »Ich habe schon angefangen. Bis das Betriebssystem fertig geladen hat, ist dieses Ding da nichts anderes als ein sehr dummes, sehr teures Stück Schrott, das darauf wartet, dass ihm jemand sagt, was es tun soll. Und das Betriebssystem wird gerade jetzt geladen.«

Wolfe war in Sachen Computer nicht gerade ein Analphabet, doch wie die meisten Menschen ging auch er ganz automatisch davon aus, dass so ein Ding nicht eingeschaltet war, wenn der Bildschirm nichts zeigte. Aber noch ehe er sein mangelndes Wissen eingestehen oder mit einer Erwiderung aufwarten konnte, um das Gesicht zu wahren, hatte sie das Thema bereits als unwesentlich abgetan und etwas Neues angeschnitten.

»Wie schnell kannst du laufen?«

Er blinzelte. »Was?«

»Rennen. Einen Kilometer, zum Beispiel. Wie lange brauchst du dafür?«

»Na ja, ich denke, ich bin ein ganz normaler Durchschnitt.«

Sie lächelte. »Das ist gut.«

»Warum ist das gut?«, fragte er argwöhnisch.

»Ich war an der Uni Landesmeisterin.«

* * *

Morgan hatte sich nun schon mindestens hundertmal gesagt, dass sie nichts tun konnte, um ihre Halskette wieder zu bekommen. Max hatte ihr am Telefon in seiner üblichen höflichen Art, aber mit Nachdruck, gesagt, es gebe genug Leute, die hinter Quinn her seien, auch ohne ihr Zutun.

Nun, das wusste sie.

Aber. Sie wollte ihren Anhänger zurück. Sie hatte ihren Stolz hintangestellt und Wolfe – mit so wenigen Einzelheiten wie möglich – geschildert, wie Quinn ihn ihr gestohlen hatte. Zu ihrer Überraschung hatte Wolfe ihr nicht die Hölle heiß gemacht. Er hatte einfach Polizeiinspektor Keane Tyler, einen Freund von Max, angerufen und gebeten, wegen der Halskette ein wachsames Auge zu haben, ohne dabei sehr darüber ins Detail zu gehen, wie sie »verloren« gegangen war. Denn wenn Quinn sie verkauft hatte (der einzige für Morgan vorstellbare Grund, warum er die Kette an sich genommen hatte – abgesehen von schierer Schalkhaftigkeit, was zugegebenermaßen genauso wahrscheinlich war), dann würde sie ja in irgendeinem Hehlerladen oder Leihhaus wieder auftauchen.

Sie wollte den Anhänger wiederhaben.

Das war der Grund, sagte sie sich. Das war der Grund, weshalb sie die Nase in Dinge steckte, die sie eigentlich nichts angingen, trotz Max' ausdrücklicher Warnung und obwohl ihr gesunder Menschenverstand es ihr verbot. Weil sie ihre Halskette wiederhaben wollte. *Nicht,* weil sie einen Wunsch verspürte, diesen verschlagenen, hinterhältigen Dieb wiederzusehen.

Er war noch immer in der Stadt, das wusste sie. Noch zu nahe, als dass sie sich hätte wohlfühlen können. Mindestens zweimal hatte sie in den letzten Tagen das sichere Gefühl gehabt, dass er im Museum war, irgendwo in der Masse der Besucher verborgen und doch nahe genug, um sie zu berühren.

Was sie nicht wusste, war, ob er das Gebäude auskundschaftete und die Vorbereitungen für die Ausstellung der Bannister-Sammlung verfolgte, oder ob er einfach nur den unsichtbaren Mann spielte, um sie zu ärgern.

Er war zu beidem fähig. Verdammt. Sie hatte keine Ahnung, wie er aussah, und obwohl sie mehrmals unwillkürlich große Fremde so intensiv beobachtet hatte, dass dabei zwei unanständige Anträge und drei Bitten um ein Treffen herausgekommen waren, war sie ziemlich sicher, ihn nicht gesehen zu haben.

Ziemlich sicher.

Aber seit ihrem letzten Aufeinandertreffen war sie dabei, nach ihm zu suchen.

Und zwar nicht nur hier im Museum.

Sie verbrachte jeden Abend wenigstens zwei Stunden in ihrem Wagen, den sie vor irgendeinem Museum oder Juwelierladen parkte – vor irgendeinem seiner möglichen Ziele –, und wartete darauf, dass er sich zeigte. Und sie versuchte, ihn zu erspüren.

Das war dumm und leichtsinnig, und sie wusste es … aber sie konnte einfach nicht anders.

Aus diesem Grund war sie bereits am Dienstag unausgeschlafen und nicht gerade bester Laune, und deshalb ließ sie, als Keane Tyler anrief und ihr berichtete, dass der von Quinn gestohlene Anhänger noch nicht aufgetaucht sei, ihren Gefühlen mehr oder weniger freien Lauf.

Keane hörte ihr schweigend zu und sagte dann mitfühlend: »Also, falls es dir irgendwie weiterhilft, Morgan – nach allem was ich gehört habe, kann Quinn ein wahrhaftiger Teufel sein. Nicht böse in der Art und Weise, wie es manche Diebe nun mal sind, aber einfach zu gerissen, um sich selbst außer Gefecht zu setzen.«

Morgan runzelte die Stirn. »Was soll das heißen?«

»Ich meine, er ist raffiniert, ganz außergewöhnlich raffiniert. Ich wäre nicht überrascht, wenn man eines Tages feststellen würde, dass dieser Kerl ein echtes Genie ist. Und solche Leute brauchen Herausforderungen, sie müssen sich selbst härter ins Zeug legen, als die meisten von uns es je tun. Normalerweise finden sie das, was sie brauchen, in ihrer Arbeit. Und seine Arbeit ist zufälligerweise Diebstahl. Es ist also nicht wirklich überraschend, dass er zu gut ist, um irgendeine Spur zu hinterlassen, mit deren Hilfe wir ihn finden könnten.«

»Das klingt ja fast, als würdest du ihn bewundern.«

»Tue ich auch fast.« Keane lachte leise. »Weißt du, ich bin praktisch tagein, tagaus mit demselben Abschaum beschäftigt. Mit Mördern, Drogenhändlern, Pädophilen. Und ja, auch Räubern – solchen, die nicht lange überlegen, ob sie bei einem Coup jemanden töten oder nicht. Und deshalb steht einer wie Quinn in meiner Liste der bösen Jungs ganz weit unten. Er benutzt nie eine Waffe und hat bei einem Raub noch nie jemandem etwas angetan – soweit ich weiß, hat er noch nicht einmal eine Fensterscheibe eingeschlagen.«

Morgan dachte an Quinns eigene diesbezügliche Worte, aber sie sagte lediglich: »Bestiehlt die Reichen und verteilt es an die Armen?«

Mit einem erneuten Lachen antwortete Keane: »Nein, also so weit ist er noch nicht gegangen – oder wenn, dann ist der zweite Teil, das Geben, anonym geschehen. Aber er bestiehlt keine Armen, nimmt keinem Kind das Essen aus dem Mund, und das halte ich ihm schon einigermaßen zugute.«

Nach einem Zögern meinte Morgan: »Keane, würdest du *mir* einen Gefallen tun? Könntest du für mich sämtliche Informationen über Quinn ausfindig machen, die der Polizei zur Verfügung stehen?«

»Ich dachte eigentlich, du hättest dich schon über ihn informiert. Weil er schließlich ja auch für Max' Ausstellung eine Bedrohung darstellt.«

»Das habe ich. Ich habe eine ganze Menge Presseartikel über ihn gelesen, von Journalisten, die sich fröhlich darüber ausließen, dass die Reichen eine aufs Dach bekamen. Aber keiner von denen hatte echte, harte Fakten über Quinn parat.«

»Da gibt es nicht viel, nicht einmal bei uns«, erklärte Keane.

»Na gut, aber kannst du mir wenigstens zukommen lassen, was du hast? Vielleicht ist ja etwas dabei, das mir hilft, die Ausstellung noch besser vor ihm zu schützen.«

»Kann sein – falls der neue Computertechniker von Ace ein, zwei Tricks kennt, von denen der Rest der Welt noch nichts weiß.«

»Vielleicht ist das tatsächlich der Fall. Jedenfalls muss ich ihr so viele Informationen geben, wie ich kann. Tust du mir den Gefallen, Keane?«

»Klar. Ich suche alles zusammen, was ich habe, und schicke es dir so bald wie möglich.«

»Danke.« Morgan legte den Hörer auf, dann saß sie da und starrte ins Leere.

Und sah grüne Augen voller Schalkhaftigkeit.

6

Wolfe war nicht eitel genug, um sofort davon auszugehen, dass Storm eine sexuelle Absicht verfolgte – aber er konnte sich keinen anderen Grund denken, weshalb sie ihn gefragt hatte, wie schnell er im Laufen sei.

»Laufen wir etwa zusammen irgendwohin?«, fragte er.

»Das«, erwiderte sie, »hängt ganz von Ihnen ab.«

»Storm – Sie haben doch nichts dagegen, dass ich Sie so nenne, oder?« Seine Stimme klang sehr höflich.

Die ihre nicht minder. »Natürlich nicht. Schließlich sind wir beide Naturphänomene – Sturm und Wolf.«

Er verschränkte die Arme vor der Brust und blickte zu ihr hinunter in der Hoffnung, dass seine Miene möglichst unlesbar war. Seine Neugier hatte ihn schon öfter in Schwierigkeiten gebracht, aber er war sicher, dass er mit dieser kleinen Blonden fertig würde. Ohne auf den Vergleich ihrer Namen einzugehen, fragte er: »Storm, wollen Sie damit andeuten, dass Sie Privates und Geschäftliches miteinander vermischen wollen?«

»Oh nein, das würde ich viel lieber getrennt lassen. Meine Geschäftszeiten sind wie die des Museums – von neun bis achtzehn Uhr. In dieser Zeit möchte ich wirklich nur arbeiten. Aber danach bleibt ja noch eine Menge Zeit. Und so viel ich weiß, bietet San Francisco ein wunderbares Nachtleben. Ich brauche nicht viel Schlaf. Und Sie? Wie sieht das bei Ihnen aus?«

Wolfe blickte in ihr lebhaftes Gesicht und ihre leuchtenden Augen und hatte plötzlich das Gefühl, dass in ihrer Stimme oder ihrem Verhalten eine versteckte Arglist lag, die er nicht erfassen konnte, und dass sein Instinkt ihn warnen wollte, unter die Oberfläche zu blicken. Doch das, was sie sagte, kam ihm dauernd dazwischen.

»Irgendwie glaube ich, dass wir nicht gut zueinander passen«, sagte er schließlich.

»Warum nicht?«, fragte sie gedehnt. »Weil ich nicht einsachtzig groß und superschlank bin? Du solltest deinen Horizont erweitern. Ganz zu schweigen von deinen Maßstäben.«

In einem Ton, der schon des Öfteren als bedrohlich eingestuft worden war, sagte Wolfe: »Ich werde Morgan erwürgen.«

»Oh, du brauchst es nicht auf sie zu schieben – sie war nicht der erste Mensch, der mir von deiner Obsession mit Barbiepuppen erzählt hat. Das ist das am schlechtesten gehütete Geheimnis in der ganzen Stadt – vor allem, da du sie auch noch ungefähr so oft wechselst wie deine Socken.«

Nur weil sein Kiefer zu schmerzen begann, merkte Wolfe, wie heftig er die Zähne zusammenbiss. Er mochte es nicht, in der Defensive zu sein; das war für ihn ungewohnt und sehr unangenehm. Er lockerte ganz bewusst seine angespannten Muskeln und entgegnete: »Wir haben nun mal alle unsere Vorlieben, nicht wahr?«

»Das nenne ich in die Schranken verweisen«, sagte sie merklich entmutigt. »Die meisten Frauen würden das als Abfuhr verstehen. Aber ich bin nicht so wie die meisten Frauen. Und ich glaube wirklich, du schuldest es dir selbst, dass du mir wenigstens einen Versuch zugestehst.«

»Wieso?«, fragte er unverblümt. Er hätte schwören können, dass in ihren Katzenaugen ein kurzes Lachen aufflackerte, doch ihre leicht gedehnte Sprechweise blieb fast unverschämt leidenschaftslos.

»Weil immer dasselbe Futter, auch wenn es noch so gut ist, irgendwann einfach fade schmeckt. Wenn es schon immer Blondinen sein müssen, könntest du wenigstens die Palette ein bisschen ausweiten und auch die miteinbeziehen, die noch nicht einmal dann groß sind, wenn sie auf einer Trittleiter stehen, und die, die keine blauen Augen haben – die im Übrigen sehr verbreitet sind. Warum nicht ein wenig Würze in dein Leben geben? Ich kann dir garantieren, dass es dir nicht langweilig wird.«

Noch ehe Wolfe sich bremsen konnte, erwiderte er zungenfertig: »Das ist es nicht, wovor ich Angst habe.«

Ein kleines Lachen entkam ihr. »Angst, dass ich ein Klammeräffchen oder sehr fordernd bin? Glücklich für alle Zeit und ein weißer Lattenzaun drum herum? Also, ich klammere nicht, und ich bitte eher als dass ich fordere, aber was den Rest anbelangt, würde ich das nicht von vornherein ausschließen. Uns Kleinstadtmädchen in den Südstaaten wurde so etwas schließlich praktisch von Geburt an eingebläut. Aber ich könnte dich ja wohl kaum gefesselt und geknebelt vor den Altar schleifen, oder? Und da du deines Glückes Schmied und dein eigener Herr bist – ganz zu schweigen davon, dass du auch noch um einiges größer bist als ich –, stelle ich mir vor, dass es mir nicht viel Gutes bringen würde, dich einzufangen. Es sei denn, du möchtest eingefangen werden, natürlich.«

Wieder befiel Wolfe ein Unbehagen, dieses Mal so sehr, dass ihm der Mund offenstand. Er war jetzt sechsunddreißig, was bedeutete, sein Interesse an Frauen – und umgekehrt – reichte nun schon über zwanzig Jahre zurück. Wenn er gewollt hätte, er hätte ein paar schillernde Geschichten erzählen können; er war ein gezeichneter Veteran des Kriegs der Geschlechter. Aber dies war eine Premiere für ihn.

War sie einfach nur eine sehr ehrliche Frau? Eine Frau, die sich zu einem Mann hingezogen fühlte, den sie gerade erst kennengelernt hatte, und das auch zugab, ohne zu zögern und ohne einen Versuch, Spielchen zu spielen? Irgendwie war er nicht ganz darauf eingestellt, ihr das abzunehmen. Dazu war er nicht eitel – und auch nicht leichtgläubig – genug. Und er war ein Skeptiker.

Also … was führte sie im Schilde?

Er blickte stirnrunzelnd auf sie hinunter und versuchte, auf seine Instinkte zu horchen. »Ich komme ein bisschen durcheinander. Was willst du – ein Treffen, einen Liebhaber oder einen Ehemann?«

»Na ja, das kommt auf dein Durchhaltevermögen an, meinst du nicht? Zumindest nehme ich an, dass das dein Problem ist. Nach dem zu urteilen, was ich von deinem Beziehungsleben weiß, muss es doch irgendeinen Grund geben, weshalb du bisher nicht imstande warst, mit deinen Blondinen die Langstrecke zu laufen – oder auch nur eine mittlere.«

Was immer seine Instinkte Wolfe zu sagen versuchten, sein aufbrausendes Temperament erstickte es. »Hast du vielleicht auch schon mal daran gedacht, dass das *Problem* einfach ein Fehlen von fortgesetztem Interesse auf beiden Seiten sein könnte?«

Storm schürzte nachdenklich die Lippen. »Ich vermute, ich habe daran gedacht, aber ich stelle mir vor, dass ein Mann, der sich immer nur Kopien ein und desselben Frauentyps aussucht, sicher sein muss, dass er weiß, was er will, und sicherlich auch wissen sollte, was ihn glücklich macht. Wenn ich das voraussetze, dann musst du dein Glück in kurzen, oberflächlichen Beziehungen finden – andernfalls würdest du etwas anderes versuchen. Ergo, wenn es ein Problem gibt … ist es deines.«

Wolfe folgte der Logik ihrer Argumentation nicht wirklich, hauptsächlich deshalb, weil ihre gedehnte Sprechweise und ihr unvoreingenommener Tonfall – von ihren Worten ganz zu schweigen – sein Temperament mehr und mehr aufheizten. Wenn sie es darauf angelegt hatte, ihn so wütend zu machen, dass er nur mehr impulsiv reagieren konnte, dann hätte sie es nicht besser machen können.

Seine Stimme klang fast wie ein Knurren, als er sie fragte: »Bist du heute Morgen hierher gefahren?«

»Nein, ich bin mit dem Taxi gekommen.«

»Dann treffen wir uns um sechs draußen vor dem Gebäude.«

»Gebongt«, erwiderte sie prompt.

Wolfe machte auf dem Absatz kehrt und verließ den Computerraum.

Einige Augenblicke später nahm Storm die Stiefel von der Tischplatte, stand auf und schloss leise die Tür. Sie lehnte sich dagegen und blickte ins Leere, bis ein Piepton des Rechners sie wieder an den Schreibtisch holte. Sie setzte sich auf ihren Stuhl, nahm eine CD aus dem Laufwerk und legte eine andere ein, tippte einen kurzen Befehl, und der Computer begann erneut, leise zu summen.

Sie arbeitete automatisch und ohne nachdenken zu müssen, wie eine Expertin ihres Fachs, und starrte während des Prozesses die meiste Zeit wie geistesabwesend auf die Tür. Schließlich lehnte sie sich zurück und schaute unter den Schreibtisch.

»Warum bist du denn nicht herausgekommen und hast ein wenig für Zerstreuung gesorgt?«, fragte sie in tadelndem Ton. »Vielleicht hätte mich das vor den Folgen meines Wahnsinns gerettet.«

»Maauunz«, antwortete ihr Gesellschafter so leise, dass es kaum mehr als ein Wimmern war. Dann kam er unter dem Schreibtisch hervor und sprang mit einem Satz auf die Platte.

Es war Storms Kater, und er war seinem Frauchen fast unheimlich ähnlich. Er war sehr klein und von zierlichem Aussehen. Das dicke, ziemlich gewellte Fell hatte exakt dasselbe Goldblond wie Storms Haare, und auch die Augen leuchteten so kraftvoll grün wie die ihren. Sogar das kleine Katzengesicht ähnelte dem ihren in seiner impulsiven Lebendigkeit.

Ein sehr abergläubischer, etwas angetrunkener Mann hatte einmal kurz geglaubt, Storm habe sich tatsächlich in eine Katze verwandelt. Und das war gut gewesen, hatte ihr doch dieser Moment alkoholbedingten Entsetzens eine Gelegenheit zur Flucht beschert.

Das war knapp gewesen, damals.

Storm schüttelte diese Erinnerung ab und beäugte ihre Katze vorwurfsvoll. »Sag mir bloß nicht, dass er dir Angst gemacht hat.«

Die Katze begann, mit geübtem Desinteresse eine ihrer blonden Vorderpfoten zu putzen.

»Jaja, schon gut«, meinte Storm. »Bear, im Lügen bist du fast so gut wie ich.« Sie runzelte etwas die Stirn. »Er ist der Wolf, du bist der Bär, und ich bin der Sturm. Wenn noch irgendwelche Phänomene aus der wilden Natur auftauchen, dann fahre ich nach Hause. Das wäre nicht unbedingt ein gutes Omen.«

»Maauunz«, erwiderte Bear und klang dabei nicht anders, als er aussah – wie ein sehr kleines und sehr gutmütiges Kätzchen, das an seinem letzten Geburtstag fünf Jahre alt geworden war.

»Das sagst du nur, weil du gern zusiehst, wie ich ohne Netz über ein Hochseil laufe.«

Der Kater hob das Kinn an und schloss halb die Augen – eine Geste, die jeder Katzenliebhaber erkannte: höchste Zufriedenheit.

»Du bist mir so ein Freund«, moserte Storm. »Es würde dir gerade recht geschehen, wenn wir herausfänden, dass er Allergiker ist. Was würdest du dann machen?« Sie lauschte, wie ihr Kater als Antwort schnurrte, und seufzte dann.

Wenn das Universum nett zu ihr sein wollte, dann würde Wolfe tatsächlich eine Katzenallergie haben – und dadurch effektvoll von Storm ferngehalten werden.

Das Problem war, sie glaubte nicht sehr an die Freundlichkeit des Universums. Nicht dieses Mal.

Denn das Universum neigte dazu, zu Lügnern nicht freundlich zu sein.

Carla verlor die Nerven, als sie über die Gerüchteküche des Büros mitbekam, dass Jonathan seinen Job, im Museum für Historische Kunst ein neues Sicherheitssystem zu installieren, vermasselt hatte und dass eine Top-Programmiererin von einem Auftrag in Europa abkommandiert worden war, um die dadurch entstandene Blamage von Ace Security abzuwenden.

Und zum Schutz des Gebäudes und der bevorstehenden Ausstellung *Geheimnisse der Vergangenheit* ein komplett neues Sicherheitssystem zu installieren.

Ein Sicherheitssystem, das nirgendwo in den Büros von Ace zu finden sein würde.

Carla musste nichts von Kunst oder Antiquitäten verstehen, um zu wissen, dass die Sammlung Bannister das Traumziel jedes Diebes dieser Welt war. Einschließlich des einen, der sie erpresste. Und auch wenn er die Pläne verschiedener anderer Sicherheitssysteme verlangt hatte, zweifelte sie nicht daran, dass sein letztendliches Ziel war, an diese Sammlung heranzukommen. Sie glaubte nicht, dass er erfreut sein würde festzustellen, dass die von ihr beschafften Pläne wertlos waren und dass sie an die Pläne für das neue System unmöglich herankommen würde.

Carla wollte wirklich nicht einfach abwarten, bis sie herausfand, wie unerfreut er sein würde.

Sie ging an diesem Dienstag zur Arbeit wie gewöhnlich, allerdings mit den Nerven am Ende, was sie verzweifelt zu verbergen versuchte, auch wenn ihr Kopf ununterbrochen fieberhaft arbeitete.

Flucht? Oder etwas finden, irgendetwas, um den Erpresser versöhnlich zu stimmen?

Sie war schon drauf und dran, zu ihrem Bewährungshelfer zu gehen und alles zu beichten, doch die Erinnerung an das Gefängnis hielt sie davon ab. Schließlich konnte sie nicht beweisen, dass sie erpresst wurde, und mindestens eines der Sicherheitssysteme, deren Pläne sie für ihn kopiert hatte, war geknackt und Schmuck im Wert von Hunderttausenden Dollar gestohlen worden.

Sie würde den Kopf dafür hinhalten müssen, das wusste sie. Eine Anklage wegen Beihilfe oder so etwas.

Mehr als diese Erkenntnis brauchte Carla nicht. Sie würde nicht wieder ins Gefängnis gehen, nicht, wenn es irgendeine andere Möglichkeit gab. Also war die einzige Antwort Flucht.

Sie würde abhauen, nach der Arbeit einfach losfahren, und irgendwo anders wieder neu anfangen.

Das konnte sie tun. Sie konnte es.

Es war etwa eine Stunde vor Arbeitsschluss, als Carla ihre Entscheidung traf. Danach beobachtete sie die Uhr und zählte die Minuten, bis sie gehen konnte. Sie dachte schon an nichts anderes mehr.

Storm verließ das Museum ein wenig später, weil sie mit dem Laden des Betriebssystems fertig werden wollte, um am nächsten Morgen gleich mit den anderen Programmen anfangen zu können. Sie kam also erst gegen halb sieben aus dem Computerraum und stellte fest, dass einer der Wachmänner an der Eingangstür des Museums auf sie wartete.

»Der Chef sagte, ich soll auf Sie warten und Sie hinauslassen«, meinte er.

Sie blieb stehen und blickte ihn nachdenklich an. »Welcher Chef?«

»Ma'am?«

»Ich versuche herauszukriegen, wer hier für was zuständig ist. Also, welcher Chef hat Ihnen gesagt, Sie sollen auf mich warten?«

»Ach so. Na ja – Mr Nickerson. Der Chef der Sicherheit.«

Storm fand diese Antwort bemerkenswert. Technisch gesprochen war Wolfe nämlich nicht der Sicherheitschef für das Museum, sondern nur für die Ausstellung *Geheimnisse der Vergangenheit.* Und die war ja noch gar nicht da. Aber da die Ausstellung hier im Museumsgebäude untergebracht werden sollte, war es wohl selbstverständlich, dass er auch mit der Sicherheit des Museums befasst sein würde. Was Storm so interessant fand, war, dass die Wachen – und nicht nur dieser Mann, denn sie hatte auch einige andere gefragt – Wolfes Wort wirklich als Gesetz nahmen. Was bedeutete, dass sie in einem Notfall auf Wolfe schauen würden, unabhängig davon, wer sonst noch hier war.

In Gedanken versunken, nickte sie im Vorbeigehen dem Wachmann zu, der ihr die Tür aufhielt. Draußen vor der breiten Treppe blieb sie stehen und blickte zur Straße hinab.

Er erwartete sie, an einen neuen Sportwagen gelehnt, der, wie sie wusste, gemietet war.

Während sie die Treppe hinunter auf ihn zuging, dachte sie darüber nach, dass Wolfe und sie in dieser Stadt beide nur Besucher waren und quasi aus dem Koffer lebten. Sie wusste, dass er in einem untervermieteten Apartment wohnte. Er war darauf eingerichtet, so lange hier zu bleiben, wie die Sammlung Bannister im Museum gezeigt wurde. Storm andererseits sollte nur einige Wochen in San Francisco bleiben, lediglich lange genug, um das Sicherheitssystem fertig zu installieren und in Betrieb zu nehmen. Ihr Domizil für diese Zeit war eine kleine Suite in einem nahegelegenen Hotel.

Sie hatte nicht viel Zeit gehabt, um ihrer Gewohnheit entsprechend vor ihrer Ankunft hier die Lage zu erkunden; dazu war der Auftrag zu kurzfristig an sie erteilt worden. Aber einfallsreich, wie sie war, hatte sie eine ganze Menge Dinge eruiert – sicher mehr, als Wolfe ahnte. Und da er der Chef der Sicherheit war, hatten ihre meisten Nachforschungen ihm gegolten. So hatte sie unter anderem herausgefunden, dass sie einiges gemeinsam hatten – aber auch, dass sie sich in vielen Dingen gravierend unterschieden.

Wolfe lebte in New York und London. Der einzige Ort, an dem sie in den letzten zehn Jahren länger als ein paar Wochen gelebt hatte, war Paris – wenn sie also einen Wohnsitz hatte, dann war es wohl diese Stadt. Sie waren beide daran gewöhnt, aus dem Koffer zu leben.

Er stand auf Blondinen. Das war nur zu wahr, und sie hatte ihn deswegen bereits aufgezogen – allerdings ohne einen sehr wichtigen Punkt zu erwähnen, der seine scheinbare Fixierung betraf. All die Blondinen, mit denen er seit seiner Ankunft in San Francisco angebandelt hatte, hatten irgendwie mit Stiftungen, Trusts, karitativen Einrichtungen, Kunstvereinen,

Museen oder privaten Sammlungen von Kunst, Schmuck oder sonstigen Wertsachen zu tun.

Ein kluger Mann, hatte sie voller Respekt erkannt, als ihr dieses Muster bewusst wurde. *Er* vermischte Geschäft und Privates also ganz effektiv, vergnügte sich mit seinen Blondinen und machte sich gleichzeitig ihr Wissen zunutze. In den vergangenen Monaten war er häufig verreist gewesen, und vor allem in den letzten Wochen, seit er hier in San Francisco wohnte, hatte er zweifellos eine beeindruckende Menge an Informationen über die eng verflochtene Kunstwelt in dieser Stadt angehäuft – und dabei sicher auch noch jede Menge Spaß gehabt.

Storm respektierte das, und sie betrachtete es nicht als ein berechnendes Verhalten. Auch sie hatte sich ein- oder zweimal mit einem Mann eingelassen, nur weil er ihr etwas sagen konnte, was sie wissen wollte. Warum sollte Wolfe das also nicht auch tun, selbst wenn er damit bis ins Extrem ging? Er war ein sehr attraktiver Mann – und offenbar einer mit einem starken Sexualtrieb –, der einfach nach Frauen Umschau hielt, die ihm mit ihrem Wissen helfen konnten, seine Arbeit optimal zu verrichten.

Tatsächlich zweifelte Storm nicht daran, dass Wolfe sich inzwischen an ihre Fachkenntnisse in Sachen Computer erinnert hatte und zu dem Schluss gekommen war, dass er durch sie an nützliches Wissen gelangen konnte, selbst wenn ihr erstes Treffen gleichzeitig das letzte sein sollte.

Aber auch das bereitete ihr kein Problem. Angesichts der angespannten Stimmung zwischen ihnen war es unwahrscheinlich, dass er seinen Charme an sie verschwenden würde, und deshalb machte sie sich keine Sorgen darüber, dass sie ihm etwas erzählen würde, was er nicht wissen sollte. Selbst dann, wenn es zu mehr als einer Verabredung kam, was wahrscheinlich nicht der Fall sein würde.

Sein sollte.

Dies war kein guter Zeitpunkt für sie, den Kopf zu verlieren. Und Wolfe, dessen war sie sicher, war kein Mann, dessentwegen eine Frau jemals den Kopf verlieren sollte.

»Hübsches Auto«, sagte sie, als sie an der Bordsteinkante angelangt war. »Aber wieso fahren Männer eigentlich immer entweder Sportwagen oder Trucks?«

»Max fährt einen Mercedes«, entgegnete Wolfe, denn das war das Erste, was ihm in den Sinn kam.

»Mercedes zählt nicht; das sind keine Autos, sondern Kunstwerke. Außerdem habe ich ganz persönlich dich gefragt. Also, wieso fährst du etwas, das aussieht, als würde es eigentlich in einen Käfig gehören?«

Wolfe hatte in den vergangenen paar Stunden über einiges nachgedacht und war zu dem Schluss gekommen, dass Storm Tremaine nicht nur nicht sein Typ war, sondern sein Leben garantiert wesentlich komplizierter machen würde, als es sein musste. Deshalb hatte er sehr gefasst und rational entschieden, sie im Verlauf dieses ihres ersten und letzten Treffens nicht an sich heranzulassen.

Doch als er ihren gedehnten, mit einem spöttischen Unterton durchsetzten Akzent hörte und in dieses kleine, lebhafte Gesicht blickte, spürte er diese irritierende Faszination wieder. Er mochte dieses Gefühl absolut nicht – aber er schien nicht in der Lage, es zu beherrschen.

Auch auf ihre Frage hatte er keine gute Antwort. Deshalb stellte er nach guter alter Tradition eine Gegenfrage: »Was fährst du denn?«

»Etwas Praktisches«, antwortete sie prompt. »Solange ich hier bin, werde ich mir wahrscheinlich einen Jeep mieten.«

Er musterte sie. »Du bist also eine praktische Frau?« Er erwartete, dass sie ein wenig zornig wurde oder zumindest diese schreckliche Unterstellung sofort in Abrede stellte; seiner Erfahrung nach wollten Frauen nicht als praktische Wesen abgestempelt werden. Aber Storm reagierte nicht wie erwartet – und das nicht zum ersten Mal.

»Oh, viel schlimmer noch«, erklärte sie in einem feierlichen Ton. »Ich bin eine logische Frau.«

Wolfe hatte das Gefühl, gewarnt zu werden. »Das heißt, ich sollte mich dementsprechend verhalten?«

Storm zuckte kaum merklich mit den Schultern. »Das ist deine Entscheidung. Aber du solltest nicht erwarten, dass ich mich wie eine von deinen Barbiepuppen verhalte.«

»Würdest du aufhören, sie so zu nennen?«

»Bist du ihretwegen beleidigt – oder deinetwegen?«

Die Frage ließ ihn aufhorchen, denn er erkannte, dass der Beleidigte tatsächlich er selbst war. Eine ernüchternde Erkenntnis, die ihn natürlich sauer auf Storm machte, weil sie ihn dazu gezwungen hatte. »Hör mal«, setzte er an, brach jedoch ab, als er etwas Seltsames bemerkte.

Auf ihrer Schulter saß etwas. Er war sich nicht sicher, was es war, aber es hatte grüne Augen. Das war tatsächlich alles, was er sehen konnte, weil ihre Haare so dick waren und diese Kreatur, was immer es war, genau dieselbe Farbe hatte.

»Was ist das?«, fragte er vorsichtig.

Sie brauchte keine nähere Erklärung. Mit einer geübten Geste griff sie nach oben und warf ihre Haare mit einer ruckartigen Kopfbewegung über die Schulter, sodass eine sehr kleine, blonde Katze erkennbar wurde.

»Ich hoffe, du bist nicht allergisch«, sagte sie. »Bear geht überallhin mit – außer in Restaurants, natürlich.«

»Bear?«

»Ja, Bear. Er ist mein Vertrauter.«

Wolfe hatte das komische Gefühl, dass sie keinen Witz machte. Und da ihr dieses Tierchen geradezu unheimlich ähnlich sah, bis hin zu den lebhaften grünen Augen, schien der Gedanke, dass zwischen dieser Frau und ihrer Katze etwas Übernatürliches sein konnte, durchaus nicht so weit hergeholt, als es vernünftigerweise hätte der Fall sein müssen.

»Ich verstehe«, murmelte er.

»Das bezweifle ich.«

Er stieß sich von dem Auto ab und versuchte instinktiv eine uralte Einschüchterungsmasche, indem er auf sie herunterschaute und seine überlegene Körpergröße damit noch hervorhob – aber er merkte gleichzeitig, dass er bei Storm damit absolut nicht landen konnte. Sie hob zwar leicht das Kinn an, als er sie überragte, doch sie trat nicht zurück und schaute eher amüsiert drein als erschreckt.

Wolfe hätte sie beinahe angeschnauzt. »Gehst du immer gleich so auf Konfrontationskurs – oder machst du das nur bei mir?«

»Bei vielen Leuten – aber nicht bei allen. Du musst heute deinen Glückstag haben.« Sie lächelte. »Ich habe vergessen, es zu erwähnen: Ich war an der Uni auch die Leiterin der Rhetorikgruppe.«

Wie wunderbar, dachte Wolfe mit zögerlich aufflackerndem Humor. Beim Laufen konnte sie es mit ihm aufnehmen, und wenn sie ihn dann eingeholt hatte, würde er nie eine Auseinandersetzung mit ihr gewinnen können.

»Das wird ja mit jeder Minute besser«, meinte er voller Ironie.

»Oh, sei einfach tapfer«, riet sie ihm. »Du wirst dir doch wegen eines lumpigen Treffens keinen Kopf machen. Ist das, nebenbei gesagt, der Grund, weshalb du sagtest, wir sollten uns hier vor dem Eingang treffen? Ich meine, fahren wir irgendwohin? Und wenn ja, könnten wir dann loslegen? Falls du es nicht bemerkt hast, hier draußen wird es allmählich ein wenig kühl.«

»Ich weiß es, ich werde das noch bedauern.« Wolfe öffnete die Wagentür und bedeutete ihr mit einer Geste einzusteigen.

»Bist du ein geborener Gentleman, oder ist das für dich etwas, woran du immer wieder arbeiten musst?«, fragte sie interessiert.

»Steig ein«, erwiderte er nur.

Sie grinste ihn an und gehorchte.

Bis Wolfe ausgesprochen sorgsam die Tür geschlossen und

auf die Fahrerseite herumgegangen war, hatte er mindestens dreimal bis zehn gezählt. »Wohin möchtest du?«

»Na ja, es war deine Einladung – oder zumindest so eine Art Einladung«, meinte sie. »Also bestimmst du das. Da wir beide nicht entsprechend angezogen sind, sollten wir etwas Piekfeines vielleicht ausschließen. Nicht, dass es mir etwas ausmachen würde, in Jeans gesehen zu werden, aber du musst schließlich an deinen Ruf denken.«

Wäre es nicht zu spät gewesen, um für »etwas Piekfeines« noch eine Reservierung zu bekommen, Wolfe hätte sie ins beste Restaurant der Stadt ausgeführt *und* die Demütigung ertragen, vom Chefkellner eine Krawatte zu erhalten, nur um zusehen zu können, wie sie ihre unbekümmerten Worte bedauerte. Das hätte sie nämlich bestimmt. Denn auch die selbstbewussteste Frau hätte sich in so einem Fall in Jeans und Pullover *underdressed* gefühlt.

Er wusste, dass er sie an sich heranließ, er wusste es. Aber er schien nicht anders zu können. Ihr leichter Spott zerrte an seinen Nerven, und etwas anderes an ihr – er war sich nicht sicher was – berührte seine Sinne auf die seltsamste Art und Weise.

Er konnte sich nicht entschließen, ob er sie gerne erwürgt hätte oder lieber herausfinden wollte, ob ihre so eigenartig erotischen Lippen sich so sanft anfühlten, wie sie aussahen.

»Ich bin leicht zufriedenzustellen«, sagte sie schmachtend mit dieser Stimme, die ihn wahnsinnig machte. »Ein Stück hartes Brot und ein bisschen Wasser -«

Wolfe murmelte etwas vor sich hin.

»Was für eine Ausdrucksweise«, tadelte sie.

Er bemerkte, dass er noch nicht einmal den Motor angelassen hatte. Dass er dasaß, durch die Windschutzscheibe starrte und absolut nichts sah. Dass er sehr angespannt war und sie nicht anzusehen wagte, weil er nicht wusste, welchem Impuls er folgen würde, wenn er es tat – entweder sie würgen oder sie küssen.

Dass er eine Zigarette wollte, obwohl er noch nie in seinem Leben geraucht hatte.

»Um Himmels willen«, sagte er zu sich selbst, aber hörbar laut.

Sie lachte plötzlich. »Hör mal, warum machen wir es uns nicht einfacher? Ich wohne in einem Hotel, also können wir in meine Suite gehen und den Zimmerservice bestellen. Dann kannst du dich verdrücken, sobald ich dir auf die Nerven gehe, und ich bin gleich zu Hause.«

»Ich lasse eine Frau, mit der ich verabredet bin, nicht einfach sitzen!«

»Tatsächlich?« Sie klang sehr höflich. »Vielleicht bist du dann ein geborener Gentleman. Aber ich muss mich mit meinem Urteil diesbezüglich noch zurückhalten, denn das sind wirklich seltene Biester.«

Wolfe spürte, wie seine Anspannung noch wuchs, trotz aller Anstrengung, seine straffen Muskeln zu lockern. Wieso konnte er ihren Sarkasmus nicht mit eigenem beantworten? Oder wenigstens ihre Spöttelei einfach abschütteln, ohne sich davon beeindrucken zu lassen?

Nach einer rücksichtsvollen Pause, mit der sie feststellen wollte, ob er etwas erwidern würde, sagte Storm: »Falls du nicht verrückt danach bist, mit mir in einem Hotel gesehen zu werden – wer könnte dir das schon verübeln? –, könnten wir auch zu deiner Wohnung fahren. Und unterwegs irgendwo anhalten und uns Hamburger oder eine Pizza besorgen – fertig, natürlich.«

»Was – du meinst wohl, du würdest nicht für mich kochen?«, fragte er boshaft und riskierte einen Blick auf sie. Allerdings einen so raschen, dass er lediglich das Blitzen ihrer leuchtenden Augen und ihre kleinen, weißen Zähne sah, da sie ihm zugrinste.

»Wolfe«, entgegnete sie voller Geduld, »du weißt doch selbst, dass du das nicht möchtest. Denk doch bloß an den Präzedenzfall, den du dadurch schaffen würdest. Der wäre sehr gefährlich, das weißt du. Wenn sich ein Mann von einer Frau bekochen lässt, begibt er sich auf den Weg der Domestizierung. Und wenn sich eine Frau all die Arbeit macht, dann hat sie mehr im Sinn als nur Spaß.«

Er verstand, was sie meinte. Und ganz ehrlich gesagt hatte er es immer so gehalten, ob es nun stimmte oder nicht; er hatte dafür gesorgt, dass keine seiner Frauen je für ihn gekocht hatte. Aber seine Neugierde, die ihn schon mehr als einmal in Gefahr gebracht hatte, gewann die Überhand. »Kannst du kochen?«, fragte er sie.

»Natürlich kann ich kochen.« Sie beugte sich etwas zu ihm und murmelte in einem konspirativen Tonfall: »Ich kann sogar richtig kochen, an einem Herd – eine Mikrowelle brauche ich nicht.«

»Gibt es irgendetwas, das du nicht kannst?«

»Du meinst, was man als Frau so alles draufhaben sollte? Also aus dem Stegreif fällt mir da nichts ein. Ich wurde von einer sehr altmodischen Mama erzogen, die noch fest daran glaubte, dass es so etwas wie Frauenarbeiten gibt.«

Endlich startete Wolfe nun den Wagen und fragte dabei trocken: »Und was ist dir also widerfahren?«

Sie lachte, ohne gekränkt zu sein. »Mein Vater war von einem anderen Schlag – wofür ich ihm äußerst dankbar bin. Er hat mir immer wieder gesagt, dass ich ein gescheites Mädchen bin und viel studieren soll, während Mama mir von Grund auf beibrachte, wie man Brötchen bäckt. Auf diese Weise habe ich eine ganze Menge unterschiedlicher Talente mitgekriegt.«

Er fragte und fragte und veranlasste sie, über ihre Herkunft zu sprechen, und ihre lang gedehnten Antworten animierten ihn zu immer neuen Fragen. Bis er den Wagen circa eine halbe Stunde später auf den Parkplatz eines guten – nicht piekfeinen – italienischen Restaurants lenkte, hatte er die Spannung zwischen ihnen mehr oder weniger vergessen.

»*Wie* viele Brüder?«, fragte er beim Einparken.

»Sechs.« Sie kicherte. »Darum ist es wahrscheinlich kein

Wunder, dass Mama vor Freude halb verrückt war, als sie endlich ein Mädchen bekam.«

»Dann sind sie alle älter als du?«

»Ja. Größer auch. Ich meine, wirklich größer; sie sind alle nach Daddy geraten, nur ich nach Mama.«

»Leben sie alle in Louisiana?«, fragte er; sie hatte erzählt, dort sei sie aufgewachsen.

»Nein, wir sind ziemlich zerstreut. Drei meiner Brüder sind Berufssoldaten, und die anderen drei reisen gerne, also haben wir Glück, wenn wir uns zu Weihnachten mal alle treffen.« Sie blickte um sich und bemerkte, dass sie angehalten hatten. »Oh, sind wir da?«

»Ich hoffe, du magst italienisch«, bemerkte er.

»Sehr gern.«

Wolfe hatte den Motor abgestellt und kam automatisch auf Storms Seite, um ihr zu öffnen. Sie stieg aus, dieses Mal ohne einen Kommentar zu seinen Manieren, und setzte Bear auf den Beifahrersitz. Der kleine Kater blickte etwas traurig zu ihnen auf, versuchte aber nicht, aus dem Wagen zu springen.

»Ich hoffe, du sperrst den Wagen ab«, sagte Storm, als sie beiseite trat, damit Wolfe die Tür schließen konnte. »Es würde Bear nicht gefallen, wenn man ihn stehlen würde.«

»Jeder Dieb wäre wahrscheinlich eher auf meinen Wagen aus als auf deine Katze«, gab Wolfe zurück, »also sollte er es nicht persönlich nehmen.« Doch er betätigte die ferngesteuerte Zentralverriegelung. »Macht er auch keine Probleme allein da drinnen?«

»Nein, er kennt das schon. Katzen sind ziemlich einzelgängerische Wesen, und Bear macht es nie etwas aus, allein zu sein. Ich würde ihn natürlich nie ins Auto einschließen, wenn es zu heiß oder zu kalt wäre, oder länger als eine Stunde am Stück.«

Wolfe zögerte. »Und was ist, wenn er …«

»Er hat sein Geschäft gemacht, bevor wir das Museum verließen.« Storm lächelte zu ihm auf. »Er ist den ganzen Tag mit mir zusammen, deshalb treffe ich für seine Bedürfnisse immer entsprechende Vorkehrungen. Keine Angst – er hat keinen Unfall.«

Plötzlich kam Wolfe in den Sinn, dass es nicht gerade seiner Gewohnheit entsprach, mit einer Frau über die Eigenarten von deren Katze zu sprechen, doch ihr Lächeln – überraschend nett und warm, wenn es nicht spöttisch war – ließ die Sache unwichtig erscheinen.

Und *das* war ein schöner Gedanke, tadelte er sich selbst, als sie in das Restaurant gingen.

7

Wenn man ihn gefragt hätte, Quinn hätte sofort eine Antwort parat gehabt, weshalb er seine Abende mehr mit Beobachten verbrachte als damit, in Aktion zu treten; warum er das Kommen und Gehen anderer Diebe beobachtete, die darauf aus waren, sowohl Privathäuser als auch andere Museen auszurauben.

Die Konkurrenz einschätzen.

»Ein ganz schöner Haufen Diebe hier«, murmelte er, während er von seinem Aussichtspunkt auf einem Dach durch sein Nachtfernglas einem geschickten Einbrecherpaar zuschaute, das sich gerade zu einem Juweliergeschäft auf der anderen Straßenseite Zugang verschaffte.

Allerdings waren die beiden doch nicht ganz geschickt genug und lösten eine Alarmanlage aus, die durch die Nacht heulte. Quinn steckte lächelnd sein Fernglas wieder in den Werkzeuggürtel und zog sich vom Rand des Daches zurück.

Wie jeder gute Dieb war er sehr rasch mit der Stadt vertraut geworden, in der er in den kommenden Wochen den Großteil seiner Zeit zu verbringen gedachte.

So vertraut in der Tat, dass er sich selbst nachts mit größtem Selbstvertrauen durch die häufig nebelverhangenen Straßen bewegte.

Innerhalb weniger Minuten hatte er sich von den schrillen Alarmtönen und den sich nähernden Polizeisirenen entfernt.

Er ging quer durch die Stadt zurück und legte vor verschiedenen Gebäuden, die als mögliche Ziele in Frage kamen, eine Pause ein.

Aber in dieser Nacht war nicht viel los, und so erreichte er eine gute halbe Stunde später und einen halben Block vom

Museum für Historische Kunst entfernt einen weiteren Aussichtspunkt auf einem Dach.

Vor dem Museum war Morgans Wagen geparkt.

Quinn seufzte und richtete sich auf seinem Beobachtungsposten ein. Müßig fragte er sich, ob Morgan eine Ahnung davon hatte, dass ihr Treffen in einem dunklen Museum vor ein paar Wochen nicht das erste Mal gewesen war, dass sich ihre Wege gekreuzt hatten.

Nein, wahrscheinlich nicht, denn sonst hätte sie wohl etwas gesagt.

Das Handy an seinem Gürtel vibrierte, und er steckte sich den Ohrhörer und das Mikrofon an und antwortete dann leise: »Ja?«

»Wo bist du?«

»In der Nähe des Museums.« Er musste nicht erklären, welches.

»Ist etwas los?«

»Ein übereifriges Einbrecherpaar hat sich an einem Juweliergeschäft auf der anderen Seite der Stadt die Finger verbrannt. Das ist so ziemlich alles. Eine Menge Gesetzeshüter sind heute Nacht unterwegs, deshalb bezweifle ich, dass viel Ungesetzmäßiges auf dem Plan steht.«

»Deinem oder ihrem?«

Quinn lachte leise. »Beides.«

»Dir ist klar, dass das neue Sicherheitssystem in ein paar Wochen installiert und in Betrieb gesetzt ist.«

»Das ist mir klar, ja.«

»Also ändern sich womöglich Pläne. Oder sollten sich ändern.«

»Kann sein.«

»Das ist eine Falle. Kann nichts anderes sein.«

»Der Gedanke ist mir auch schon gekommen.«

»Und?«

»Und ... das macht es nur umso interessanter. Herausfordernder.«

Ein kurzes Schweigen entstand, dann war ein Lachen zu hören. »Das sage ich dir – an Selbstvertrauen fehlt es dir nicht.«

»Es ist kein Spiel für Zaghafte.«

»Aber auch keines für Leichtsinnige.«

»Leichtsinnig? Ich? Vergiss es.«

»Also, was ist dein nächster Schritt?«

Quinn richtete sein Nachtfernglas auf den Haupteingang des Museums und beobachtete, wie Morgan herauskam. Sie blieb oben an der Treppe stehen und blickte um sich; ein leichtes Stirnrunzeln zog ihre Brauen zusammen. Dann zuckte sie die Achseln und ging die Treppe hinunter zu ihrem Wagen.

Lächelnd murmelte Quinn: »Wie viel weißt du über Katalysatoren?«

»Du bist so ernst«, sagte Storm, als sie auf der anderen Seite des Tisches Platz nahm.

Er musterte sie und zog eine Braue nach oben. »Das bildest du dir nur ein«, erwiderte er.

»Ich bin eine logische Frau, schon vergessen? Ich bilde mir keine Dinge ein, die nicht existieren.« Noch ehe er darauf etwas sagen konnte, fuhr sie im selben gedehnten Tonfall fort. »In der Damentoilette habe ich eine deiner Barbiepuppen getroffen.«

»Was?« Das war das Letzte, was er erwartet hätte, und es lenkte ihn ganz von der Frage ab, ob sie ehrlich zu ihm war.

Noch immer lächelnd drehte sie den Kopf und deutete mit einem Nicken quer durch den Raum. »Die da drüben, an dem netten kleinen Tisch beim Fenster. Sie war sehr freundlich. Sie erzählte mir – ohne dass ich ihr dazu einen Anlass gegeben hätte, wohlgemerkt –, dass du deinen Scotch gern mit Eis trinkst und es magst, wenn deine Frauen gar nichts anhaben.«

Wolfe drehte vorsichtig den Kopf und sah Nyssa Armstrong sofort. Sie war in Begleitung eines langweilig aussehenden Mannes, der desinteressiert schien, als sie quer durch den Raum Wolfe zulächelte und ihn mit einer Geste grüßte.

Er nickte hinüber und wandte sich dann wieder Storm zu, die sich prächtig zu amüsieren schien. Er räusperte sich. »Nyssa ist keine Barbiepuppe, das kannst du mir glauben. Sie ist klug.«

»Sie ist auch sehr an den *Geheimnissen der Vergangenheit* interessiert«, stellte Storm fest. »Und sie wusste, wer ich bin. Hast du ihr gesagt, dass ich der neue Computertechniker bin?«

Wolfe spürte, wie sich seine Brauen zusammenzogen. »Nein. Ich habe seit Tagen nicht mit ihr gesprochen.«

»Interessant, was? Es ist auch interessant, sie hier zu sehen.« Storm nippte an ihrem Wein und zuckte dann die Achseln. »Vielleicht ein Zufall, aber nicht sehr wahrscheinlich. Denkst du nicht? Ich meine, das ist ein nettes Lokal und so – aber ich würde nicht darauf wetten, dass sie öfter hierherkommt.«

Wolfe wusste, dass er noch immer die Stirn runzelte, aber er kommentierte ihre Bemerkung nicht. Stattdessen nahm er die Speisekarte zur Hand und fragte: »Wollen wir nicht bestellen?«

Storm hatte nichts dagegen einzuwenden und bestellte, sobald die Kellnerin an den Tisch kam. Es war jedoch offensichtlich, dass sie nicht die Absicht hatte, das Thema von Nyssas Anwesenheit fallen zu lassen, denn sobald die Bedienung wieder gegangen war, sagte sie: »Eine schicke Party oben in Nob Hill kommt mir eher wie die Umgebung vor, in der sie sich heimisch fühlt. Habe ich damit recht?«

»Da wohnt sie«, räumte Wolfe ein und zerbrach ein Grissino feinsäuberlich in zwei Hälften.

Nach einer kleinen Pause meinte Storm gelassen: »Momentan kümmert mich weniger ihr Interesse an dir als vielmehr ihr Interesse an der Ausstellung.«

Wolfe blickte rasch auf. »Mich auch.«

Storm lachte leise; es klang warm und voll. »Okay, dann hör auf, dich gegen dieses Thema zu wehren. Da wir beide mit der Sicherheit der Ausstellung befasst sind und ich ein Computerprogramm schreiben kann, um sie gegen Bedrohungen zu schützen – wenn mir die Bedrohungen bekannt sind –, wäre es besser, du würdest mir die Geschichte dieser Lady erzählen.«

»Ich habe nicht gesagt, dass sie eine Bedrohung darstellt«, protestierte Wolfe.

Eine von Storms hübschen blonden Augenbrauen rutschte in einer Miene des Spotts nach oben. »Lass mich raten. Ritterlichkeit? Wenn du einmal mit einer Frau geschlafen hast, lässt du nie etwas über sie verlauten, das ihren guten Namen schädigen könnte? Notiert, zur späteren Verwendung.«

Er spürte seine schmerzenden Kiefer, so sehr biss er die Zähne zusammen. Diese Empfindung wurde allmählich zur Gewohnheit. »Ich wusste, dass es zu schön war, um dauerhaft zu sein. Du kannst dich nicht dazu bringen, einmal eine Stunde lang über nichts und niemanden herzuziehen, stimmt's?«

Die Augenbraue blieb oben, und ihre Miene wurde sogar noch spöttischer. »Bestimmt nicht – es macht so viel Spaß. Du lässt dich einfach zu schön ködern.«

»Hat dich noch nie jemand davor gewarnt, in gefährlichen Gewässern zu fischen? Du könntest dir etwas einfangen, dessen du nicht Herr wirst.«

»Versprechungen, Versprechungen«, murmelte sie und lachte, als er die Stirn noch stärker runzelte. »Komm, hör auf, so finster dreinzuschauen, Wolfe. Ich werde dir keine persönlichen Fragen zu – wie heißt sie noch? Nyssa? – stellen. Sehr passend. Das geht mich nichts an, zumindest nicht im Moment.«

Er musterte sie. »Nicht im Moment?«

»Man weiß nie, wann sich so jemand womöglich verändert.« Bevor er auf ihre freundlich-zurückhaltende Aussage reagieren konnte, fuhr sie bereits fort: »Ich will lediglich wissen, was du mir über ihr Interesse an der Sammlung Bannister sagen kannst – die zu schützen wir beide die Verantwortung haben.«

Wolfe zögerte, doch dieses Thema anzusprechen, war völlig legitim – vor allem, wenn Nyssa es für nötig befunden hatte, sich in der Damentoilette vorzustellen, und wenn sie tatsächlich wusste, dass Storm die Computertechnikerin im Museum war.

»Sie wusste, wer du bist? Im Ernst?«, fragte er.

»Im Ernst. Und sie wusste nicht nur, dass ich das neue computergesteuerte Sicherheitssystem installiere – sie kannte auch meinen Namen. Das ist es, was bei mir Alarm ausgelöst hat. Wie konnte sie meinen Namen wissen, Wolfe? Selbst du hast ihn nicht gekannt. Niemand im Museum kannte ihn, bis ich dort aufkreuzte. Und nicht einmal mein Chef bei Ace wusste bis gestern mit Sicherheit, ob ich in der Lage sein würde, den Job zu übernehmen. Ich habe in aller Eile gepackt und bin mit der letzten Maschine von Paris herübergeflogen. Es ist also nicht so, dass irgendjemand eine Menge Zeit gehabt hätte, viel über mich in Erfahrung zu bringen. Wie also hat sie es gemacht?«

Wolfe warf einen raschen Blick quer durch den Raum und stellte fest, dass Nyssa und ihr Begleiter aßen und sich dabei offenbar ungezwungen unterhielten. »Ich weiß nicht.« Er wandte sich wieder Storm zu und wurde etwas unsicher, als er bemerkte, dass der Blick aus ihren leuchtenden Augen ernster war, als er es bisher gewohnt war.

Storm zuckte leicht mit den Schultern, ohne ihn aus den Augen zu lassen. »Da ich gerne weiß, was meine Sicherheitsprogramme schützen sollen, hat mein Chef mich aufgeklärt. Ich hatte von der Sammlung Bannister bereits gehört. Ich habe sogar die Bilder gesehen, die bei der letzten Ausstellung gemacht wurden. Wann war das – vor über dreißig Jahren?«

»So ungefähr«, stimmte Wolfe zu. »Lloyd's in London versichert die Kollektion – aus diesem Grund bin ich hier. Das weißt du.«

Sie nickte. »Du bist ihr Top-Sicherheitsexperte. Das ist einer der Gründe, weshalb Max Bannister dich haben wollte. Ein anderer ist wohl die Tatsache, dass er dir absolut vertrauen kann – weil du sein Halbbruder bist.«

Jetzt war es an Wolfe zu nicken. Es überraschte ihn nicht sehr, dass ihr seine Verwandtschaft mit Max bekannt war. Schließlich hatte sie mit Morgan gesprochen, die wusste, dass er und Max Halbbrüder waren. Er ergriff jedoch nicht sofort das Wort, sondern lehnte sich zurück und wartete, bis die Kellnerin die Teller auf den Tisch gestellt hatte. Als sie wieder gegangen war, sagte er: »Das ist richtig. Ist es von Bedeutung?«

»Dass du sein Bruder bist?« Storm zuckte erneut die Achseln und begann fast geistesabwesend zu essen. »Wahrscheinlich nicht, aber solche Dinge zu wissen, schadet nie. Weiß Nyssa von euerer Verwandtschaft?«

Er zögerte. »Ich glaube nicht. Jedenfalls hat sie nie davon gesprochen.«

Nachdenklich meinte Storm: »Es ist nichts, was allgemein bekannt wäre, womöglich also nicht. Es sei denn, sie hat es von ihm erfahren. Sie bewegen sich in denselben Kreisen, nehme ich an.«

»Damit hast du recht.« Wolfe beobachtete sie sehr genau und begann ebenfalls zu essen.

»Ich nehme an, du willst seine Flitterwochen nicht stören?«, fragte sie forschend.

»Das musste ich bereits ein paarmal. Und ich möchte es lieber nicht noch einmal tun, wenn es nicht unbedingt sein muss«, erwiderte Wolfe sachlich. »Weshalb? Um ihn wegen Nyssa zu fragen?«

Den Blick ins Leere gerichtet, knabberte Storm kurz an einem Grissino und zuckte die Achseln. »Ich denke, es spielt wirklich keine Rolle, ob sie weiß, dass ihr beide Brüder seid. Ich kann nicht erkennen, wie sie dieses Wissen verwenden könnte. Sie weiß, dass du für die Sicherheit der Ausstellung verantwortlich bist, sie weiß, wofür ich zuständig bin, und sie kennt Mr Bannister. Und so weit ich es sehen kann, hat sie mit ihrem Interesse an uns allen nicht hinter dem Berg gehalten. Richtig?«

»Sie versucht seit Jahren, Max zu überreden, ihr die Sammlung zu zeigen«, bemerkte Wolfe.

Storm hielt einen Moment inne, dann lächelte sie. »Und wozu hat sie dich zu überreden versucht?«

Ihr nüchterner Ton war Wolfe unbehaglich, wenngleich er

sich über Nyssas Vorhaben im Klaren war, seit sie zum ersten Mal zusammen getanzt hatten. Ruhig antwortete er: »Sie die Sammlung sehen zu lassen, bevor die Ausstellung für das Publikum eröffnet wird.«

»Ich nehme an, du hast ihren Schmeicheleien widerstanden«, sagte Storm ernst.

»Das ist ja wohl keine Frage«, konterte er.

Ein unerwartet freundliches Lächeln ließ ihr Gesicht erstrahlen. »Gott behüte. Würde ich deine Ehrlichkeit in Zweifel ziehen?«

»Wahrscheinlich.«

Sie kicherte. »Nein, würde ich nicht.« Sie aß eine Weile schweigend und fuhr dann mit dem ursprünglichen Thema fort: »Da deine Freundin ihre Wünsche so offen deutlich macht, sehe ich sie nicht als eine Gefahr für die Sammlung.«

»Ich ebenfalls nicht.«

»Aber ich würde trotzdem gern herausbekommen, woher sie über mich Bescheid wusste. Gut, ich war kein ausgesprochenes Geheimnis – aber eigentlich hätte es ihr nicht möglich sein dürfen, meinen Namen in Erfahrung zu bringen.«

Dem konnte Wolfe nur beipflichten. Das Problem war, er konnte sich nur einen Weg vorstellen, wie sie an dieses Wissen gelangt war. Ace Security. Der vorherige Techniker von Ace hatte es prima hingekriegt, die Arbeit von Wochen zu vernichten, auch wenn das versehentlich geschehen war.

Was also, wenn es einen zweiten Anschlag auf Ace gab? Was, wenn Nyssa jemanden innerhalb des Unternehmens bestochen oder sonst wie überredet hatte, ihr Informationen zukommen zu lassen? Und wenn ja, was hatte sie wirklich vor? War der von ihr geäußerte Wunsch, die Sammlung Bannister zu sehen, bevor irgendwelche anderen Sammler einen Blick darauf tun durften, ihr wahres Begehren?

Oder war sie eine ernsthafte Bedrohung der Sammlung?

Storm schien seinen Gedanken mit geradezu unheimlicher Genauigkeit folgen zu können. »Kennt sie sich mit Computern aus?«, fragte sie mit einem Blick durch den Raum, der klarstellte, wen sie meinte.

Wolfe schüttelte den Kopf. »Ich weiß es nicht mit Sicherheit – aber ich würde sagen, ja. Sie ist bekannt für ihren hervorragenden Geschäftssinn, demnach ist es wahrscheinlich, dass sie auch mit Computern Erfahrung hat.« Er sah Storm an und bemerkte, dass sie ihn mit einem Blick beobachtete, den er bislang noch nicht an ihr wahrgenommen hatte. Etwas wie ein Schatten lag darin, dachte er. Ein Geheimnis.

»Möchtest du eine Falle stellen?«, fragte sie vorsichtig.

»Warum sollte ich das tun wollen? Die Kollektion aufs Spiel zu setzen, das wäre dumm – und absolut nicht meine Aufgabe«, sagte er.

Storm lächelte ein wenig. »Nein – aber es ist immer besser, ein Risiko auf sich zu nehmen, wenn man die Situation dann besser beherrschen kann. Den heutigen Zeitungen zufolge scheint die Stadt voll von Dieben zu sein. Es gibt eine Bande, die niemand zu fassen bekommt, dann die diversen gewöhnlichen Diebe, die allein und für sich selbst arbeiten und für Wertsachen immer eine Bedrohung darstellen – und Quinn. Die Wahrscheinlichkeit ist hoch, dass sie die Ausstellung der Bannister-Sammlung alle als erstrebenswertes Ziel ansehen.«

»Zweifellos«, stimmte Wolfe zu.

»Warum willst du dann warten, bis sie an deine Tür klopfen? Warum nicht die Tür einen Spalt aufmachen – und sehen, wer der Versuchung hineinzuschlüpfen nicht widerstehen kann?«

Wolfe schob den Teller beiseite und nahm sein Weinglas zur Hand. »Was für eine Art von Falle stellst du dir denn vor?«, fragte er nach einer Pause.

»Na ja, sehen wir mal, was wir haben. Nach der Umstellung wird das Sicherheitssystem des Museums dem neuesten Stand der Elektronik entsprechen. Und da es eine unabhängige Stromversorgung gibt, die von außerhalb des Gebäudes nicht zugänglich ist, dürfte es für einen Dieb das Sicherste sein, das System mithilfe eines anderen Computers zu steuern.«

»Unser System ist komplett geschlossen«, wandte Wolfe sofort ein. »Es gibt kein Modem und keine Verbindung mit den Telefonleitungen. Wie könnte also jemand von außen Zugang dazu bekommen?«

Storm zögerte, ihre Augen waren eigenartig unbeweglich. Dann schob auch sie ihren Teller beiseite und lehnte sich zurück. »Weißt du noch, wie ich heute Nachmittag unter dem Schreibtisch damit beschäftigt war, Kabel zu sortieren?«

»Ja.«

»Ja, und dabei fand ich dort unten noch etwas anderes. Jemand hat eine ziemlich praktische Verbindung zu einer alten, nicht mehr benutzten Telefonleitung in diesem Zimmer eingebaut. Und deshalb würde ich sagen, dass mindestens ein Dieb die Tür zum System bereits aufgesperrt hat.«

Carla vergewisserte sich, dass sie nicht wie sonst üblich die Letzte war, die das Büro verließ. Stattdessen ging sie mit den anderen lachend und plaudernd zum nahegelegenen Parkplatz, wo sie alle ihre Wagen stehen hatten. Carla dachte, dass sie wahrscheinlich ein wenig zu viel lachte, sowohl aufgrund ihres Bemühens, normal zu wirken, als auch wegen der fast schwindelerregenden Erleichterung, die Sache praktisch hinter sich zu haben.

Sie verabschiedete sich von ihren Arbeitskollegen und schloss mit der elektronischen Fernbedienung ihren Wagen auf. Stieg ein und sperrte sofort die Türen ab. Außer Gefahr. Jetzt war sie sicher und …

»Hallo, Carla.«

Carla stockte das Blut in den Adern. Ihr war plötzlich kalt. Eisig kalt. »Ich – ich wollte nicht …«

»Abhauen? Ich glaube schon. Schade.«

Im Rückspiegel starrte sie auf sein Gesicht, zum ersten Mal sah sie ihn klar. Und sie starrte auf die Pistole, die er hochhielt. Sie war mit einem Schalldämpfer versehen. »Nein, bitte. Das Sicherheitssystem im Museum – sie haben eine neue Programmiererin geschickt – ich bin sicher, ich kann die Pläne für das neue System besorgen …«

»Und ich bin genauso sicher, dass du es nicht kannst.« Die elegante Waffe gab einen leisen Laut von sich. »Aber mach dir keine Sorgen, Carla. Du bist nicht meine einzige Quelle da drinnen. Ich habe noch eine andere.«

Morgan hatte nicht vorgehabt, Dienstagnacht vor einem der Museen oder Schmuckgeschäfte zu verbringen, die sie für wahrscheinliche Ziele Quinns hielt. Doch als sie nach der Arbeit nach Hause kam, war sie schlichtweg zu unruhig, und sie kannte sich zu gut, um zu glauben, dass sie sich einfach kraft ihres Willens entspannen konnte.

Also zog sie dunkle Sachen an, nahm einen großen Becher Kaffee mit in den Wagen und machte sich auf zur Jagd.

Sie war noch weit davon entfernt, wirklich überzeugt zu sein, dass sie Quinn erspüren konnte. Seit ihrem letzten Treffen vor ihrer Wohnung hatte sie mehrmals – sowohl im Museum wie auch außerhalb – das Gefühl gehabt, dass jemand sie beobachtete, aber nichts hatte darauf hingedeutet, dass es Quinn gewesen war.

»Das ist wirklich dumm«, murmelte sie vor sich hin, während sie auf einen der Juwelierläden zufuhr, die sie sich notiert hatte. Doch was sie kurz vor dem Geschäft veranlasste umzudrehen, war nicht der Spott auf sich selbst in ihrer Stimme, sondern etwas anderes.

Sie hielt den Wagen abrupt an und merkte, dass sie … lauschte. Sie hörte nichts, doch etwas drängte sie zu handeln, und so wendete sie und fuhr wieder zurück. Nach zwei Blocks parkte sie am Straßenrand.

Vor einem privaten Wohnhaus.

Morgan hatte keine Idee, wem das Haus gehörte, aber es war sehr groß, sah sehr teuer aus und beherbergte zweifellos viele wertvolle Dinge, die für einen Dieb interessant waren.

Und es war durch einen hohen Zaun geschützt.

Sie blieb ein paar Minuten im Auto sitzen und starrte mit gerunzelter Stirn auf das Gebäude, dann stieg sie aus und lehnte sich, die Hände in den Taschen vergraben, an die Wagentür. In der einen hielt sie das Pfefferspray, in der anderen die Polizeipfeife, doch sie hatte das Gefühl, dass sie beides nicht brauchen würde.

Es war noch ziemlich früh, und obwohl die Gegend ruhig war, zeigten beleuchtete Fenster hier und da, dass Leute zu Hause waren. Morgan hoffte, sie würde nicht zu lange warten müssen.

Etwa drei Minuten später löste sich ein Schatten von der Ecke des hohen Zauns und kam auf sie zu.

»Morgana, was zum Teufel tust du denn hier?«

Wegen des sehr höflichen Tons musste sie lächeln, und gleichzeitig spürte sie eine plötzliche Befriedigung. »Eine Theorie testen«, erwiderte sie.

Quinn blieb etwas mehr als eine Armlänge vor ihr stehen, sein Seufzer bildete trotz der Skimaske ein kleines Wölkchen in der Luft. Die nächste Straßenlaterne war nahe genug, um deutlich werden zu lassen, dass er wie üblich ganz in Schwarz gekleidet, also offenbar auf einen Einbruch vorbereitet war.

»Ich wusste, dass es falsch war, dich darauf aufmerksam zu machen«, sagte er. »Ich hätte wissen müssen, dass du nach mir suchen würdest.«

»Ich dachte, der große Quinn macht nie einen Fehler.«

»Von mir hast du das sicher noch nie gehört«, konterte er nüchtern. »Ich gehe bestenfalls so weit, dass ich sage, ich mache nicht ein und denselben Fehler zweimal. Wenngleich sich dieser womöglich als ganz schön teuer erweisen kann, fürchte ich.«

Morgan deutete mit einem Kopfnicken auf das Haus hinter ihm. »Bestimmt, falls du vorhaben solltest, diese Leute zu bestehlen.« Sie zog ihr Pfefferspray heraus und hielt es vor sich. »Dieses Mal gibt es keinen Schaukasten, an den du mich fesseln kannst, und ich bin auch nicht ganz unbewaffnet.«

»Du bläst nicht in deine Polizeipfeife«, stellte er in freundlichem Ton fest.

»Nicht nötig, die ganze Nachbarschaft aufzuwecken. Zumindest nicht, falls du mir dein Wort gibst und nichts stiehlst – wenigstens nicht heute Nacht.«

»Wenigstens nicht heute Nacht?« Er klang amüsiert. »Was, du willst nicht, dass ich ganz damit aufhöre?«

»Ich bin klug genug, nicht das Unmögliche zu verlangen.«

»Warum dann nur für eine Nacht?« Jetzt klang er aufrichtig neugierig.

»Vielleicht will ich nur herausfinden, ob du wirklich dein Wort halten kannst.«

Quinn lachte leise. »Also weißt du, Morgana, du überraschst mich immer wieder. Ich war mir so gut wie sicher, dass unser nächstes Treffen damit enden würde, dass du alles in deiner Macht Stehende tun wirst, um mich hinter Gitter zu bringen. Zumindest dafür, dass ich dir deine Halskette geklaut habe, wenn schon nicht für schlimmere Dinge.«

Morgan war mehr als nur ein bisschen überrascht über sich selbst, doch sie versuchte, sich das nicht anmerken zu lassen. »Oh, dafür kriege ich dich schon noch dran«, sagte sie. »Aber ich möchte gern wissen, warum du sie mir überhaupt weggenommen hast. Verglichen mit deiner sonstigen Beute ist sie doch absolut nichts wert.«

Quinn legte eine Hand auf sein Herz – so er denn eines hatte – und erwiderte schmachtend: »Ein Andenken.«

»Quatsch. Du hast sie geklaut, um mir zu zeigen, dass du es kannst.«

»Na ja, das auch.«

»Ich will meine Halskette wiederhaben, Quinn.«

»Und mir wäre es viel lieber, wenn du aufhören würdest, deine Theorie zu testen. Das könnte zu einem echten Ärgernis werden, Morgana.«

»Wenn ich immer wieder auftauche und dich vom Stehlen abhalte? Na, nun sag bloß.«

Quinn lachte erneut. »Meine Süße, glaubst du wirklich, du hättest mich gefunden, wenn ich es nicht zugelassen hätte?«

»Erzähl mir jetzt nicht, du hast deinerseits ein Experiment durchgeführt.«

»So in etwa.«

Morgan war sich absolut nicht sicher, ob sie ihm glaubte, aber unsicher genug, um ihn zu fragen: »Du kannst also verhindern, dass ich deine Gegenwart spüre? Wie – mit deiner Tarnkappe, mit der du dich unsichtbar machst? Oder mit deiner Fähigkeit, meinen Verstand zu benebeln? Mit Kryptonit?«

»Nichts derart Heroisches, fürchte ich. Einfach nur mit meinem Willen. Ich habe einen großen Teil meines Erwachsenenlebens damit zugebracht, zu lernen, schwer fassbar zu sein, meine Süße. Wenn ich nicht gefunden werden will, wirst nicht einmal du mich finden.«

»Wieso bekomme ich das Gefühl, dass du mich herausfordern willst?«

»Vielleicht, weil ich genau das tue. Versuch, mich morgen Nacht zu finden, Morgana.«

Sie blickte ihn finster an. »Das sagst du nur, damit ich dich heute davonkommen lasse.«

»War das nicht dein Plan? Mein Wort zu testen?«

Morgan wollte nicht zugeben, dass ihr ursprünglicher Plan gewesen war, die Polizei zu rufen, und dass sie nicht wusste, warum in aller Welt sie das nicht tat. »Bist du bereit, mir dein Wort zu geben? Versprichst du mir, heute Nacht niemanden auszurauben?«

Prompt zeigte er sich einverstanden. »Natürlich bin ich bereit, Morgana. Ich gebe dir mein Wort, dass ich heute Nacht keine Person und keinen Ort ausrauben werde.«

Sie war argwöhnisch, musste sich allerdings, wenngleich sehr widerwillig, auch gestehen, dass sie nicht ganz bereit war, die Polizei zu rufen. Zumindest noch nicht.

Ihr Pfefferspray noch immer im Anschlag haltend, sagte sie: »Gehe ich recht in der Annahme, dass du nicht bereit bist, mir dasselbe Versprechen auch bezüglich der Sammlung Bannister zu geben?«

»Ja«, erklärte er ohne Umschweife. »Weißt du, mein Wort bedeutet mir etwas. Ich werde nie ein Versprechen brechen, das ich dir gebe, Morgana. Was bedeutet, dass ich heute Nacht nichts stehlen werde – heute Nacht. Und damit basta.«

Verärgert fauchte sie: »Dann gib mir wenigstens meine Halskette zurück!«

»Ich habe sie zufällig nicht dabei«, erklärte er.

Morgan war versucht. Tatsächlich spannte sich ihr Finger bereits auf dem Knopf des Pfeffersprays. Aber letztlich konnte sie nichts anderes tun als akzeptieren, was er sagte.

»Eines Tages«, erklärte sie ihm, »bekommst du, was du verdienst. Und ich werde dabei sein. Das ist alles, was ich will – dass ich dabei bin, wenn du bekommst, was du verdienst.«

»Aber in der Zwischenzeit«, murmelte er, trat lautlos zurück und verschwand bereits im Schatten.

Morgan versuchte nicht, ihn aufzuhalten. Sie lehnte sich einfach an ihren Wagen und steckte langsam das Pfefferspray ein, und als sie sicher glaubte, dass er verschwunden war, murmelte sie in die kalte Nachtluft: »Ich bin solch eine Idiotin.«

Dann stieg sie ein und fuhr nach Hause.

Als sie fast eine Stunde später zu Storms Hotelsuite gelangten, hatte Wolfe mit dem lauten Fluchen aufgehört. Aber er lief auf und ab wie sein im Käfig eingesperrter Namensvetter und nahm das Zimmer, in dem er sich befand, kaum wahr.

Storm bückte sich, damit ihr Kater von der Schulter auf die Lehne der Couch wechseln konnte, wo er es sich bequem machte. Dann setzte sie sich an ein Ende und beobachtete ebenso wie Bear den Mann, der sich ständig im Raum umherbewegte.

»Das kann nur der Techniker gemacht haben«, sagte er endlich.

»Er war es nicht.«

Wolfe blieb stehen und starrte auf Storm. »Falls du versuchst, Ace gegenüber loyal zu sein …«

»Tue ich nicht«, fiel sie ihm ins Wort. »Hör mal, Wolfe, wenn ich oder ein anderer anständiger Techniker eine Telefonleitung anzapfen wollte, könnten wir das tun, ohne eine Menge Spuren zu hinterlassen. Was ich gesehen habe, vermittelte den Eindruck, als sei es in großer Eile gemacht worden. Jeder hätte irgendwann im Verlauf der letzten Wochen in dieses Zimmer gelangen können, das weißt du so gut wie ich. Der Flur ist nicht bewacht, nicht jetzt, wenn das Sicherheitssystem außer Betrieb ist. Und ich wette gerne, dass mein Vorgänger nicht jede Minute dort verbrachte, vor allem dann nicht, wenn der Rechner Informationen lud und er nichts zu tun hatte als auf das Ende des Ladevorgangs zu warten.«

Wolfe musste zugeben, wenn er es auch nur schweigend tat, dass er über die Sicherheit des Computerraums selbst nicht viel nachgedacht hatte. Es war, wie sie sagte – die Geräte waren sicherlich wertvoll, aber niemand konnte sie unbeobachtet aus dem Museum schaffen, und das System selbst war nicht von entscheidender Bedeutung, solange es nicht in Betrieb war, und deshalb war dieser Flur nicht im Zentrum der Aufmerksamkeit der Wachen gestanden.

»Verdammte Scheiße!«, murmelte er vor sich hin.

Storm zuckte die Achseln. »Hey, sie haben eine unverschlossene Tür – aber keine offene. Ich kann sie endgültig abschließen, indem ich die Verbindung kappe. Oder ich kann mich an der Tür bereitstellen und schauen, wer versucht, sie zu öffnen.«

»Dann sind wir wieder bei der Falle«, bemerkte er und setzte sich endlich auf die andere Seite der Couch.

»Na ja, für mich macht das Sinn.« Storm entledigte sich ihrer Stiefel und kauerte sich an ihrem Ende zusammen. »Da das ursprüngliche Sicherheitssystem bei Ace hinterlegt und für einen Dieb potenziell zugänglich war, wurde ich geholt, um ein Programm zu installieren, das so neu ist, dass es in niemandes

Computer ist. Außer in diesem.« Sie klopfte sich mit dem Finger an die Stirn.

Wolfe nickte. »Darauf haben Max und ich uns geeinigt, unter der Bedingung, dass wir das gesamte Programm zu sehen bekommen, bevor es in Betrieb geht.«

»Und das werdet ihr. Aber der Punkt ist, dass, selbst wenn jemand eine unverschlossene Tür zum System hat, es alles andere als leicht für ihn sein wird, hineinzukommen. Denn dazu muss er erst die Zugangscodes herausfinden – und ich habe mir ganz schön vertrackte einfallen lassen.«

»Aber man könnte dennoch hineinkommen?«

»Na klar. Mit genügend Zeit, Geduld und Wissen. Aber sie müssten schon einige Versuche unternehmen. Also muss ich lediglich das System so programmieren, dass es sich selbst bewacht. Wenn es dann einen Zugangsversuch gibt, bin ich alarmiert.«

»Könnten wir herausfinden, wer versucht hat, hineinzukommen?«

»Vielleicht. Wir könnten versuchen, diese Telefonleitung zu verfolgen.«

»Das klingt nicht allzu hoffnungsvoll«, meinte Wolfe.

Sie lächelte gequält. »Wenn ich versucht hätte hineinzukommen, wäre ich durch so viele Leitungen gegangen, dass man mich nie finden würde, zumindest nicht in der Zeit, die ich brauchte, um hineinzukommen und mir zu holen, was ich wollte. Und jeder kompetente Techniker würde es ebenso machen.«

Wolfe brütete eine Weile stumm vor sich hin, dann sagte er: »Dann ist deine Vorstellung einer Falle nicht, jemanden im System zu erwischen, sondern ihn an einen Ort zu locken, wo wir ihn erwarten.«

»Genau.« Sie lächelte anerkennend. »Wenn ich weiß, dass sie versuchen, ins System zu gelangen, kann ich ein kleines Unterprogramm bereithalten, das ihnen das sagt, was wir ihnen an Informationen zukommen lassen möchten. Etwa – das System hat einen Schwachpunkt, der einfach unbeschreiblich einladend aussieht. Kein Dieb und keine Diebin, der oder die etwas auf sich hält, wird sich das entgehen lassen.«

Was sie sagte, klang vernünftig, aber Wolfe war nicht ganz bereit, ihre Idee anzunehmen. Denn erstens würde ein Dieb, der hinter der Sammlung Bannister her war, nichts unternehmen, bis die Sammlung im Museum war. Und zweitens war er sich nicht sicher, ob er Storm Tremaine absolut vertraute. Dieser schattenhafte, geheime Ausdruck in ihrem Blick zuvor hatte ihn beunruhigt.

»Ich muss darüber nachdenken«, sagte er deshalb. »Und morgen hätte ich gern, dass du mir diese eingebaute Verbindung zu der alten Telefonleitung zeigst.«

»Natürlich«, murmelte sie. »Schließlich könnte ich ja auch selbst einen ganz fiesen Plan haben. Also betrachtest du die ganze Sache besser genauestens von allen möglichen Seiten.«

8

Entweder war Wolfes Argwohn deutlicher zu erkennen gewesen, als er gedacht hatte, oder sie entwickelte ein außergewöhnliches Talent, seine Miene zu entschlüsseln. Was immer es war, es gefiel ihm nicht.

»Ich habe nicht gemeint …«, begann er.

»Oh, du brauchst dir gar keine Mühe machen, es abzustreiten, Wolfe. Ich kann deine Lage wirklich gut verstehen. Ich meine, die Ausstellung ist noch nicht einmal an Ort und Stelle, und trotzdem hat es damit schon so viele Probleme gegeben. Und ich bin sicher, es würde dir ganz miserabel gehen, wenn jemand, den du persönlich kennst – wie Nyssa zum Beispiel –, sich tatsächlich als Dieb entpuppen würde, der darauf aus ist, die unbezahlbare Sammlung deines Bruders an sich zu bringen.«

Er spürte, wie er sich wieder anspannte. Diese lang gezogene Sprechweise, verdammt nochmal. Und sie hatte es raus, Dinge so zu formulieren, dass sie wirklich beleidigend klangen.

»Ich treffe mich nicht mit ihr«, sagte er durch zusammengebissene Zähne. »Jedenfalls nicht zurzeit.«

Storms ausdrucksvolles Gesicht nahm eine Miene unechter Sympathie an. »Ja, sie war auch eine, mit der es nicht von Dauer war, nicht wahr? Hast du schon mal an Therapie gedacht?«

»Mit mir ist alles in Ordnung!«, brüllte er fast.

Sie blinzelte. »Ja, natürlich. Viele Männer tun sich schwer damit, die richtige Frau zu finden. Aber ich behaupte noch immer, du solltest deinen Horizont erweitern. Ich meine, du musst jetzt doch schon – wie alt sein? An die vierzig?«

»Sechsunddreißig«, knurrte er und befahl sich, ruhig zu werden, denn ihre Augen sagten ihm mit Gewissheit, dass sie ihn innerlich auslachte.

»Oh, Entschuldigung – sechsunddreißig«, sagte sie voller Ernst. »Na ja, trotzdem. Du hast dich ja jetzt wohl schon zwanzig Jahre lang auf deinen bevorzugten Typ Blondine konzentriert. Ich denke, inzwischen müsste dir dein gesunder Menschenverstand eigentlich sagen, dass das, wonach immer du Ausschau hältst, dort nicht zu finden ist.«

Wolfe wusste, er *wusste* es, dass er mit voller Absicht manipuliert wurde. Er war sogar sicher, wenn er innehielt und darüber nachdachte, würde er zu dem Schluss kommen, dass sie seine Schwäche in puncto Frauen jedes Mal dann ansprach, wenn er sich in ein Gebiet vorgewagt hatte, über das sie nicht reden wollte.

»Was macht dich denn so verdammt sicher, dass *du* hast, wonach ich suche?«, fragte er und rückte näher zu ihr. Da sie seitlich mit den Füßen auf der Sitzfläche der Couch saß, drückte sein Oberschenkel gegen ihre Hüfte.

»Das habe ich nicht gesagt«, murmelte sie und senkte die unglaublich langen Wimpern, sodass sie ihre leuchtenden Augen verschleierten.

»Ach was. Den ganzen Tag lang hast du nichts anderes gesagt! Was ist los, Storm? Du hast wohl nicht gedacht, dass ich neugierig würde?«

Die langen Wimpern hoben sich, sie blickte ihn an, und ihre Augen lachten ganz eindeutig, aber sie sagte mit ernster Stimme: »Also, tu jetzt nichts, was du später bedauern würdest. Wir wissen beide, dass ich dich da reingetrieben habe, und wenn du mir das durchgehen lässt … dann weiß ich später immer genau, welche Knöpfe ich drücken kann. Stimmt's?«

Zum zweiten Mal an diesem Tag sagte er: »Ich weiß es, ich werde das noch bedauern.« Dann zog er sie in seine Arme.

Was er in diesen ersten Augenblicken fühlte, war kein Bedauern. Sie lag warm in seinen Armen, schlank und beinahe erschreckend zierlich, aber ganz und gar eine Frau. Sie war eine Frau, die er begehrte, das war alles, was er fühlte.

Sie war eine Frau, die er begehrte.

Storm merkte es nicht sofort, als er von ihr abließ, und brauchte erst einmal einen Moment, um ihre Stimme wiederzufinden, als es ihr bewusst wurde. »Habe ich etwas falsch gemacht?«, murmelte sie, zu benommen, um sich die Frage zu überlegen.

Seine Miene war sehr hart, aber seine Augen brannten wie das Blaue an der Basis einer Flamme. »Ja«, antwortete er, und seine Stimme war leise, aber auch seltsam harsch. »Du hast mich getroffen.«

Noch ehe sie überhaupt anfangen konnte, dies zu enträtseln, schloss sich die Tür leise hinter ihm.

Sie drehte sich langsam, ließ die Füße auf den Boden sinken und blickte durch den Raum ins Leere. Es war ein sehr langer Tag gewesen. Sie war noch keine vierundzwanzig Stunden in San Francisco – und bereits in Schwierigkeiten.

»Maauunz«, machte Bear, als könne er ihre Gedanken lesen.

»Ich werde damit fertig«, sagte sie, den Blick auf den kleinen Kater gerichtet. Er saß auf der Lehne der Couch und beobachtete sie stumm. »Ich verliere meine Beherrschung nicht. Das ist nur der Jetlag, nichts weiter. Deswegen fantasiere ich heute Abend ein bisschen.«

Bear fiepte leise.

Obwohl sie müde und durcheinander war, erinnerte ihre innere Uhr Storm an eine Verabredung, die eingehalten werden musste. Sie ging ins Badezimmer, spritzte sich kaltes Wasser ins Gesicht und sah sich im Spiegel an. Ihre Lippen waren ein wenig geschwollen und dunkler als sonst, und ihre Augen leuchteten stärker, fast wie bei einem Fieber.

»Lügnerin«, murmelte sie vor sich hin und bekannte damit, dass es schmerzlich an ihr nagte. »Und das Schlimmste daran ist – du wirst gut darin. Zu gut.«

Sie trocknete sich das Gesicht, ging wieder ins Wohnzimmer und versuchte nachzudenken. Nicht, dass sie es vermeiden konnte. Die Intensität des Begehrens zwischen ihr und Wolfe hatte sie unvorhergesehen überfallen, die damit einhergehende

Leidenschaft ließ Komplikationen erwarten. Es gehörte nicht zu ihrem Job, sich auf einen Mann einzulassen – und vor allem nicht mit dem, der für die Sicherheit der Ausstellung *Geheimnisse der Vergangenheit* verantwortlich zeichnete.

Sie konnte es sich nicht leisten, dass das passierte, redete sie sich heftig ein. Selbst wenn es keine anderen Probleme verursachte, konnte es notwendig werden, ihre Loyalität aufzuteilen. Sie könnte ihre Vorsicht Wolfe gegenüber vernachlässigen und ihm Dinge sagen, die zu sagen sie kein Recht hatte.

Schlimmer noch, sie würde sein Vertrauen unter einem falschen Vorwand gewinnen. Er war argwöhnisch wie sein Namensvetter und traute keiner Hand, die sich ihm entgegenstreckte. Wie würde er reagieren, wenn sie ein Liebespaar würden und er herausfinden würde, dass sie ihn belogen hatte?

»Verdammt«, flüsterte sie und schritt im Zimmer auf und ab, ohne es zu merken. Bear beobachtete sie stumm von der Lehne der Couch aus.

Ein leises Klopfen an der Tür ließ Storm innehalten. Sie ging rasch auf den kleinen Flur hinaus, spähte durch den Spion und öffnete dann sofort. Wortlos trat sie zur Seite und ließ ihn ein.

Während sie die Tür schloss, ging er ins Wohnzimmer und sah sich um mit dem automatisch suchenden Blick eines Mannes, der seine Umgebung immer wachsam im Auge hatte. Bear »redete« leise von der Lehne der Couch aus mit ihm, und er liebkoste die kleine Katze kurz im Vorbeigehen am Hals. Dann postierte er sich neben dem Fenster und blickte auf die Lichter der Stadt hinaus.

Storm kam ins Zimmer zurück, setzte sich auf die Armlehne eines Sessels und beobachtete ihren Besucher. »Ich mag es nicht, ihn anzulügen«, sagte sie unvermittelt.

Der Mann wandte sich vom Fenster ab, seine eigenartigen Augen waren ruhig und kühl. »Du hast keine Wahl«, sagte er.

Quinn blieb nicht in der Gegend, in der Morgan ihn gefunden hatte. Stattdessen ging er in ihr Viertel zurück, wo sich auch das Museum für Historische Kunst befand, und beobachtete das große Gebäude von seinem bevorzugten Aussichtspunkt auf einem Dach aus.

Als sein Handy vibrierte, steckte er den Ohrhörer ein. »Ja?«

»Gibt es etwas?«

»Nein. Eine ruhige Nacht.«

»Warst du im Museum?«

»Früher.«

»Sie haben also keine Ahnung, dass du kommen und gehen kannst, wie es dir gefällt?«

»Noch nicht. Aber das kann sich ändern, sobald das neue Sicherheitssystem in Betrieb geht.«

»Ich denke, damit können wir sicher rechnen.«

»Ich werde trotzdem hineinkommen.«

»Woher willst du das so genau wissen?«

»Erfahrung. Es kümmert mich nicht, wie gut ein Sicherheitssystem ist, jedes hat einen Schwachpunkt. Jedes.«

»Und du hast das Talent, ihn zu finden.«

»Bis jetzt hat es mich nicht im Stich gelassen.«

»Nein, aber diesmal gehst du zu weit. Du wirst übermütig. Bleibst zu lange an einem Ort. Das gefällt mir alles nicht.«

»Das haben wir alles schon gehabt.«

»Hör mal, es ist noch nicht zu spät, umzukehren.«

»Doch, ist es«, erwiderte Quinn. »Es ist schon lange zu spät, viel zu lange.«

Ein raues Seufzen kam durch den Ohrhörer. »Du weißt, was ich meine.«

»Ja. Und du weißt, warum ich nicht umkehren kann.«

»Ich weiß, dass der Preis manchmal zu hoch ist. Was ist gut daran, wenn du bekommst, was du willst, der Preis dafür aber deine Freiheit ist – oder sogar dein Leben?«

»Ich habe neun Leben, wusstest du das nicht?« Quinns Stimme blieb leicht und unbeschwert.

»Du hast vielleicht mit neun angefangen, aber ich schätze, du bist längst bis auf zwei heruntergekommen.«

Quinn beobachtete durch sein Fernglas angespannt den Seiteneingang des Museums. Nein, nichts … nur ein Schatten. »Dann müssen eben zwei reichen«, meinte er.

»Und wenn du keines mehr hast, noch bevor der Job beendet ist?«

»In diesem Fall wirst du ihn für mich beenden müssen.«

»Du lieber Gott.«

»Das wissen wir doch beide.« Quinn setzte das Fernglas ab und sprach ruhig. »Es ist spät. Geh zu Bett. Ich nehme mir noch ein paar mögliche Ziele für diese Bande vor.«

»Aber geh nicht zu nahe dran.«

»Wenn ich nicht nahe genug drankomme, um herauszufinden, wer hinter ihnen steht, könnte das alles umsonst sein«, erklärte Quinn. »Nach dem, was ich gesehen habe, könnten sie sich die Sammlung Bannister holen. Sie könnten mit der gesamten Kollektion abmarschieren. Das kann ich nicht zulassen.«

»Womöglich bist du nicht in der Lage, sie aufzuhalten.«

Quinn lachte leise. »Wirst schon sehen«, sagte er.

Storm gab gähnend einen kurzen Befehl in den Computer ein, der daraufhin gehorsam zu summen begann.

»Grrr«, kommentierte Bear, der beobachtend auf dem Schreibtisch saß.

»Nicht so laut.« Storm nippte vorsichtig an ihrer großen, dampfenden Kaffeetasse. Es war ihre dritte, seit sie um halb neun im Museum angekommen war, aber erst jetzt, eine Stunde später, machte sich die Wirkung des Koffeins bemerkbar. Normalerweise beschränkte sie sich auf eine Tasse, denn Koffein hatte bei ihr die eigenartige Wirkung, sie übermütig zu machen, doch sie sagte sich, dass es dieses eine Mal wichtiger war, aufzuwachen und mit an normale Effizienz grenzender Leistung zu funktionieren, als sich über Übermut Gedanken zu machen.

Der Schlaf einer Nacht hatte gegen ihren Jetlag nicht allzu

viel ausgerichtet; sie fühlte sich wie in einem Nebel. Außerdem hasste sie es prinzipiell, schon am Morgen aktiv sein zu müssen, also wäre ihre Laune auch nicht wesentlich besser gewesen, wenn sie in Topform gewesen wäre.

Sie hoffte, Wolfe würde nicht so bald im Computerraum auftauchen. Diesen Morgen hatte sie ihn noch nicht gesehen, und das war gut so. Wenn er morgens als Erstes entdeckte, wie »schlagkräftig« sie zu dieser Tageszeit war, würde er bestimmt intelligent und skrupellos genug sein, das auszunutzen.

Sie hatte letzte Nacht von ihm geträumt, zuerst ein unglaublich erotisches Intermezzo, in dem sie ein Liebespaar waren, doch dann hatte sich die Szene mit einer dieser verrückten Verwandlungen, die für Träume typisch waren, verändert. Plötzlich war sie in einem sehr eigenartigen Klassenzimmer gewesen und hatte fieberhaft mathematische Formeln an eine mit glitzernden Edelsteinen eingefasste Tafel geschrieben, und dabei hatte sie sich immer wieder laut vorgesagt, sie müsse ihre Arbeit tun. Dann hatte die Szene wieder gewechselt; auf einmal war sie gerannt und hatte sich versteckt, und Wolfe hatte sie wütend durch einen ekligen Dschungel mit Computerkabeln anstelle von Schlingpflanzen verfolgt und geschrien, sie habe ihn verraten.

Sie war aufgewacht, als er sich, in seinen Namensvetter verwandelt, gerade auf sie stürzte. Sie war nicht, wie es bei Albträumen meistens der Fall war, angsterfüllt und schwer atmend und mit rasendem Herzen wach geworden. Sie hatte einfach nur Schmerz gespürt.

Einen Augenblick lang, während Storm still an ihrem Schreibtisch saß und sich an die Einzelheiten ihres Traums erinnerte, war sie versucht, einfach davonzulaufen. Aber noch während sie diesen Drang verspürte, listete ihr Verstand bereits alle Gründe auf, weshalb sie das nicht tun konnte.

Einen starken Intellekt und großes Verantwortungsgefühl zu haben, brachte definitiv auch Nachteile mit sich.

Seufzend überprüfte Storm noch einmal den Computer, vergewisserte sich, dass er korrekt lud, und griff dann nach der dicken Röhre aus Pappkarton, die an ihrem Schreibtisch lehnte, holte ein paar Pläne für das Museum heraus und breitete sie aus.

Da sich die Papierbogen immer wieder zusammenrollen wollten, setzte sie den liebenswürdigen Bear auf eine Seite, legte ein dickes Handbuch für das Lasersicherheitssystem auf die andere und stellte das Telefon und ihre Tasse auf die verbleibenden beiden Ecken.

Es half ihr, etwas zu haben, worauf sie sich konzentrieren konnte, und da sie Wolfe etwas übereilt versprochen hatte, sie werde das computergesteuerte Sicherheitssystem in Rekordzeit zum Laufen bringen, hatte sie ihre Arbeit bereits vorbereitet. Nachdem sie die Pläne für das Erdgeschoss eine Weile studiert hatte, holte sie aus einer Schublade einen Schreibblock und aus einer anderen eine Handvoll gespitzter Bleistifte heraus. Ihr pinkfarbener Lieblingsmarker steckte in der Brusttasche ihres Flanellhemds; damit zeichnete sie bestimmte Punkte in den Plänen ein.

Im Verlauf der nächsten Stunde verließ sie den Computerraum nur einmal, um sich in der kleinen Kantine gleich gegenüber einen neuen Kaffee zu holen. Auf dem Weg dorthin traf sie niemanden, und sie hielt sich auch nicht auf.

Es war fast elf Uhr, als ein energisches Klopfen am Pfosten der offenen Tür Morgan West ankündigte. Die junge Ausstellungsleiterin war elegant wie immer. Das glänzende schwarze Haar hatte sie heute hochgesteckt, und sie trug eine jadegrüne Seidenbluse und eine schwarze Hose.

Storm, die verwaschene Jeans anhatte und unter ihrem offen getragenen, grün karierten Flanellhemd einen simplen schwarzen Rollkragenpulli, spürte angesichts der mühelosen Eleganz ihres Gegenübers etwas Wehmut und Neid.

»Hallo«, grüßte Morgan, als sie den Raum betrat.

»Hallo«, antwortete Storm. »Was gibt es?«

Morgans bernsteinfarbene Augen leuchteten vor Neugier –

oder Interesse? –, und sie setzte sich halb auf eine Ecke des Schreibtischs, kraulte Bear wie selbstverständlich unter dem Kinn und sagte freundlich: »Wolfe führt sich auf, als hätte er eine Pfote in einer Eisenfalle eingezwickt.«

Storm blickte stirnrunzelnd auf ihre letzte Notiz und radierte ein Wort aus. »Ah ja?«

»Ja. Und da einer der Wachleute euch beide gestern Abend zusammen weggehen sah, kocht die Gerüchteküche geradezu über.«

Damit hatte Storm gerechnet. Sie gab es auf, so zu tun, als würde sie arbeiten, und lehnte sich in ihrem Stuhl zurück. »Dann fällt Ihnen wohl die Aufgabe zu, die Fakten offiziell zu verifizieren?«, fragte sie höflich.

Morgan kicherte belustigt. »Ganz und gar nicht. Ich bin einfach nur unglaublich neugierig. Außerdem bin ich auch sehr beeindruckt – das heißt, falls Sie wirklich für seine lausige Stimmung verantwortlich sind.«

»Aha? Warum das denn?«

»Weil Wolfe nach dem, was ich in den letzten Monaten mitgekriegt habe, keine Frau nahe genug an sich herangelassen hat, dass sie ihn auch nur hätte verärgern können, und erst recht nicht so nahe, dass er am liebsten sämtlichen Leuten den Kopf abreißen möchte.«

»Soweit ich es verstehe«, kommentierte Storm nüchtern, »lässt er ganz schön viele Frauen an sich herankommen.«

»Oh ja, physisch, das schon. Aber nicht emotional. Nicht einmal Nyssa Armstrong konnte ihn diesbezüglich knacken – und sie versklavt Männer seit ihren Teenagertagen.«

Storm schürzte nachdenklich die Lippen. »Irgendwie bezweifle ich, dass Wolfe von einer Frau versklavt werden könnte.« Den Gedanken, dass sie das Gegenteil für wahrscheinlicher erachtete, behielt sie jedoch für sich.

Morgan nickte zustimmend. »Er müsste es zulassen, das ist schon klar. Aber die richtige Frau brächte das fertig. Sind das zufälligerweise Sie?«

»Ich bin nicht sein Typ«, erwiderte Storm ruhig. »Ich bin schließlich kaum einsachtzig groß und superschlank. Und wie eine Barbiepuppe sehe ich schon gar nicht aus.«

Inzwischen war es offensichtlich, dass Morgan nicht die Antworten bekommen würde, die sie sich erhofft hatte, deshalb klang ihr Kichern dieses Mal eher nach taktvoller Anerkennung. »Okay, okay, ich merke es schon, wenn ich zurechtgestutzt werde. Aber ganz im Vertrauen – ich glaube, der Grund dafür, dass Wolfe jeden anschnauzt, ist genau der, dass Sie sein Typ *sind* – und das macht ihn richtig nervös.«

Storm lächelte ein wenig, sie sagte jedoch nur: »Das merke ich mir. Ganz im Vertrauen.«

Morgan grinste noch breiter. »Wissen Sie, Sie und Wolfe, ihr seid beide so verschlossen, ihr werdet einander wahnsinnig machen. Oh Junge, das wird richtig gut. Ich besorge mir einen Platz in der ersten Reihe und schaue zu, okay?«

»Sie können tun und lassen, was Sie wollen.«

Lachend stand Morgan auf. »Hören Sie, wenn Sie kein besseres Angebot kriegen, ich weiß ein tolles Café gleich um die Ecke, da könnten wir zu Mittag essen. Interessiert?«

»Klar«, antwortete Storm, fügte jedoch unverblümt hinzu: »Wenn ich kein besseres Angebot bekomme.«

»In diesem Fall rufen Sie mich einfach an, ich bin den ganzen restlichen Vormittag in meinem Büro.«

»Alles klar.«

Die ersten Minuten, nachdem Morgan gegangen war, blieb Storm an ihrem Schreibtisch und schaute auf ihre Pläne, ohne wirklich etwas zu begreifen. Morgan, dachte sie, würde eine erstklassige Freundin sein. Sie redete gern viel, zugegeben, aber sie war ehrlich und absolut nicht böswillig.

Aber sie war auch ungewöhnlich scharfsichtig, eine hervorragende Beobachterin und sehr, sehr klug – und das war der Grund, weshalb Storm ihren Argwohn Morgan gegenüber nicht ablegen konnte. Wenigstens jetzt noch nicht. Und vielleicht nie, je nachdem, wie sich die Dinge entwickeln würden.

Dieser Gedanke erinnerte Storm an ihre Pflichten, und ein Blick auf die Uhr sagte ihr, dass die Zeit nicht stehen geblieben war. Sie stand auf und schloss die Tür. Sie hatte bereits festgestellt, dass dieser Raum wie die meisten, die empfindliche elektronische Geräte beherbergten, speziell gedämmt und praktisch schalldicht war. Deshalb hatte sie keine Bedenken, das Telefon zu benutzen. Und auch, weil sie gestern einiges neu verdrahtet und so sichergestellt hatte, dass niemand im Gebäude von einem anderen Telefon aus mithören konnte.

Sie machte es sich in ihrem Stuhl bequem, sortierte ihre Gedanken, hob ab und wählte auswendig eine Nummer. Schon nach dem ersten Klingelzeichen wurde abgehoben.

»Ja?«

»Ich bin es. Ich habe mir heute Morgen die Pläne angesehen. Für ein großes Gebäude mit zu vielen Türen ist es ganz schön dicht.«

»Kommst du mit dem Sicherheitssystem klar?«, fragte er.

»Natürlich. Das habe ich dir doch schon gesagt.«

»Schon gut, lass nicht gleich deine irische Seite hochkommen; ich musste fragen.«

»Irland, das ist schon ein paar Generationen zurück«, erwiderte sie trocken. »Und nur auf einer Seite. Zurzeit ist mein Temperament reines Cajun.«

Er seufzte, halbwegs amüsiert. »Ich werd's mir merken.« Dann klang seine ziemlich kühle Stimme wieder geschäftsmäßig. Geschäftsmäßig und definitiv kritisch. »Ich bin mir nicht so sicher, ob es gut war, Wolfe Nickerson von der angezapften Telefonleitung zu erzählen. Jedenfalls nicht so früh. Er ist Ace Security gegenüber ohnehin schon argwöhnisch; das wird uns keine Hilfe sein.«

Storm bewahrte die Ruhe. »Ich glaube, ich konnte seinen Argwohn gegenüber Sicherheitsvorkehrungen mit etwas anderem ablenken.«

»Mit etwas anderem? Womit?«

»Ich habe ihn auf Nyssa Armstrong aufmerksam gemacht.«

Es entstand ein langes Schweigen, dann kam eine sehr leise Frage: »Du hast was gemacht?«

»Du hast mich schon verstanden.«

»Warum zum Teufel hast du mir das nicht gestern Abend gesagt?«

Freundlich sagte sie: »Weil ich dazu keine Veranlassung sah. Und da ich es bin, die auf dem Schleudersitz sitzt – ist es meine Sache.«

Ein weiteres langes Schweigen folgte, und als er sprach, war offensichtlich, dass er sein beträchtliches Temperament im Zaum halten musste. »Ich verstehe. Würdest du mir dann vielleicht sagen ...«

Ein lautes Klopfen an der Tür, laut genug, dass er es hören konnte, unterbrach ihn. Rasch sagte er: »Ruf mich später noch einmal an ...«

»Warte«, sagte sie. Mit erhobener Stimme bat sie den Besucher herein. Da das Klopfen ziemlich nachdrücklich gewesen war, überraschte es sie nicht, dass Wolfe eintrat. »Ich bin in einer Minute für dich da«, sagte sie ruhig zu ihm und sprach dann wieder ins Telefon: »Wie meinten Sie?«

»Er ist es, habe ich recht? Er ist jetzt gerade bei dir im Zimmer?«

»Ja, das ist richtig.« Sie beobachtete Wolfe, wie er die Tür hinter sich schloss.

Dieses Mal war das Schweigen kurz und die Stimme am anderen Ende der Leitung klang unfreiwillig amüsiert. »Du würdest in einem Waldbrand noch mit Dynamit spielen, was, Storm?«

»Sicher. Das steht in meinem Lebenslauf.«

Er seufzte. »Na ja, wie auch immer. Ruf mich einfach an, wenn du kannst, und dann machen wir unser nächstes Treffen aus. Wir müssen das besprechen, bevor alles den Bach runtergeht.«

»Das werde ich. Vielen Dank, Sir.«

Er machte ein unanständiges Geräusch – wohl weil er

wusste, dass ihre Höflichkeit Wolfes wegen gespielt war – und legte auf.

Storm wandte sich ihrem Besucher zu. Seiner ausdruckslosen Miene nach zu urteilen würde er letzte Nacht vermutlich nicht erwähnen. Mit freundlichem Unterton und lang gezogener Stimme fragte sie ihn: »Kann ich etwas für dich tun?«

Anstatt zu antworten bemerkte Wolfe: »Du hast deinen Lebenslauf erwähnt; hast du vor, dir einen neuen Job zu suchen?«

»Ich habe ein-, zweimal daran gedacht. Außerdem schadet es nie, sich Optionen offenzuhalten.«

»Das denke ich auch.« Er sah drein, als könne er zu diesem Thema mehr sagen, aber es war klar, dass er wegen ihres Telefonats keinen Argwohn hegte.

Noch bevor er ihr den Grund seines Kommens sagen konnte, ging Storm in ihrer typischen Manier ein Thema an, bei dem jeder andere gezögert hätte. »Ich habe gehört, du bist heute Morgen ein wenig gereizt«, meinte sie gelassen.

Seine ausdruckslose Maske bekam einen leichten Riss, und seine Lippen wurden dünn. »Morgan redet zu viel.«

Storm kicherte. »Ich glaube, da würde sie nicht einmal selbst widersprechen. Aber du kannst dich trösten mit dem Wissen, dass sie nur dein Bestes will.«

»Ich brauche ihre Hilfe nicht«, schnauzte Wolfe. »Und ich möchte, dass sie sich verdammt nochmal um ihren eigenen Mist kümmert!«

Storm stützte einen Ellbogen auf die Pläne und das Kinn in die Hand und meinte gedehnt: »In der Hölle wünschen sich die Leute Eiswasser; das heißt aber noch lange nicht, dass sie auch welches bekommen.«

Wolfe starrte sie wortlos an. Er wusste um nichts in der Welt etwas zu sagen.

Sie lächelte leicht. »Das hat meine Mama immer zu uns Kindern gesagt. Und wir sind beide alt genug, um zu wissen, dass es stimmt. Was wir wollen, das zählt nicht allzu viel. Ohne einen Knebel wirst du Morgan nicht das Maul stopfen können, und selbst wenn du es tätest, dann würde eben ein anderer fröhlich die Nachricht verbreiten, dass du heute Morgen nicht ganz so ruhig und gefasst bist wie sonst.«

Dem konnte er nicht widersprechen. Und, mehr noch, er wusste, dass er mit seiner Haltung alles nur noch schlimmer machte. Es war nicht so, als würde er etwas verbergen. Er hatte miese Laune, und alle wussten es.

Einesteils wollte er es bei dieser Laune belassen, denn sie wirkte wie eine Art Isolierung zwischen seinen turbulenten Gefühlen und der Ursache von all diesem Chaos – ihr. Aber wieder war es so, dass ihre gedehnte Sprechweise und ihr lebhaftes Gesicht ihn gleichzeitig faszinierten und reizten, bis er auf ihren Spott und ihre Sticheleien reagierte, anstatt sie einfach an sich abprallen zu lassen.

So wie jetzt, zum Beispiel.

»Ein bisschen angeschlagen, Wolfe? Mit dem falschen Fuß aufgestanden? Oder hattest du einfach nur eine harte Nacht mit wenig Schlaf?«

»Nichts von alledem«, knurrte er. »Und falls das Letzte ein flüchtiger Hinweis auf deine Reize war …«

»Das war es.«

Außer sich sagte er streng: »So etwas wie weibliches Feingefühl hast du offenbar gar nicht, oder?«

»Nicht die Spur«, erwiderte Storm in einer etwas versonnenen Miene, die absolut entwaffnend wirkte.

Er versuchte, sich nicht entwaffnen zu lassen. »Nun, dann gewöhne dir etwas davon an, ja? Es ist nicht unbedingt taktvoll, einen Mann zu fragen, ob frau ihm eine schlaflose Nacht beschert hat.«

»Vielleicht nicht, aber ich bin neugierig. Habe ich das?«

»Darauf würde ich dir nicht antworten«, entgegnete Wolfe grimmig, »selbst wenn ich dafür in den Himmel käme!«

Storm lächelte ihn freundlich an. »Du hast es eben getan. Aber Wolfe, also … ich hätte nicht geglaubt, dass meine – Reize, hast du gesagt? – so mächtig sind.«

Er atmete tief durch und versuchte, sich an seine Laune, seine Entschlossenheit und seine geistigen Fähigkeiten zu klammern – etwa in dieser Reihenfolge. »Hör mal, ich bin hierhergekommen, um über nichts anderes als Geschäftliches zu sprechen.«

»Feigling«, murmelte sie.

Wolfe biss die Zähne zusammen. Er würde sie *nicht* wieder an sich heranlassen. Keinesfalls. Er hatte sich vollkommen unter Kontrolle. »Ich bin gekommen, um mir diese angezapfte Telefonleitung anzusehen.«

Storm reagierte erst einmal nicht, weil ein Piepsen des Computers verlangte, eine neue CD einzulegen. Sie erledigte das rasch und wandte sich dann wieder Wolfe zu. Angesichts seiner Weigerung zuzugeben, dass sich zwischen ihnen etwas Ungewöhnliches abgespielt hatte, und der Tatsache, dass sie viel zu viel Kaffee getrunken hatte, hätte es sie wahrscheinlich nicht überraschen sollen, einen starken Impuls gefährlichen Übermuts zu spüren. Und sie war in der Tat auch gar nicht überrascht, denn dieser Impuls hatte sie ganz und gar erfasst.

Sie stand nicht von ihrem Stuhl auf. Stattdessen schob sie ihn ein Stück zurück und etwas zur Seite, sodass genug Platz entstand – gerade genug –, damit Wolfe unter den Schreibtisch kriechen konnte. Aus einer Schublade holte sie eine Taschenlampe heraus, legte sie auf die Tischplatte, und dann lehnte sie sich in ihrem Stuhl zurück und sagte: »Nur zu.«

9

Falls Wolfe überhaupt zögerte, dann nur eine Sekunde lang. Er kam um den Schreibtisch herum, nahm die Taschenlampe und ging auf ein Knie nieder. »Wo ist die Stelle?«, fragte er etwas angespannt.

»Rechte Seite, zur Vorderseite des Schreibtisches hin«, antwortete sie. »Wo die Telefonleitungen aus dem Boden herauskommen.«

Storm ging ziemlich weit, und sie wusste es. Sie hatte kein Recht, sich so zu verhalten. Vor allem dann nicht, wenn sie als Möglichkeit anerkennen musste, dass sie für ihn nichts anderes war als die sozusagen selbstverständliche Versuchung, die eine attraktive, verfügbare Frau für ein männliches Wesen darstellte.

Und außerdem, verdammt, hatte sie einen Job zu machen.

Einen Job, zu dem es gehörte, ihn zu belügen.

Er kam wieder unter dem Schreibtisch hervor, blieb in der Hocke und legte die Lampe auf die Platte zurück. »Du hast recht; es sieht wirklich aus, als hätte sich da jemand sehr beeilt.« Er begegnete ihrem Blick nicht.

Sie waren sich so nahe, dass Storms Knie das schwarze Leder berührte, das seinen Arm bedeckte. Sie wollte nicht über angezapfte Telefonleitungen reden, doch sie hatte keine Wahl.

Keine Wahl.

»Das dürfte nicht lange gedauert haben. Fünf, höchstens zehn Minuten, wenn sich der Betreffende auskannte.« Sie sah, wie sich unter seiner braunen Wange ein Muskel zusammenzog, und fragte sich, ob es ein Zeichen von Ärger oder von etwas anderem war.

Er rappelte sich auf, drehte sich dabei, als er auf ein Knie ging, ihr zu, bis ihre Gesichter fast auf gleicher Höhe waren – und erstarrte, als sie ohne nachzudenken die Hände nach ihm ausstreckte. Ihre Fingerspitzen berührten sein dunkles Hemd.

Wolfe wandte sich vollständig zu ihr hin, bis sie ganz auf gleicher Höhe waren. Er legte die Hände auf ihre Knie; Storm spürte sie warm und fest durch ihre Jeans hindurch. Sie wehrte sich nicht, als er ihre Beine öffnete, und auch nicht, als seine Hände die Außenseite ihrer Schenkel bis zu den Hüften nach oben glitten und er sie an sich zog.

Alles Weibliche in Storm reagierte äußerst heftig auf diese erotische Position. Ihre Schenkel pressten sich an seine Taille, und ihre Hände glitten zu seinen Schultern. Mit festem Blick sahen sie sich in die Augen.

»Hattest du meinetwegen eine schlaflose Nacht, Wolfe?«

»Ja, verdammt!«, antwortete er mit einer Stimme, die so rau war wie Granit, aber dennoch nicht hart.

»Aber ich bin nicht dein Typ. Wie konnte ich dich da um deinen Schlaf bringen?«

»Du willst unbedingt, dass ich es zugebe, nicht wahr?«

»Ich stelle nur eine simple Frage.«

»Dann werde ich sie beantworten.« Er beugte sich zu ihr, den Blick auf ihre Lippen gerichtet, und seine Stimme wurde noch rauer. »Ich befolge deinen Rat – ich erweitere meinen Horizont.«

»Wird auch allmählich Zeit«, flüsterte sie noch, bevor ihr Mund den seinen bedeckte. Sie hatte die unversperrte Tür völlig vergessen und hätte sich auch nicht darum geschert, wenn jemand sie erinnert hätte.

Auch Wolfe hatte vergessen, dass sie nicht ganz privat waren. Die Art und Weise, wie sie sich an ihn schmiegte, ließ sein bereits brennendes Verlangen so mächtig auflodern, dass er Gefahr lief, vollkommen die Beherrschung zu verlieren.

Wahrscheinlich hätte er den Kampf aufgegeben, doch das eindringliche Piepsen des Computers klang so fremdartig und störte so sehr ihre das Blut aufwühlende Leidenschaft, dass er dadurch zumindest halbwegs wieder zur Vernunft kam. Der Rechner meldete, dass er weitere Informationen brauchte – und vor allem Wolfe erinnerte er auch daran, wo sie waren.

Mit einer fast übermenschlich anmutenden Anstrengung schob er Storm von sich und versuchte, seine Stimme nicht wieder so rau klingen zu lassen. »Storm, wir können nicht«, sagte er. »Nicht hier.«

»Nein«, erwiderte sie heiser, »das glaube ich auch.« Sie nahm sehr langsam die Arme von seinem Nacken und ließ sie sinken.

»Wir könnten irgendwohin gehen«, schlug er leise, in einem fragenden Ton, vor. »Meine Wohnung ist am nähesten.«

Storm blickte ihn lange schweigend an, ihre Augen waren jetzt ganz klar, so direkt und ehrlich wie immer, und sie sprach wieder mit ihrer leicht mitschwingenden Ironie, als sie sagte: »Das wird dir jetzt nicht gefallen, fürchte ich.«

»Was wird mir nicht gefallen?«

»Was ich dir zu sagen habe.«

Wolfe ließ ihre Schultern los und ging langsam in die Hocke zurück. Eine Anzahl möglicher Dinge jagten durch seinen Kopf, aber das, worauf sie alle hinausliefen, war einfach: Sie würde nicht mit in seine Wohnung gehen. »Und das wäre?«

Storm blieb von seinem harten Ton unbeeindruckt, und sie wich auch seiner plötzlich wie versteinerten Miene nicht aus. »Wir wissen beide, dass ich längstens ein paar Wochen hier sein werde, und dann reise ich zu meinem nächsten Auftrag – wahrscheinlich ins Ausland.«

Er nickte und wartete ab.

Sie atmete tief durch, das einzige Zeichen, das erkennen ließ, dass dies schwieriger für sie war, als sie zugeben wollte. »Für dich ist diese Situation vielleicht wie maßgeschneidert für eine Affäre. Und vielleicht ist sie das auch. Ich kann nicht sagen, dass ich … absolut nicht will. Das wissen wir beide. Aber ich weiß noch etwas, Wolfe. Ich kenne mich. Und ich weiß, dass es eine Grenze gibt, die ich nicht überschreite. Eine

Affäre ist eine Sache, aber ich weigere mich, ein One-Night-Stand zu sein – oder auch eine Dreitagebeziehung. Ich bin kein Spielzeug, mit dem du dich eine Weile vergnügst, bis du irgendwo in einem Schaufenster das nächste siehst. Ich bin keine Barbiepuppe.«

»Das weiß ich«, sagte er gelassen.

»Wirklich?«

»Ja.« Er wollte erneut die Hand nach ihr ausstrecken, versagte es sich jedoch. »Also, was willst du von mir? Ein Versprechen?«

»Nein. Ich muss einfach nur wissen, dass dir das etwas bedeutet, dass ich etwas anderes bin als nur eine weitere zu deiner Liste hinzugefügte Bettgenossin. Sobald wir das geregelt haben, bringe ich das Thema nie mehr auf den Tisch, egal was zwischen uns passiert. Aber wenigstens so viel Sicherheit muss ich haben, bevor das noch weiter geht. Das muss sein.«

Ein Blick in ihre ernsten Augen sagte ihm, dass dieser Punkt nicht verhandelbar war. Wenn sie sagte, sie brauche eine Antwort von ihm, bevor sie einen weiteren Schritt gehen würde, dann meinte sie genau dies.

Er wusste aber auch, dass sie diese Antwort nicht verlangt hätte, wenn er nicht gestoppt hätte, und dieses Wissen war unerträglich.

Sie verlangte nicht sehr viel, aber mehr, als er zu geben bereit war. Er war nicht bereit, seine Gefühle für sie näher zu betrachten, und ganz bestimmt war er nicht bereit, sich auf irgendetwas festzulegen. Selbst wenn es nur für ein paar Wochen sein sollte.

Wolfe stand langsam auf und entfernte sich von ihr. Er hätte gern etwas Schnodderiges oder Unbekümmertes gesagt, doch er war nicht dazu imstande. Stattdessen, und da er an nichts anderes denken konnte, ignorierte er einfach alles außer dem Geschäftlichen.

»Ich habe noch nicht entschieden, ob wir diese angezapfte Telefonleitung als Falle benutzen sollen. Gehe ich recht in der

Annahme, dass sie keine Bedrohung des Museums oder der neuen Ausstellung darstellt, bis das Programm vollständig geschrieben und geladen ist?«

»Ja, du gehst recht.« Ihre Stimme war so ruhig wie zuvor die seine. »Jemand mit genügend Fachkenntnis, die Leitung anzuzapfen, würde kein Loch in einem unvollständigen Sicherheitssystem suchen. Die Schlupflöcher werden erst sichtbar, wenn man den gesamten Plan studieren kann. Es gibt wirklich keine Möglichkeit einer Bedrohung der Sammlung Bannister, bis das neue System vollständig und in Betrieb ist.«

»Dann lass das hier, wie es ist, und ich gebe dir Bescheid«, sagte er kurz angebunden und verließ den Raum, ohne sie noch einmal anzusehen.

Storm ließ sich in ihrem Stuhl zurückfallen und starrte blind auf die Tür. Sie wollte eigentlich an gar nichts denken, am allerwenigsten daran, weshalb sie Wolfe ein Ultimatum gestellt hatte, aber es ging nicht. Sie hatte das aus einem Gefühl der Aufrichtigkeit heraus getan – sie kannte sich gut genug, um zu wissen, dass ein kurzes Intermezzo mit Wolfe sich sehr schlimm für sie ausgewirkt und dass sie ihn in ihrem Schmerz verletzt hätte. Deshalb hatte sie mehr verlangt.

Das war simpel genug, und dazu klar und der Wahrheit entsprechend. Komplizierter und weniger klar war ihr anderer Grund dafür, dass sie sich nicht Hals über Kopf in eine leidenschaftliche Affäre gestürzt hatte. Allerdings hatte auch er mit Aufrichtigkeit zu tun. Oder besser gesagt, mit deren Fehlen.

Er hatte damit zu tun, dass sie ein doppeltes Spiel spielte.

Sie hatte auch deshalb mehr verlangt, weil sie wusste, dass es zu früh war, dass er sich zurückziehen würde – womöglich für immer. Sie hatte sein Widerstreben ausgenutzt, um etwas aufzuhalten, über das sie offenbar nur sehr wenig Kontrolle hatte.

Das war vielleicht nicht sehr aufrichtig, aber Storm versuchte lediglich – und das ziemlich verzweifelt –, ein noch wesentlich größeres Ränkespiel zu vermeiden. Wenn sie ein Liebespaar waren, würde die Frage gegenseitigen Vertrauens immer mehr an Bedeutung gewinnen. Wahrscheinlich würde Wolfe ihr, sobald sie miteinander intim waren, mehr und mehr vertrauen. Und davor hatte sie Angst. Solange er wenigstens einigermaßen Argwohn gegen sie hegte, oder zumindest ein bisschen wachsam war, konnte sie ihn mit ihren Lügen nicht wirklich verletzen.

Aber was würde geschehen, wenn sie ein Paar waren und er die Wahrheit entdeckte?

Den Blick auf ihren stumm beobachtenden Kater gerichtet – der sich während Wolfes Anwesenheit taktvoll mehr oder weniger in eine Statue verwandelt hatte –, hörte sich Storm murmeln: »Ich sollte ihm die Wahrheit sagen, nicht wahr?«

Bear nieste, was seine Art, Nein zu sagen, war, und Storm seufzte erschöpft. Er hatte recht. Das konnte sie nicht tun. Aber es wäre so leicht gewesen. Alles, was sie wirklich tun musste, war Wolfe in aller Ruhe zu sagen, dass er sich keine Sorgen zu machen brauchte. Es sah dort unten nur so aus, als würde die Leitung angezapft. Und das war gewollt.

Sie musste es wissen.

Denn sie hatte es schließlich selbst gemacht.

Kurz vor Mittag erhielt Morgan einen Anruf, der sie sehr entsetzte. Er kam von Inspektor Keane Tyler, und er war kurz und sachlich.

»Morgan, heute Morgen fanden wir die Leiche einer Angestellten von Ace Security. Sie wurde in ihrem Auto erschossen. Es sieht aus, als sei das gestern geschehen, gleich nachdem sie ihre Arbeitsstelle verlassen hatte.«

Im ersten Moment war Morgan zu schockiert, um überlegen zu können. Doch dann zwang sie sich nachzudenken. »Ich nehme an, ihr von der Polizei geht nicht von einem Raubmord oder einem Zufallstreffer aus?«

»Auf keinen Fall. Sie hatte eine beträchtliche Summe Geld bei sich, und auch ihre wenigen guten Stücke an Goldschmuck. Es sieht viel eher so aus, als habe sie im Verlauf der letzten zwei Wochen langsam ihr Bankkonto geleert und das Geld in bar bei sich behalten.«

»Glaubt ihr, sie … sie zahlte an einen Erpresser?«

»Wir denken, dass sie erpresst wurde, ja, aber nicht um Geld. Carla Reeves war vorbestraft. Der Himmel weiß, wie sie bei Ace trotzdem einen Job bekommen konnte, denn sie war verurteilt worden, weil sie Informationen – über Sicherheitssysteme – an ihren damaligen Freund weitergegeben hatte. Das war vor etwa acht Jahren, bei ihrer letzten Arbeitsstelle. Aber das ist der Schaden von Ace und deren Sorge.«

»Unsere nicht zu erwähnen«, murmelte Morgan.

»Ja.«

»Ihr glaubt also, jemand benutzte sein Wissen über ihre kriminelle Vergangenheit, um sie zu zwingen, von Ace Informationen zu beschaffen?«

»Das ist unsere momentane Theorie.«

»Und sie wurde getötet – weshalb?«

»Sie war dem Erpresser nicht mehr nützlich, weil sie ihm alles gegeben hatte, was sie ihm geben konnte, oder aber er hatte Angst, dass sie ihn der Polizei verraten würde. Wir glauben, dass sie plante, abzuhauen – und dabei nicht schnell genug war.«

»Oh Gott.«

Keane seufzte. »Wir setzen sämtliche Kunden von Ace in Kenntnis, vor allem solche mit Sicherheitssystemen, die angreifbar sein könnten. Wolfe sagte, ihr bekommt gerade ein nagelneues, das bei Ace nicht in der Datenbank ist, das ist also schon mal gut. Aber ich dachte, ich gebe trotzdem Bescheid. Es schadet nie, zu wissen, dass ein ganz schön skrupelloser Neuer im Spiel mitmischt.«

»Würde ich auch sagen.« Morgan machte eine Pause. »Du hast also schon mit Wolfe gesprochen?«

»Ja. Hab ihn auf dem Handy erwischt. Er meinte, er würde deswegen bei dir aufkreuzen.«

»Danke, Keane.«

»Keine Ursache. Pass auf dich auf, ja? Ich weiß, du hast nichts gemacht, das irgendjemand benutzen könnte, um dich zu erpressen, aber ich weiß auch, dass dieser Kerl zu allem fähig ist. Und du bist nun mal die Leiterin der Bannister-Ausstellung. Also sei vorsichtig.«

»Bin ich.« Sie legte langsam den Hörer auf und saß da und überlegte hin und her, und ihre Gedanken gefielen ihr ganz und gar nicht.

Ungefähr fünf Minuten darauf kam Wolfe in ihr Büro, doch ihr Gespräch war kurz.

»Das betrifft uns nicht wirklich, zumindest nicht direkt«, meinte er. »Es lässt mich noch mehr an Ace zweifeln, aber selbst ich muss zugeben, dass sie wirklich alles in ihrer Macht Stehende tun, um die Sicherheit der Ausstellung zu gewährleisten und Max glücklich zu machen.«

»Das neue Sicherheitssystem wird uns insgesamt weniger anfällig machen, richtig?«

»Theoretisch. Wir haben dann nichts mehr mit der hiesigen Ace-Niederlassung zu tun, und falls der Erpresser an die Spezifikationen unseres alten Sicherheitssystems herankam – die Fachleute von Ace versuchen noch immer herauszufinden, was genau alles gestohlen oder kopiert wurde –, werden sie ihm nichts mehr nützen.«

»Er hat sie getötet, Wolfe. Sie war ihm nicht mehr nützlich, und deshalb hat er sie … einfach erschossen.«

Wolfe atmete tief durch. »Ich weiß, du hast schon vorher verstanden, dass die Sammlung Bannister unbezahlbar ist, aber nur intellektuell. Denk an dieses ohne jedes Zögern ausgeblasene Leben. Das war nur ein Möchtegern-Dieb, ein Mensch, der unbezahlbar wertvolle Dinge besitzen will. Multipliziere das mit hundert oder so, dann beginnst du zu begreifen, was wirklich auf dem Spiel steht. Es sind schon früher Menschen dieser Sammlung wegen ermordet worden, Morgan. Derzeit sind in dieser Stadt wahrscheinlich mindestens ein Dutzend weitere Diebe, die skrupellos genug sind zu töten, um daran zu kommen. Verdammt, was sage ich, an jedes Stück davon.«

Jetzt war es an Morgan, tief durchzuatmen. »Willkommen in unserem Albtraum.«

»Genau.«

»Sollen wir Storm verständigen?«

»Werde ich tun, falls sie es nicht schon weiß.«

»Okay.« Morgan überlegte. »Glaubst du, Max wäre zu einer Gehaltserhöhung für mich zu bewegen?«

Wolfe lächelte. »Das würde mich absolut nicht überraschen.«

Sie seufzte; selbst diese positive Aussicht konnte sie nicht aufmuntern. Schon jetzt verdiente sie nicht schlecht. Sie zögerte, dann wagte sie versuchshalber doch die Frage: »Niemand glaubt, dass der Dieb, der die Ace-Angestellte erpresste, Quinn ist, oder?«

»Das ist nicht sein Stil«, erklärte Wolfe unumwunden. »Bei all seinen Verbrechen – und diese Liste ist lang – hat er noch nie jemanden verletzt, erpresst oder terrorisiert, um ein Ziel zu erreichen. Nein, dafür steht er nicht einmal auf der Liste der Verdächtigen.«

»Gut«, meinte Morgan, und fügte, als Wolfe sie stirnrunzelnd ansah, hinzu: »Ich meine, es ist gut, dass wir die Liste wenigstens ein bisschen eingrenzen können. Richtig?«

»Ja. Ja, ich denke, das ist richtig.«

Bis Morgan in den Computerraum kam, um Storm zum Mittagessen abzuholen, hatte diese sich wieder gut in der Hand. Durch jahrelange Übung hatte sie gelernt, der Welt eine bestimmte Miene und Haltung zu präsentieren, unabhängig davon, wie sie sich fühlte, und diese Fähigkeit brauchte sie im Moment dringend. Was ihre privaten Sorgen und Nöte auch immer sein mochten, sie behielt sie lieber für sich.

Sie genoss das Essen, kam Morgans redseligem Wesen entgegen und erfuhr auf diese Weise Neues über das Museum und seine Mitarbeiter, ohne viel über sich selbst preisgeben zu müssen. Storm war nicht von Natur aus eine verschlossene oder heimlichtuerische Person, aber da sie lieber zuhörte, als selbst zu erzählen, fiel es ihr nie schwer, ihre Gedanken für sich zu behalten. Schon bald waren sie zum vertrauteren »Du« übergegangen.

Als sie zum Museum zurückkehrten, sagte Morgan: »Wenn du willst, könnten wir uns jetzt die sicherheitstechnischen Vorrichtungen für die Ausstellung ansehen. Wenn ich nicht noch auf ein anderes Problem stoße, sind sämtliche Vorrichtungen installiert und alle Schaukästen so gut wie fertig. Heute sind keine Arbeiter in dem Gebäudeflügel beschäftigt – wie wär's also?«

»Klingt gut, finde ich.« Storm holte aus einer ihrer Schreibtischschubladen ein dunkles Klemmbrett mit Papieren heraus, die alle mit der Ausstellung *Geheimnisse der Vergangenheit* wie auch dem Museum allgemein zu tun hatten. Darunter befanden sich Grundrisse der verschiedenen Gebäudeflügel, Vergrößerungen spezieller Raumsegmente, die womöglich sicherheitstechnisch schwierig werden konnten, und detaillierte Darstellungen der bedeutenden Schaukästen – vor allem jener neu konstruierten, die die unbezahlbaren Stücke der Sammlung Bannister beherbergen sollten.

»Kommt er mit?«, fragte Morgan amüsiert und deutete auf Storms Schulter, wo Bear es sich bequem gemacht hatte.

»Ich fürchte, ja«, antwortete Storm. »Er war nicht gerade glücklich darüber, dass er während des Essens allein hierbleiben musste. Aber mach dir keine Sorgen – er bleibt auf meiner Schulter sitzen, bis ich ihn herunterhebe.«

Morgan akzeptierte das freundschaftlich, und die beiden Frauen schritten durch das Museum bis zu dem Flügel im ersten Obergeschoss, der für die Öffentlichkeit nach wie vor geschlossen war. Sie ignorierten die »Zutritt-verboten«-Zeichen und stiegen über das dicke, samtene Seil am Fuß der Marmortreppe. Oben an der Treppe angekommen, ging Morgan voraus und erklärte dabei detailliert und lebhaft den Plan der bevorstehenden Ausstellung.

Die beiden Frauen arbeiteten mit größter Professionalität zusammen. Storm stellte spezifische Fragen, zuerst zu der Platzierung der gesamten allgemeinen Sicherheitsausrüstung – Drucksensoren, Laser- und Infrarotbewegungsmelder, Wärmedetektoren und so weiter –, und dann zu speziellen Sicherheitsmaßnahmen, die zum Schutz individueller Stücke der Sammlung in ihren jeweiligen Schaukästen angebracht worden waren.

Morgan antwortete prompt und präzise und musste dabei nur gelegentlich auf die Aufzeichnungen auf ihrem Klemmbrett zurückgreifen. »Kläre mich doch mal bitte auf«, begann sie schließlich neugierig. »Ich weiß, die ganze Sicherheitsausrüstung ist schon installiert und kann in Betrieb genommen werden, wenn man ein paar Schalter betätigt. Ich weiß auch, dass alle Gerätschaften mit dem Computerraum und dem Sicherheitsraum verbunden sind. Und dein Job ist also, ein Programm zu erstellen, das alles steuert?«

Storm nickte. »Richtig. Ein Bewegungsmelder zum Beispiel ist eine tolle Sache, aber es gibt Dutzende davon, und so könnte das Wachpersonal ohne ein Überwachungssystem beim Versuch festzustellen, welcher ausgelöst wurde, kostbare Zeit verlieren. Und wenn wir nicht genauestens festlegen, welcher Sicherheitscode zum Ausschalten von Korridoralarmen benutzt wird, könnte sich jemand wahrscheinlich Zugang verschaffen, ohne einen Alarm auszulösen. Was ich tun muss, ist, das System so zu gestalten, dass jedes Ausrüstungsteil in Verbindung mit allen anderen Teilen funktioniert *und* das Sicherheitspersonal genau überwachen kann, was vor sich geht.

Außerdem muss ich jedes Alarmgerät ortsspezifisch machen, das bedeutet, jedem eine Nummer zuzuordnen, anhand derer seine Position festgestellt werden kann. Das System muss so aufgebaut sein, dass kein einzelner Teil von einem Dieb außer Kraft gesetzt werden kann, ohne zwei oder drei andere

Teile zu beeinträchtigen und Alarm auszulösen. Zudem darf es nicht möglich sein, dass jemand das gesamte System außer Kraft setzt. Und je näher ein Dieb an irgendetwas von Wert herankommt, desto unüberwindbarer muss das System sein.«

Morgan pfiff leise durch die Zähne. »Das sind eine Menge Variablen, die da mit eingerechnet werden müssen.«

»Das kannst du laut sagen. Vor ungefähr drei Jahren habe ich ein Sicherheitssystem wirklich vermasselt. Ob du es glaubst oder nicht, ich vergaß, das Reinigungspersonal mit einzuplanen. Die hatten eigene Sicherheitscodes, genau wie das Wachpersonal, aber sie mussten natürlich die Schaukästen abstauben und abwischen, und die waren hoch sensibel gegen Berührung. Das war übrigens in einem riesigen Juweliergeschäft. Das System ging absolut perfekt in Betrieb – und eine knappe Stunde nach Ladenschluss heulten die Alarme nur so los. Ich brauchte zwei Tage, um alle Beteiligten zu beruhigen, und noch mal zwei, um diese Variable in das System zu integrieren.«

Morgan grinste. »Unsere Flure werden während der Öffnungszeiten sauber gemacht, immer einer nach dem anderen, und für den Rest kommt die Putzkolonne zweimal pro Woche, wenn geschlossen ist. Das ist dir hoffentlich bekannt, oder?«

»Natürlich. Und es ist schwierig für mich. Tatsächlich muss ich, um Risiken zu begrenzen, das System so einrichten, dass das Wachpersonal – das in den Räumen immer anwesend sein wird – am Bedienelement eine verschlüsselte Aufforderung eingibt.« Sie deutete mit einem Kopfnicken auf den Eingang des Raumes, in dem sie sich gerade befanden. Daneben war ein simpler Zahlenblock in die Wand eingelassen, der im Zuge der Fertigstellung aber noch unauffällig hinter einer Abdeckung verschwinden würde.

Fasziniert fragte Morgan: »Und was dann?«

»Dann wird das Computerprogramm einige Veränderungen vornehmen. Die Drucksensoren werden vorübergehend deaktiviert, damit sinkt auch die Druckempfindlichkeit des Glases der Schaukästen. Die Laser- und Infrarotbewegungsdetektoren wechseln in einen anderen Modus und überwachen nur jegliche Aktivität, ohne Alarm auszulösen – und diese Überwachung wird so präzise sein, dass wir einen Computerausdruck von jeder Bewegung haben werden, die jemand in dem betreffenden Raum ausführt. Außerdem werden die internen Alarmsysteme in den Schaukästen intensiviert, sodass die kleinste Berührung der Inhalte Alarm auslösen wird. Und all das wird natürlich noch visuell vom Sicherheitspersonal an den Monitoren im Sicherheitsraum überwacht.«

Morgan runzelte leicht die Stirn. »Für die Ausstellung *Geheimnisse der Vergangenheit* haben wir nagelneue, dem neuesten Stand der Technik entsprechende Alarmsysteme in diesem Flügel installiert, aber das restliche Museum ist nicht so modern. Da dein Sicherheitssystem für das gesamte Gebäude ist, musst du dafür sorgen, dass es mit allen möglichen unterschiedlichen Teilen zusammenarbeitet?«

»Ja.«

»Und das in weniger als zwei Wochen?«

Feierlich erklärte Storm: »Das ist der Grund, weshalb sie mir die fette Kohle bezahlen.«

»Das klingt, als würdest du jeden Cent auch wirklich verdienen.« Morgan schüttelte leicht befremdet den Kopf.

»Das tue ich – aber lauf jetzt nicht weg mit der Vorstellung, dass das, was ich tue, unmöglich ist. Ich habe schon schwierigere Jobs gehabt, das kannst du mir glauben.«

»Wenn du das sagst.« Mit einem Blick auf ihre Uhr fügte Morgan hinzu: »Verdammt, ich muss mich ans Telefon hängen und einen guten Edelsteinfachmann finden.«

»Ich dachte, die Kollektion bleibt in den Tresoren, bis die Ausstellung eröffnet wird«, meinte Storm.

Morgan nickte. »Das ist der Plan, aber trotzdem brauche ich schon ziemlich bald einen Gemmologen. Die Sammlung wurde dreißig Jahre lang gelagert, also muss sie untersucht werden, und alle Stücke müssen gereinigt und für die Ausstellung hergerichtet werden. Außerdem, sagt Wolfe, will Lloyd's vor der Eröffnung noch eine neue Bewertung haben. Das bedeutet, ich muss entweder einen äußerst fähigen Edelsteinkundler finden, der die Bewertung erstellen *und* die Sammlung ausstellungsbereit machen kann, oder ich muss eben zwei Fachleute suchen.«

»Das macht Sinn. Na dann, viel Glück.«

»Danke. Falls du noch mehr Informationen zur Ausstellung oder sonst etwas brauchst, ich bin in meinem Büro.« Morgan zögerte und fügte dann doch noch in ganz arglosem Ton hinzu: »Derjenige, der dich am besten mit der restlichen Sicherheitsausstattung des Museums bekannt machen kann, ist natürlich Wolfe. Es ist zwar letztlich nicht seine Verantwortung, aber er hat es sich zur Aufgabe gemacht, alles über das derzeitige System zu wissen. Deshalb kennt er es besser als jeder andere hier, würde ich annehmen.«

Dessen war sich Storm sehr wohl bewusst. Gelassen erwiderte sie: »Das habe ich schon gehört. Wenn du ihn auf dem Weg in dein Büro sehen solltest, würdest du ihm sagen, dass ich seine Hilfe brauchen könnte? Ich bin auf dieser Etage, im Nordflügel – mit den Gemälden.«

»Gern. Oh, und du musst dir unbedingt dieses große Bild in der kleinen Galerie ansehen, ja? Es hängt in der Nähe der Tür.«

»Ansehen? Wieso?«

»Wenn du es siehst, dann weißt du, wieso.«

Storm blieb etwas verdutzt zurück, aber als sie die erste Etage des Nordflügels erreicht hatte (die Ausstellung *Geheimnisse der Vergangenheit* sollte im Westflügel untergebracht werden), brauchte sie nicht lange, um das fragliche Gemälde zu finden. Und es war ihr auch sofort klar, dass Morgans Humor hier voll zum Ausdruck kam.

Obwohl das Bild vor ein paar Hundert Jahren gemalt worden war, war es seltsam treffend. Unter einem wilden Himmel voll dunkler Sturmwolken, die von einem Blitz durchschnitten wurden, jagte am Rand eines Waldes ein magerer, grauer Wolf. Das Tier stand mit dem Rücken zum Blitz, und so konnte es nicht ahnen, dass es jeden Moment von ihm getroffen werden würde.

Storm war gerade in einer der Galerien und kennzeichnete auf dem entsprechenden Grundriss auf ihrem Klemmbrett die Standorte von Videokameras, als sie mehr spürte als hörte, dass hinter ihrem Rücken jemand auf sie zukam. Obwohl in den letzten Minuten einige Museumsbesucher an ihr vorbeigegangen waren, wusste sie, dass es Wolfe war, und sprach ihn an, ohne sich zu ihm umzudrehen.

»Ich habe gehört, dass Ace gestern eine Mitarbeiterin verloren hat.«

»Ja. Sicherheit kann ein gefährlicher Job sein. Vor allem, wenn man für Erpressung zugänglich ist.«

»Gut, dass ich das nicht bin«, meinte Storm und fuhr dann ruhig fort: »Die neue Software wird die Lücken all dieser alten Geräte deutlich aufzeigen. Sie brauchen hier mehr als nur Videokameras und ein paar Lasergrids.«

»Ich weiß«, erwiderte er ausdruckslos. »Aber es würde das Museum ein Vermögen kosten, nachzurüsten und umzubauen, und mindestens ein Jahr dauern. Das ist finanziell nicht machbar, zumindest derzeit nicht. Vielleicht sind sie nächstes oder übernächstes Jahr dazu in der Lage, wenn *Geheimnisse der Vergangenheit* genügend einbringt. Du hättest mit zehn Jahre alten Maschinen arbeiten müssen, wenn Max nicht das neue Computersystem gespendet hätte; also sei dankbar für kleine Gefälligkeiten.«

Trotz seiner ruhigen Stimme merkte sie überdeutlich, dass er mehr als nur ein bisschen angespannt war; sie spürte es. Das war eine Ermutigung für ihre unbekümmerte Seite, aber eine Warnung für die vernünftige und vorsichtige.

Storm ignorierte die Gemälde und studierte stattdessen die

Wand, denn sie suchte etwas. Zu Wolfe sagte sie: »Nach der Schließung des Gebäudes sind die Rasterfelder an, nicht wahr?«

»Ja.«

»Also benutzen die Wachen, wenn sie durch einen Korridor gehen wollen, Codes, mit denen sie die Rasterfelder ausschalten, bis sie durch sind.«

»Richtig.«

Sie notierte sich etwas auf dem Grundriss des Raumes, ging dann zum Eingang zurück und betrachtete die Galerie nachdenklich. Dabei schaute sie noch immer nicht zu Wolfe, obwohl sie seinen Blick auf sich ruhen fühlte, und ihre Stimme war beherrscht, als sie sprach. »Jeder Laserport ist so gut sichtbar, dass sie genauso gut Hinweisschilder hätten aufhängen können.«

»Ich weiß.«

Storm nahm die leichte Veränderung in seiner tiefen Stimme wahr. Gut – ihre geschäftsmäßige Haltung begann ihn zu verärgern. Sie musterte ihn mit einem verbindlichen Blick und sagte: »Wenn ich das neue System so schnell wie möglich schreiben und in Betrieb setzen soll, muss ich mir die Sicherheitseinrichtungen des gesamten Gebäudes ansehen. Morgan hat mir den Westflügel gezeigt, du scheinst der anerkannte Experte für die restlichen Gebäudeteile zu sein. Wenn du die Zeit erübrigen kannst, würde ich das gerne heute erledigen.«

Er konnte es ihr kaum abschlagen, das wussten sie beide. Also nickte er und antwortete lediglich: »Sag mir, was du wissen musst.« Dann folgte er ihr aus der Galerie.

Die nächsten drei Stunden legte Storm ein Tempo vor, das als Test für die Ausdauer eines Marathonläufers getaugt hätte. Das Gebäude war sehr groß, und sie ließ praktisch keinen Zentimeter davon unbeachtet. Dabei vergeudete sie keine Worte, sondern stellte lediglich kurze, präzise Fragen, die nichts anderes zuließen als ebensolche Antworten.

Ihr kühles, geschäftsmäßiges Gehabe ging Wolfe gehörig auf die Nerven, und niemand musste ihm sagen, wie irrational das von ihm war.

Verflucht, er konnte sie nicht einmal anschreien, um wenigstens ein bisschen Dampf abzulassen! Denn sie stachelte ihn nicht auf; und außerdem: Wie konnte ein Mann eine kleine blonde Frau mit einer kleinen blonden Katze auf der Schulter anbrüllen?

Es war fast fünf Uhr, und da die meisten Besucher das Museum offenbar verlassen hatten, waren sie allein, als sie den letzten zu inspizierenden Raum erreichten. Sie befanden sich im Erdgeschoss des Südflügels, in dem die Schmucksammlung des Museums untergebracht war, und es war niemand mehr zu sehen. Dieser Bereich war nur etwas besser geschützt als der Rest; hier standen Schaukästen, die in Storms Worten »ein bisschen jünger als Gott« waren.

Das war nicht der erste geringschätzige Kommentar gewesen, den sie an diesem Nachmittag von sich gegeben hatte, aber der erste seit mehr als einer Stunde, und er gab Wolfe eine Gelegenheit, ein wenig von dem Druck abzulassen, der sich in ihm aufstaute.

»Du brauchst wirklich nicht so herablassend zu sein!«, fuhr er sie an, erleichtert, endlich etwas zu haben, worüber er sich aufregen konnte.

Storm fiel über ihn her, als habe sie ebenfalls nur auf eine solche Gelegenheit gewartet. Sie standen nahe beieinander, sodass sie den Kopf etwas in den Nacken legen musste, um seinen ärgerlichen Blick mitzukriegen. Trotzdem war offensichtlich, dass seine überlegene Körpergröße oder sein Ärger ihr nicht im Mindesten etwas ausmachten. Im Gegenteil: Sie wirkte noch selbstsicherer.

»Wer, ich?« Auf eine Art, die er nicht erklären konnte, empfand Wolfe ihre gedehnte Sprechweise als besonders schneidend.

»Ja, du! Du hast keine Gelegenheit ausgelassen, die Sicherheitsvorkehrungen in diesem Gebäude durch den Kakao zu ziehen!«

»Wahrscheinlich deshalb, weil es gar keine gibt. Oder kannst du mir vielleicht sagen, wie in aller Welt ich ein System zum Schutz dieses Gebäudes entwerfen soll, wenn zehn Jahre alte Lasergrids Seite an Seite mit Luftdruckwächtern funktionieren sollen, die älter sind als ich? Genauer gesagt, sogar älter als du.«

Ihre letzte spöttische Bemerkung hätte ihm beinahe ein überraschtes Lachen entlockt, was seinen widersprüchlichen Gefühlen ihr gegenüber in etwa entsprochen hätte, aber er brachte es fertig, sich zurückzuhalten. Sarkastisch bemerkte er nur: »Hey, du warst es doch, die dachte, das würde ein Kinderspiel werden, kleines Genie. Ich habe von niemand anderem gehört, dass dieser Job leicht zu schaffen sein würde, und darum glaube ich kaum, dass man dich mit falschen Versprechen hierher gelockt hat.«

»Ich wurde nirgendwo hin gelockt«, sagte sie, das Klemmbrett unter einem Arm und die Hände in die Hüften gestemmt. »Ich bin hierher geschickt worden, um eine Arbeit zu machen, und die mache ich. Niemand hat mir irgendetwas versprochen, falsch oder sonst wie, außer meinem normalen Gehalt. Und einem Bonus, falls ich mit dir auskomme.«

Wenigstens einen kurzen Moment lang dachte Wolfe, das mit dem Bonus sei ernst gemeint. Angesichts seiner letzten Auseinandersetzungen mit Ace Security, die man bestenfalls als erbittert bezeichnen konnte, wäre es vielleicht nicht allzu überraschend gewesen. Aber dann sah er das erheiterte Funkeln in ihren grünen Augen und erkannte, dass sie ihn aufzog. Und weniger als eine Sekunde später bemerkte er noch etwas.

»Du hast mich den ganzen Nachmittag lang angestachelt, nicht wahr?«, fragte er. »Hast die Sicherheit hier lächerlich gemacht, weil du wusstest, dass du mich damit ärgern konntest.«

»So in etwa«, murmelte sie.

»Warum?«

Storm lächelte ein wenig. »Du warst sehr angespannt. Ich dachte, es könnte dir vielleicht helfen, ein wenig Dampf abzulassen.«

Wolfe schnaufte. »Ich verstehe.« Verdammt, sie drückte immer noch die Knöpfe – und zwar genau die richtigen. Schlimmer noch, sie las in ihm wie in einem offenen Buch. Und noch schlimmer, sie ging in ihrer absoluten Nonchalance sogar so weit, ihn absichtlich zornig zu machen, damit er ausrastete!

»Sag mal, was bist du – bist du vielleicht eine Hexe?«, fragte er.

»Nur zu einem Drittel. Die anderen beiden Teile sind irisch und Cajun.«

Wolfe zuckte zusammen. »Also, wenn das keine leicht entzündliche Mischung ist, dann fresse ich einen Besen.«

»Ja. Und du willst dir nicht die Finger verbrennen.«

Es hätte ihn nicht überraschen sollen, überlegte Wolfe gequält, dass sie ihn unbarmherzig wieder an jenen Punkt zurückbrachte, an dem er vor ein paar Stunden aus dem Computerraum gestürmt war. Wenn er eines über Storm Tremaine gelernt hatte, dann dies, dass sie sich ohne jegliche Angst jedem Hindernis stellte, das ihr im Weg stand. Selbst wenn er es war.

»Diese Diskussion haben wir bereits vor ein paar Stunden beendet«, sagte er vorsichtig.

»Nein, sie ist nicht beendet. Sie hat nur aufgehört. Und zwar ziemlich abrupt, wie ich mich erinnere.«

Wolfe vergrub die Hände in den Taschen seiner Jacke und ließ die Schultern fallen. Es war wahrscheinlich besser, sich gleich hier gefechtsklar zu machen, dachte er, wo die Möglichkeit, unterbrochen zu werden, ihn wenigstens davon abhielt, seinen Instinkten zu folgen.

»Also gut«, erklärte er ergrimmt, »dann beenden wir sie. Ich lasse mich nicht darauf ein, zu lügen und zu sagen, dass ich dich nicht will; das wissen wir beide. Aber ich bin auch alt genug, um zu wissen, dass es mich nicht umbringen wird, wenn ich nicht bekomme, was ich will. Du hast selbst etwas in dieser Art gesagt.«

Storm betrachtete ihn nachdenklich. Sie handelte sich mehr Schwierigkeiten ein, als sie brauchte, und das wusste sie, aber sie schien sich nicht bremsen zu können. Deshalb überraschte es sie nicht wirklich, als sie sich sagen hörte: »Lass mich das mal klarmachen. Du willst mich – und ich habe mich dir weiß Gott angeboten –, aber es wird nicht passieren, weil ich eine kleine Zusicherung haben wollte, die du mir nicht geben kannst – oder willst?«

Er nickte schweigend.

Sehr leise erklärte sie: »Manche Frauen brauchen Versprechen, Wolfe. Selbst wenn es nur Lügen sind.«

10

Ich belüge dich nicht.« Er beherrschte sich.

Wenigstens nicht diesbezüglich, dachte sie. Und fragte sich, ob auch sie es so halten sollte. Selbst wenn ein Teil ihres Lebens voller Lügen war, konnte sie in diesem Teil doch ehrlich bleiben. Oder etwa nicht? Oder würde Wolfe sie sogar noch mehr hassen, wenn er am Ende doch noch die Wahrheit über sie erfuhr?

Einen Augenblick lang schwankte Storm. Doch dann sah sie ihn an und gab den Kampf schweigend auf, überwältigt von der unerwarteten Stärke ihres eigenen Begehrens. Die Folgen zu bedenken, würde später noch Zeit genug sein; für den Moment spürte sie eine enorme Erleichterung darüber, diese Entscheidung getroffen zu haben.

Mit einem leichten Lächeln sagte sie: »Wir zahlen alle unseren Preis für das, was wir wollen, oder nicht? Ich bin bereit, all diese merkwürdigen, altmodischen Vorstellungen beiseitezulassen, die mir seit meiner Kindheit eingehämmert wurden, und mich in eine kurze Affäre hineinzuwerfen mit dem Wissen, dass sie nicht zum Altar führen wird – und ich werde einen Preis dafür bezahlen. Aber ich verlange nichts weiter von dir außer einer kleinen Zusicherung, dass ich ein bisschen mehr für dich bin als nur eine weitere Kerbe in deinem Bettpfosten.«

»Ich habe keine Kerben im Bettpfosten«, erklärte er angespannt.

»Na klar hast du die, Wolfe. Nicht wörtlich gesprochen – vermute ich zumindest –, aber du musst doch irgendwie die Übersicht behalten. Wenn die Anzahl keine Rolle spielen würde, wäre sie nicht so groß geworden.«

Das verpasste ihm einen sehr ernüchternden Schock – weil sie am Ende vielleicht damit recht hatte. Aber noch ehe er reagieren konnte, fuhr sie in ihrer gedehnten, ruhigen Art zu sprechen ganz sachlich fort.

»Jedenfalls, was ich sagen will, ist, dass ich dir nur auf halbem Weg entgegenkommen kann. Du kannst es sehen, wie du willst, ich gebe eine ganze Menge mehr auf als du, und ich will lieber verdammt sein, als dass ich meinen Stolz auch noch fahren lasse.«

»Bei dir klingt das wie eine Schlacht«, bemerkte er leicht sarkastisch.

Ihr Lächeln fiel etwas wehmütig aus. »Wahrscheinlich wird es das auch, wenn man sich die Funken ansieht, die wir einer aus dem anderen herausschlagen. Aber ich sehe es lieber als eine Art großes Abenteuer.« Zögernd fügte sie noch hinzu: »Eines, das ich noch nie gehabt habe.«

Wolfe zwang sich, einen Moment abzuwarten, damit seine Frage nicht wie aus der Pistole geschossen kommen würde. Dann fragte er sie langsam: »Sagst du damit, was ich denke, dass du sagst?«

Typisch für sie, antwortete Storm geradeheraus und ohne jede Befangenheit. »Dass du der erste Mann in meinem Bett wärst? Ja, genau das sage ich.«

»Wie alt bist du?«, fragte er.

»Ich gehe auf die dreißig zu«, erwiderte sie prompt und kicherte dann. »Na ja, also ich bin achtundzwanzig. Und als stolzes Weib muss ich dir natürlich versichern, dass ich in der Vergangenheit durchaus Angebote gehabt habe.«

»Das bezweifle ich nicht.«

Storm musterte ihn und bemerkte, dass ihre Offenheit ihn noch immer etwas bestürzte. Um ihm Zeit zu geben, sich wieder zu fassen, redete sie einfach weiter.

»Natürlich hatte ich in der Schule und während des Studiums Freunde, und von Zeit zu Zeit wurde der Druck ein bisschen stark, aber ich war nie wirklich auf Experimente aus. Vermutlich war ich einfach noch nicht so weit. Und mit sechs älteren Brüdern, die alle ein wenig heftig waren, wenn es um ihre kleine Schwester ging, hat mich keiner zu sehr bedrängt.« Sie zuckte die Achseln. »Und dann, nach der Uni, war mein Berufsleben gleich ziemlich fordernd – und das ist es nach wie vor. Bis du gestern in mein Leben hereinstolziert kamst, hatte ich noch immer keine Versuchung gespürt. Bislang hat es mir auch nichts ausgemacht.«

Wolfe räusperte sich und zwang sich zu einer etwas spöttischen Bemerkung. »Und du hast mich einmal angesehen und bist halb umgefallen, was?«

Storm lachte. »So in etwa.«

Eine stumme Schlacht mit sich selbst austragend, fragte Wolfe: »Wenn du so lange gewartet hast, warum willst du dich dann jetzt mit einer Affäre begnügen?«

Storm blickte ihn leicht überrascht an. »Ich habe nicht gewartet – nicht so, wie du es anscheinend meinst. Trotz meiner Erziehung hatte ich nicht die Vorstellung im Kopf, dass es alles oder nichts sein musste; ich bin von Natur aus ein bisschen zu unabhängig, um so zu denken. Tatsächlich gefällt mir mein Leben genau so, wie es ist, ohne die Belastung durch einen Ehemann – oder einen Liebhaber.« Nach einem erneuten Achselzucken fuhr sie fort: »Vielleicht ist der Zeitpunkt deshalb jetzt gerade recht; weil ich einen Mann will, der keine Bindung will. Sieht doch ganz so aus, als würde das uns beiden passen. In ein paar Wochen bin ich wieder unterwegs, so frei wie ich hierher kam.«

»Und ich?«

»Du auch. Keine Forderungen, keine Komplikationen, keine Verletzungen – keine Probleme. Nur, was meiner Überzeugung nach für jeden von uns eine schöne Erinnerung sein wird.«

Er wäre dumm, wenn er sie abweisen würde, das wusste Wolfe. Es hatte in seiner Vergangenheit ein paar ähnliche Angebote gegeben, die er prompt angenommen und nie bereut hatte. Aber Storm … Alle seine Instinkte sagten ihm, dass mit Storm nichts einfach und unkompliziert sein konnte, am allerwenigsten eine Affäre.

»Nein«, sagte er harsch.

Sie zuckte ob seines Tons nicht zusammen, und die Abfuhr schien sie nicht im Geringsten aus der Fassung zu bringen. Vielmehr lächelte sie ihn an, und ihr gedehntes Sprechen blieb unverbindlich und sachlich.

»Vielleicht hätte ich dich vor den Tremaines warnen sollen. Wir geben nicht so leicht auf.«

Wolfe sagte kein Wort, als sie kehrtmachte und energisch auf den Computerraum zuging. Und er rührte sich nicht vom Fleck. Er stand einfach nur da, umgeben von beleuchteten Schaukästen, in einem praktisch lautlosen Museum, und er hätte schwören können, dass er den Fehdehandschuh sah, der vor ihm auf den Marmorboden geworfen worden war.

Kurz vor dem Computerraum wurden Storms Schritte langsamer, und sie atmete tief ein.

»Grrrr«, brummte Bear in ihr Ohr.

Sie ließ die Luft hörbar ausströmen. »Halt die Klappe. Ich habe alle Brücken hinter mir abgebrochen.«

Sie wehrte sich gegen jeden Gedanken, rief, sobald sie an ihrem Schreibtisch war, ein Taxi, und dann suchte sie alles zusammen, was sie ins Hotel mitnehmen musste, verschloss die Tür hinter sich und ging. Es war noch nicht sechs Uhr, aber da sie noch in ihrer Suite arbeiten wollte, hatte sie kein schlechtes Gewissen, früher zu gehen.

Niemand hätte behaupten können, Storm sei eilends aus dem Museum gestürmt, doch sie vergeudete keine Zeit. Im Taxi nahm sie sich noch vor, den Jeep zu mieten, den sie Wolfe gegenüber erwähnt hatte, dann bezahlte sie den Fahrer, als sie vor dem Hotel angekommen waren, und ging in ihre Suite. Alles, was sie bei sich trug, landete auf der Couch – einschließlich Bear –, und dann zog sie sofort die Stiefel aus.

Eine halbe Stunde später kauerte sie in einen bequemen alten, abgetragenen Pullover gekleidet auf der Couch. Später hatte sie noch einen Termin – nicht wie zuvor in ihrer Suite, denn er wollte hier nicht allzu oft gesehen werden –, aber erst einmal würde der Zimmerservice ihr Abendessen bringen. Sie schaltete den Fernseher ein, hauptsächlich, um irgendein Hintergrundgeräusch zu haben, und begann, ihre Notizen und Aufzeichnungen durchzusehen.

Sie versuchte, nicht an Wolfe zu denken, aber immer wieder tauchte sein Gesicht in ihren Gedanken auf. Diese unglaublich blauen Augen schienen sich in ihr Gedächtnis eingebrannt zu haben, ebenso wie sein markantes Kinn und die geschwungenen, sinnlichen Lippen.

Und sie hatte ihre Brücken abgebrochen. Es gab kein Zurück mehr, sie wusste es. Keine Möglichkeit kehrtzumachen, selbst wenn sie es gewollt hätte. Sie folgte ihrem Herzen, erlaubte ihm, sie zu führen, obwohl der Kopf ihr sagte, dass sie es wahrscheinlich bedauern würde. Aber Storm konnte immer nur ihr Bestes tun. Bei all den Lügen in ihrem Leben blieb ihr nichts anderes übrig, als eine Trennungslinie festzulegen und sich daran zu halten. Das war eine riskante Entscheidung, sie wusste es, aber sie hatte keine andere Wahl.

Wegen eines Versprechens, das sie gegeben hatte, konnte sie Wolfe nicht die ganze Wahrheit sagen, und wegen des Jobs, der sie hierher gebracht hatte, war er der letzte Mann auf Erden, mit dem sie sich persönlich hätte einlassen sollen – und schon gar nicht auf einer intimen Ebene.

Erst wesentlich später an diesem Abend, auf dem Weg zu ihrem Treffen, wurde Storm der eigentliche Haken an der Sache wirklich klar. Die simple Wahrheit war, dass sie zwischen zwei Männern stand, die beide äußerst willensstark waren, aber nur einem gehorchen durfte – und offenbar vom Schicksal dazu bestimmt war, sich in den anderen zu verlieben.

* * *

Wolfe merkte, dass er schon mindestens das dritte Mal durch seine komfortable Mietwohnung schritt, seit er um elf zu Hause angekommen war.

Er war ein Idiot. Er sollte nehmen, was Storm ihm anbot, eine weitere Kerbe in seinen verdammten Bettpfosten schnitzen und sich dann frohgemut von ihr verabschieden, wenn sie in ein paar Wochen zu ihrem nächsten Job abreiste.

Das war es, was er tun sollte.

Also, wieso zögerte er dann überhaupt noch?

Es war fast Mitternacht, als er sich setzte, zum Telefon griff und sich zwang, sich aufs Geschäft zu konzentrieren. Die Nummer, die er wählte, war ihm altbekannt, es war eine spezielle private Leitung zu einem Büro in Paris. Er wartete, bis die Verbindung zustande kam, etwas ungeduldig, weil es länger dauerte als gewöhnlich. Als endlich abgehoben wurde, klang die tiefe Stimme sehr genervt – und sehr französisch, auch wenn sie nur einen Namen sagte.

»Chavalier.«

»Wenn du extrem schlechter Laune bist«, erklärte Wolfe, »dann rufe ich lieber ein andermal an.«

»Mit meiner Laune ist alles bestens«, konterte Jared Chavalier und klang schlagartig so wenig französisch wie Wolfe. »Aber der Rest der Welt macht mir Probleme.«

Wolfe brummte. »Ich weiß, wovon du sprichst. Hör mal, kannst du mir einen Gefallen tun?«

»Ich nehme an, du willst, dass ich wie gewöhnlich Interpol-Akten nach Informationen durchsehe, ist es das?«

»Ja. In ein paar Wochen wird Max' Ausstellung eröffnet, und ich versuche, Probleme erst gar nicht aufkommen zu lassen.«

»Auch das wie gewöhnlich«, meine Jared. »Okay, was brauchst du?«

»Zwei Dinge. Ich habe ein paar Fragen zu einem unserer Kunstsammler hier, und ich würde mich über jede Information freuen, die du ausgraben kannst. Es ist eine Frau, sie heißt

Nyssa Armstrong.« Er buchstabierte den Namen rasch und fügte die Adresse hinzu.

»Habe ich. Und das zweite?«

Nach einem kurzen Zögern sagte Wolfe: »Das Sicherheitsunternehmen, das wir beschäftigen, bereitet mir ziemliches Kopfzerbrechen. Max vertraut dieser Firma nach wie vor, aber nachdem der erste Techniker, den sie uns schickten, gepfuscht hat, wurde ich argwöhnisch. Dann wurde eine ihrer Angestellten umgebracht, und davor war sie anscheinend erpresst worden. Und seit ich Nyssa aus dem Bürogebäude dieser Firma hier in der Stadt habe kommen sehen – obwohl sie selbst, wie ich zufällig weiß, eine andere Firma engagiert hat –, kann ich nicht mehr anders, als mir ziemliche Sorgen zu machen. Zuallermindest scheint dieses Unternehmen sehr anfällig dafür zu sein, dass Informationen nach draußen sickern. Sein Ruf ist exzellent, aber ich möchte einfach mehr wissen als das, was allgemein darüber bekannt ist.« Er nannte den Namen Ace Security, gab die Adresse und weitere notwendige Informationen an und sagte: »Sieh zu, was du über den Laden herausfinden kannst. Okay?«

»Kein Problem. Kann aber ein paar Tage dauern. Ich kann nur zu bestimmten Zeiten an den Computer heran, vergiss das nicht, und das ist nicht gerade eine dienstliche Angelegenheit.«

»Ja, ich weiß. Die Sammlung ist nicht bedroht, solange sie noch im Tresor liegt, also bleibt noch etwas Zeit, bis die Informationen wirklich wichtig werden. Gib mir einfach Bescheid.«

»Alles klar.«

Wolfe legte den Hörer auf und trat vor das Wohnzimmerfenster. Die Wohnung gewährte einen fantastischen Blick auf die Bucht von San Francisco, und bei Tag konnte man entweder eine Nebelbank oder die Golden Gate Bridge sehen. Nun jedoch sah Wolfe die tausend bunten Lichter der Stadt, einige davon verschwommen, weil ein leichter Nebel im Anzug war.

Er hätte gerne weiter über geschäftliche Dinge nachgedacht, aber während er müßig die Lichter und den Nebel betrachtete, kehrten seine Gedanken zu Storm zurück. Ihr Hotel war nicht weit entfernt. Vom Fenster seines Schlafzimmers aus hätte er es sogar sehen können, wenn er gewollt hätte. Aber was hätte ihm das gebracht?

Er war fast überwältigend stark versucht, den Hörer erneut zur Hand zu nehmen und sie anzurufen, nur um ihr gedehntes Sprechen zu hören, doch er widerstand diesem Drang. Sie hatte es heraus, ihn aus dem Gleichgewicht zu bringen, ihn zu manipulieren, und es war mehr dies als alles andere, was seinen Argwohn erregte. Was immer als Nächstes in ihrer Beziehung geschehen mochte, er wollte auf jeden Fall sicherstellen, dass er wenigstens einigermaßen die Kontrolle über sich selbst behielt.

Noch lange, nachdem er aufgelegt hatte, starrte Jared Chavalier auf die Notizen, die er sich während seines Gesprächs mit Wolfe gemacht hatte. Dann seufzte er, riss die oberste Seite des Notizblocks ab, zerknüllte sie und warf sie missmutig in den Papierkorb. Er verfehlte ihn jedoch, was seine Stimmung auch nicht besserte.

Er trat an ein Fenster und blickte hinaus, ohne wirklich etwas wahrzunehmen. Seine Augen suchten zwar rastlos den Horizont ab, doch in seinen Gedanken ging er sehr methodisch vor.

»Shit«, murmelte er endlich; das Englische konnte seine Gefühle wesentlich besser ausdrücken als Französisch. Jetzt erst nahm er das Panorama draußen wirklich in sich auf. Er bemerkte, dass der Nebel dichter wurde und die Lichter der Brücke auslöschte. Es sah scheußlich aus da draußen, und für einen Moment wünschte er, zurück in Paris zu sein. Er murmelte noch ein Schimpfwort und ging dann an den etwas klapprigen Hotelzimmerschreibtisch zurück. Er griff nicht zu dem speziellen Telefon, das nur Anrufe entgegennahm, die über sein Pariser Büro hierher umgeleitet wurden. Sondern er griff zu seinem Handy.

Als sein Anruf entgegengenommen wurde, entbot er keinen Gruß, sondern sagte lediglich: »Wir haben ein Problem.«

Die nächsten zwei Tage bekam Storm Wolfe kaum zu Gesicht. Sie legte es nicht darauf an, ihn zu treffen, sondern übte sich in Geduld und vergrub sich in ihre Arbeit. Da ihr Zeitplan sehr knapp war, musste sie mehr als ihre reguläre Arbeitszeit investieren und verbrachte jeden Abend wenigstens ein paar Stunden in ihrem Hotel mit Plänen, Skizzen, Handbüchern vorhandener Sicherheitseinrichtungen und ihren Aufzeichnungen, denn sie plante ein ziemlich kompliziertes Computerprogramm.

Am Freitagnachmittag begann sie mit dem Schreiben des Programms. Sie rechnete mit weiteren drei bis vier Tagen bis zur Fertigstellung und Überprüfung auf dem Papier – und wahrscheinlich würden sich dann nach der Installation und Inbetriebnahme noch ein paar Probleme zeigen. Normalerweise war es jedenfalls so.

Die Arbeit beschäftigte ihre Gedanken und erforderte ihre ganze Aufmerksamkeit, und darüber war sie froh, aber leider half sie ihr nicht sehr, wenn es ums Einschlafen ging. Sie war inzwischen akklimatisiert, der Jetlag vorbei, doch es war ihr zur Gewohnheit geworden, von Wolfe zu träumen – eine Gewohnheit, die für unruhige Nächte sorgte. Sogar Bear war dazu übergegangen, öfter mal tagsüber ein Nickerchen zu machen, weil sie ihn nachts mit ihrem Hin- und Herwälzen wach hielt.

Dieser Zustand hätte womöglich noch eine Ewigkeit so angehalten – denn Wolfe war ein Sturkopf, und Storm hatte nach wie vor Angst, sein Vertrauen unter Vorspiegelung falscher Tatsachen zu gewinnen –, doch die Lage änderte sich, als am späten Freitagnachmittag ein Besucher ins Museum kam.

»Hallo.«

Überrascht blickte Storm auf und sah Nyssa Armstrong in der Tür des Computerraums stehen. Diese Frau, etwas älter als sie, vornehm und kultiviert, mit einem Seidenkostüm bekleidet und das goldblonde Haar zu einem raffinierten Knoten gebunden, das Make-up perfekt und ein verbindliches Lächeln auf den exakt angemalten Lippen, löste in Storm sofort ein Gefühl der Bedrohung aus – und diese Reaktion hatte absolut nichts mit geschäftlichen Dingen zu tun.

Einen Wettbewerb in Sachen Eleganz hätte Nyssa mühelos gewonnen. Storm war lässig gekleidet wie immer – ausgebleichte Jeans, Stiefel und ein dicker, grüner Pullover, der ungefähr zwei Nummern zu groß war. Hinzu kam, dass ihre Haare heute statisch aufgeladen waren; ihre Nase zierte ein Tintenklecks und hinter jedem Ohr steckte ein Bleistift, und einen Daumennagel hatte sie komplett abgenagt.

Einen ersten ehrfurchtsvollen Augenblick lang konnte sich Storm nur fragen, was in aller Welt sie dazu bringen konnte, sich einzubilden, Wolfe würde sie womöglich so einer schicken Kreatur wie dieser vorziehen. Und wenn die Erinnerung an sein Begehren auch beruhigend war, die Tatsache, dass er sie in den letzten zwei Tagen gemieden hatte, war es nicht.

So sehr sie sich ihres saloppen Aussehens bewusst war, ging es Storm in erster Linie aber doch um die Sicherheit. Sie stand auf, drehte den Block um, auf den sie geschrieben hatte, und kam um den Schreibtisch herum, um vor ihre Besucherin zu treten.

»Ms Armstrong, Sie sollten nicht hier sein«, sagte sie freundlich. »Hat Sie nicht eine der Wachen aufgehalten?« Wolfe hatte an dem zu den Büros führenden Flur eine Wache aufgestellt, nachdem ihm Storm von der angezapften Leitung erzählt hatte.

Nyssas unschuldige blaue Augen wurden groß. »Oh, er hat mich durchgehen lassen. Ich war ja schon öfter hier, um Max zu besuchen – und natürlich auch Wolfe. Die Wachleute kennen mich.«

Grimmig nahm sich Storm vor, dagegen etwas zu unternehmen. »Ich verstehe. Also, nun sind Sie schon hier – was kann ich für Sie tun?« Sie baute sich so vor Nyssa auf, dass diese nicht ins Zimmer treten konnte. Denn das wollte sie auf jeden Fall verhindern.

»Eigentlich wollte ich Wolfe sehen. Das macht Ihnen doch nichts aus, oder, meine Liebe?«

Einen Moment lang traute sich Storm nicht zu, den richtigen Ton zu finden. Erstens mochte sie es nicht, wenn man sie mit »meine Liebe« ansprach, erst recht nicht, wenn es von einer anderen Frau kam, und schon gar nicht von einer, die sie erst einmal in ihrem Leben getroffen hatte – noch dazu in der Damentoilette eines Restaurants. Außerdem war es ihr ein Leichtes zu erkennen, dass Nyssa darauf aus war, Ärger zu machen.

»Warum fragen Sie mich das?«, fragte sie deshalb freundlich. »Was immer sich zwischen Ihnen und Wolfe abspielt, das geht mich überhaupt nichts an. Aber sein Büro ist dort den Flur hinunter, wie Sie wissen.«

Mit einer Stimme, die ebenso voll falscher Höflichkeit war wie die Storms, erwiderte Nyssa: »Nein, das weiß ich nicht. Ich war noch nie in seinem Büro, wissen Sie.«

»Dann werde ich Sie gerne hinbringen«, erbot sich Storm, schubste Nyssa fast auf den Flur hinaus und schloss die Tür zum Computerraum. »Hier lang, bitte.«

»Sie haben so einen netten Akzent«, sagte Nyssa und folgte ihr. »Georgia? Alabama?«

»Louisiana.« Storm wusste zufällig, dass Wolfe in seinem Büro war, denn sie hatte ihn vor fast einer Stunde gesehen, als er an ihrer Tür vorbeiging. Deshalb klopfte sie kräftig an, sagte »Du hast Besuch!«, und bedeutete Nyssa einzutreten, noch bevor Wolfe von seinem Stuhl hochkam.

Sie wartete nicht ab, um zu sehen, wie Nyssa begrüßt wurde, sondern schloss die Tür und machte sich auf den Weg zurück zu ihrem Raum. Und es überraschte sie nicht, Morgan an der Tür ihres Büros auf sie warten zu sehen – einer Tür, die verschlossen gewesen war, als Storm mit Nyssa daran vorbeigegangen war.

An den Pfosten gelehnt, sagte Morgan ernst: »Wie man sieht, ist sie wieder mal auf der Jagd.«

Storm hielt inne und überlegte. »Sieht so aus.«

»Und das macht dir nichts aus?«

»Warum sollte es? Abgesehen davon, dass sie Augen hat wie ein Serienmörder, würde ich sagen, sie ist perfekt für ihn.«

Morgans Ernst verschwand; sie grinste. »Miau.«

Storm verzog unfreiwillig ein wenig die Lippen. »Okay, also das Weib geht mir auf die Nerven.«

»Freut mich zu hören, dass du welche hast. Ich habe mich schon gewundert. Und ich hoffe, du hast ganz bestimmt vor, etwas dagegen zu unternehmen, dass Nyssa ganz unverfroren ihre Klauen in Wolfe schlägt.«

»Er ist ein großer Junge. Er kann auf sich selbst aufpassen.«

»Ja, aber darum geht es ja wohl nicht, oder?« Morgans bernsteinfarbene Augen funkelten.

Storm schüttelte den Kopf. »Ihr hauptsächliches Interesse ist die Ausstellung, das wissen wir doch beide. Mir Wolfe wegzunehmen – wenn sie sich einbildet, dass sie das tut –, ist für sie nicht mehr als ein angenehmer Zeitvertreib.«

Morgan nickte, nun wieder ernst. »Richtig, absolut richtig. Aber dir macht es also doch ein bisschen etwas aus, wie?«

»Nicht die Bohne.«

»Mhm. Aber warum hast du dann die Fäuste geballt?«

Storm blickte auf ihre Hände und lockerte sie ganz bewusst. Es fiel ihr überraschend schwer. Sie krümmte die Finger und räusperte sich. »Ich bin ein bisschen angespannt. Na wenn schon.« Entschlossen straffte sie die Schultern. »Es war ein langer Tag. Ich denke, ich packe mal zusammen und gehe nach Hause.«

»Und wenn Wolfe fragt?«

»Warum glaubst du, dass er fragen würde?«

Nachdenklich antwortete Morgan: »Wahrscheinlich, weil er in den letzten Tagen mehr als nur ein wenig gereizt war, wenn er nicht wusste, wo du warst. Normalerweise fragte er mich oder einen der Wachleute. Als du gestern Mittag verschwunden bist, dachte ich, er macht uns noch alle verrückt mit seinem ständigen Herumlaufen, bis du wiederkamst.«

Etwas ausdruckslos sagte Storm: »Ich habe ihn nicht gesehen, als ich zurückkam.«

»Nein, ich denke, dafür hat er gesorgt.«

Das war interessant, doch Storm rechnete damit, dass Morgan ein wenig übertrieb – sicher nicht bewusst, aber da sie eine Beziehung zwischen Wolfe und Storm eindeutig befürwortete, ließ sie womöglich zu, dass ihre ansonsten klare Wahrnehmung diesbezüglich etwas von Wunschdenken getrübt wurde.

»Er fragt nicht«, sagte Storm.

»Oh doch, ich glaube schon.«

Storm glaubte das nicht, aber sie spürte plötzlich eine Woge von Waghalsigkeit in sich aufbranden. »*Falls* er fragen sollte, kannst du ihm ja sagen, er soll auf sein Bettgeflüster mit Nyssa achten – ich hätte keine Lust, die Computerzugangscodes verändern zu müssen.«

Morgan bekam riesige Augen. »Willst du wirklich, dass ich ihm das sage? Genau in diesen Worten, meine ich?«

»Warum nicht?«

»Och, nur so. Ich hoffe nur, du weißt, was du tust.«

Insgeheim bezweifelte Storm das, aber sie wollte nicht klein beigeben. »Klar weiß ich das. Wir sehen uns am Montag.«

»Das hoffe ich.«

Die nächste Stunde überstand Storm trotz ihrer immensen Verärgerung ganz gut. Sie packte die Unterlagen zusammen, die sie über das Wochenende bearbeiten wollte, dazu Bear, und ging auf den Parkplatz hinaus, wo ihr gemieteter Jeep stand. In ihrer Hotelsuite angekommen, warf sie alles auf die Couch und ging sofort ins Bad in der Hoffnung, eine ausgiebige heiße Dusche werde ihre Anspannung verringern.

Es funktionierte nur halb, aber es reichte aus, dass sie wieder, wenn auch wehmütig, über sich lachen konnte, als sie sich die Haare trocknete. Da Wolfe sie in den letzten beiden Tagen gemieden hatte, glaubte sie nicht, dass er sich so sehr dafür interessierte, wo sie war, dass er Morgan fragen würde – auch wenn diese anderer Meinung war. Deshalb war die wirklich bösartige Botschaft, die ihn wütend machen sollte, vergeudet. Und ihr Ärger auf Nyssa war ziemlich nutzlos; Storm hatte genug Frauen wie sie kennengelernt, um zu wissen, dass ihr elegantes, aufgestyltes Äußeres wie ein Panzer war.

Diese Gedanken wirkten auf Storm etwas erschöpfend und deprimierend. Sie schlüpfte in bequeme Hauskleidung, dieses Mal ein schwarzes Flanelltop, das allerdings wie Seide aussah, Leggings, die an einen Schlafanzug erinnern mochten, und dazu ein Paar dünne schwarze Socken, denn sie hatte kalte Füße.

Dann schaltete sie die Nachrichten im Fernseher ein, und gerade als sie die Speisekarte für den Zimmerservice zur Hand nehmen wollte, ließ ein plötzliches Klopfen sie zusammenfahren. Es brauchte nicht viel Fantasie, um sich vorzustellen, wer der Besucher war, und Storm wusste nicht recht, wie sie sich fühlte, als sie an die Tür ging, um zu öffnen.

Es war Wolfe, und sie hatte ihn noch nie so zornig gesehen.

»Kann ich reinkommen?«, fragte er mit vollendeter Höflichkeit.

Sie trat zurück, damit er eintreten konnte, schloss die Tür und folgte ihm ins Wohnzimmer. »Du musst meine Botschaft bekommen haben«, sagte sie leichthin.

Wolfe hatte bereits mit der Geste eines Mannes, der auf alles vorbereitet sein wollte, seine schwarze Jacke ausgezogen und warf sie über die Lehne der Couch – knapp an Bear vorbei, der sich niederduckte und sie dann beide stumm beobachtete.

»Ja, das habe ich, und was *zum Teufel* hast du damit gemeint?«, bellte er und funkelte sie wütend an.

Da sie nur Socken trug, überragte er sie um mehr als dreißig Zentimeter, und die Wut strahlte in Wellen von ihm aus, die so stark waren, dass man fast meinte, sie sehen zu können. Doch Storm wich nicht zurück und gab auch nicht klein bei; das war einfach nicht ihre Art. Schon als Kind mit sechs älteren Brüdern, die sie quälten – und die alle beträchtlich größer waren als sie –, hatte sie gelernt, für sich selbst einzutreten und nicht einen Handbreit Boden freiwillig zu räumen.

Sie stemmte die Hände in die Hüften, hob das Kinn an, sodass ihre Augen seinen gefährlichen Blick trafen, und gab ihm wütend Kontra. »Ich dachte, was ich meinte, sei absolut klar. Aber wenn du es in einfachen Worten hören willst, dann sollst du es so haben!«

»Was ich will, ist eine gottverdammte Entschuldigung! Du hast kein Recht, so etwas zu sagen – und auch noch zu Morgan, du lieber Himmel! Dann weiß es am Montag die ganze Stadt …«

»Als ob das nicht längst schon jeder wüsste! Hör mal, wenn du auch nur eine Sekunde lang gedacht hast, dass das, was Nyssa mit dir vorhat, ein Geheimnis ist – dann denk noch mal nach. Du bist doch längst Partygespräch in dieser Stadt, du Held. Sie hat dich an ihrem Haken. Und nach dem, was man von ihr hört, hat sie noch nicht einen wieder losgelassen.«

»Ich bin nicht an ihrem Haken!«, fuhr er Storm an. »Verdammt noch mal, ich habe dir *gesagt,* dass sie von mir nicht bekommen hat, was sie wollte. Ich würde ihr die Sammlung nicht vorab zeigen, was immer sie mir auch dafür bietet, und falls du möglicherweise irgendetwas anderes denkst …«

»Ja, was denn?«

Wolfe bemühte sich sichtlich, ruhiger zu werden, und als er weitersprach, war seine Stimme beherrschter. »Glaubst du wirklich, ich würde ihr nachgeben? Schlimmer noch – du glaubst, ich würde sicherheitsrelevante Dinge preisgeben oder sogar unbrauchbare Informationen ausplaudern – nur für eine tolle Nacht? Ist es das, was du von mir denkst?«

»Was ich denke? Ich denke, du könntest einem Esel Nachhilfe in Dickköpfigkeit geben!«, fauchte sie.

Er starrte sie an. »Ist das der gleiche Streit, den wir vor einer Minute anfingen?«

»Nein, es ist ein anderer.«

Sie versuchte wieder, ihn aus dem Gleichgewicht zu bringen, entschied er, und das machte ihn noch rasender. »Ich will keinen neuen Streit anfangen, ehe der alte nicht beigelegt ist. Wirst du dich für das, was du gesagt hast, entschuldigen oder nicht?«

»Nein.« Sie streckte das Kinn noch höher. »Das beendet also den ersten Streit.«

11

Irgendwo in seinem Kopf hatte Wolfe den Gedanken, dass es ein langer Weg war, bis aus Zorn die Erkenntnis des Absurden wurde, aber er war noch immer so wütend, dass er nicht erkennen konnte, wie sich ihr Streit mehr und mehr ins Komische entwickelte und zur Farce wurde.

Er war so wütend, dass er beinahe bebte. Am liebsten hätte er gebrüllt und irgendetwas demoliert. Unglücklicherweise konzentrierte sich sein Zorn auf eine kleine Blondine – ohne ihre Stiefel war sie sogar noch kleiner als sonst –, die ihrerseits gut und gern einem Esel ein paar Lektionen in Starrsinn erteilen konnte und gegen die er nicht die Hand hätte erheben können, auch wenn er noch so sehr in Rage war.

Sie stand da und funkelte ihn wutentbrannt an, das kleine, ausdrucksstarke Gesicht voller Zorn und die grünen Augen leuchtend vor heißem Temperament, und er wusste, auch wenn er noch so tobte, sie würde nicht einen Zentimeter vor ihm zurückweichen. Es war zum Wahnsinnigwerden.

»Ahhh, Scheiße!«, knurrte er. »Worum geht es bei dem zweiten Streit?« Zu diesem Zeitpunkt kam ihm die Frage noch ganz und gar nicht lächerlich vor, das kam erst später.

»Deine Dickköpfigkeit.«

»Hör mal, wer da spricht.«

»Ich, dickköpfig? Ich bin nicht dickköpfig. Ich habe einfach nur recht.«

Wolfe merkte, dass es schon wieder aus dem Ruder lief, aber er schien es nicht verhindern zu können. »Recht womit?«

»Mit deiner Dickköpfigkeit.«

»Das ist ein lächerlicher Wortwechsel«, erkannte er plötzlich. »Das ist mein Ernst!«, keifte sie.

Er musterte sie. »Wenn du ernst genommen werden möchtest, dann solltest du niemals einen Schlafanzug mit Füßen daran tragen.«

Storm erwiderte seinen starren Blick einen Moment lang, dann schaute sie verwirrt auf ihre Füße und zurück zu Wolfe – und brach in Lachen aus.

Auch er begann zu lachen, und mit einem Mal war aller Zorn verflogen, als habe er nie existiert.

Als Storm wieder normal atmen konnte, sagte sie: »Ich habe keinen Schlafanzug mit Füßen daran, sondern nur Socken, die zufällig die gleiche Farbe haben wie meine Leggings.« Sie lehnte sich an den Rücken der Couch, froh darüber, dass die Konfrontation vorbei war.

»Oh. Na ja, es sieht aus wie ein Schlafanzug mit Füßen daran.«

Sie unterdrückte ein letztes Kichern und sah ihn an. Er lächelte ihr zu, dieses berückend charmante Lächeln, das sie seit Tagen nicht mehr an ihm gesehen hatte, und sie hoffte, es würde noch lange dauern, bis er schließlich herausfand – wenn überhaupt –, dass er mit seiner weicheren Seite jeden Streit mit ihr gewinnen konnte.

Sachlich erklärte sie: »Okay, was ich über dich und Nyssa gesagt habe, das war unangebracht.«

»Danke«, erwiderte er prompt und akzeptierte ihre Entschuldigung damit ohne großes Aufhebens. »Und nur damit du nicht meinst, ich würde deine Meinung nicht respektieren: Ich nehme sie mir vor.«

»Ich dachte, das hättest du schon getan«, murmelte Storm, doch noch mit einem leichten Sarkasmus.

»Fang jetzt nicht wieder an«, warnte Wolfe sie finster. »Was ich meinte, ist, ich *lasse* Nyssa Armstrongs Vorgeschichte überprüfen.«

»Oh.« Storm betrachtete ihn gedankenvoll. »Von wem?«

Er zuckte die Achseln. »Ich habe einen Kontakt bei der Polizei. So etwas ist in meinem Job ziemlich nützlich.«

»Kann ich mir vorstellen. Heißt das – heißt das, du glaubst, sie könnte also doch eine Bedrohung für die Ausstellung sein?«

Wolfe zögerte und zuckte nochmals die Achseln. »Es ist eine Möglichkeit. Jedenfalls hält sie mit ihrem Interesse nicht hinter dem Berg. Deshalb kam sie übrigens heute auch ins Museum.«

Storm lächelte. »Du meinst, der Grund war ein geschäftlicher, kein privater? Überlege noch mal. Sie kam zuerst zum Computerraum, vergiss das nicht, also weiß ich, was sie im Sinn hatte. Die Sammlung, natürlich, aber auch dich. Sie ist nun mal gerne ein Vamp.«

»Dieses Wort habe ich seit Jahren nicht mehr gehört«, meinte Wolfe kopfschüttelnd.

Storm zögerte kurz. »Vielleicht sollte ich mir von ihr ja etwas abschauen. So sehr ich es hasse, es zuzugeben, aber als Verführerin bin ich anscheinend eine totale Niete.«

Wolfe zögerte erneut, aber nur kurz. »Nein, du bist keine Niete.«

»Noch mehr schlaflose Nächte?« Sie lächelte ein wenig, und der Blick aus ihren grünen Augen wurde sanft.

»Die werden allmählich zur Gewohnheit. Was hast du mit mir gemacht, Storm?«

Sie blickte einen Moment lang schweigend zu ihm auf, dann trat sie von der Couch weg und machte zwei Schritte die halbe Strecke auf ihn zu.

Die halbe Strecke.

Später wusste Wolfe nie mehr genau, ob er eine bewusste oder eine instinktive Entscheidung getroffen hatte. Jedenfalls kam er ihr ebenfalls entgegen, mit einem großen Schritt, und zog sie in seine Arme, als habe es geklickt.

Ihre grünen Augen funkelten zu ihm auf. »Ich will dich«, sagte sie heiser. »Dieses Mal sagst du nicht wieder Nein, nicht wahr? Sag nicht wieder Nein, Wolfe.«

»Nein«, murmelte er, presste sie fest an sich und legte die Lippen über ihren Mund.

Irgendwann trug er sie ins Schlafzimmer; wann, daran konnte sich Storm später nicht mehr erinnern. Sie wusste auch nicht mehr, wer was tat, doch ihre Kleidung fiel von ihnen ab, und sie landeten irgendwie auf dem Bett. Und was morgen womöglich passierte, das war ihr gleichgültig.

Ed war nicht gerade ein Mensch ohne Rückgrat, aber er hatte einen gut funktionierenden Selbsterhaltungstrieb, der ihm für gewöhnlich sagte, wann er besser den Mund halten sollte. Doch dieses Mal ignorierte er unachtsamerweise seinen warnenden Instinkt.

»Sind Sie verrückt geworden? So bald nach dem letzten Job schon wieder einen aufzureißen? Wir müssen jetzt unauffällig bleiben, *das* müssen wir, und warten, bis sich die Lage ein wenig entspannt hat.«

»Du bist hier der Verrückte. Die Sicherheit in dieser Stadt wird doch nur immer perfekter – es wird nicht leichter. Gib den Leuten Zeit, ihre Verteidigungslinie aufzubauen, und sie werden genau das tun. Nein, wir schlagen jetzt zu, solange es noch Schwachstellen gibt.«

»Du lieber Gott, Sie -« Er brach ab und blickte leicht entsetzt, als er die Waffe sah. »Hey, hey …«

»Wie oft müssen wir dieses Thema noch abhandeln, Ed? Langsam habe ich nämlich die Schnauze voll davon. Entweder du tust, was ich dir sage, oder ich finde jemand anderen, der es tut.«

Ed brauchte keinen Hinweis darauf, dass ein Ausscheiden aus dieser Bande höchstwahrscheinlich auf ewig sein würde. Er atmete tief durch und nickte. »Okay. Sie sind der Boss. Wann machen wir das Museum?«

»Morgen Nacht.«

Mit sachlichem Ton bemerkte Ed: »Es gibt aber nicht zu viele Stücke, die wir von dort mitnehmen können.«

»Es gibt genügend.« Die Pistole verschwand, blieb aber offenbar in Griffweite.

Ed registrierte es genau. Er war noch nicht zum Ausscheiden bereit.

Wolfe konnte sich an nicht viel, das während der folgenden Minuten geschah, erinnern. Er dachte, sie dösten eine Weile, dicht an dicht in dem zerwühlten Bett.

Irgendwie kam ihm in den Sinn, dass es wohl noch früh war, doch es dauerte ein wenig, bis er sich vergewissern konnte. Er wollte sich nicht bewegen, und da sein Arm von der warmen Fülle ihres Haars bedeckt war, konnte er nicht auf seine Uhr schauen. Aber er drehte den Kopf weit genug, um den Wecker auf dem Nachttischchen zu sehen, der ihm sagte, dass es noch nicht einmal acht Uhr abends war.

In diesem Moment hob Storm den Kopf von seiner Schulter und erschreckte ihn damit fast. Er hatte nicht bemerkt, dass sie wach war. Und hätte er versucht, die ersten Worte vorauszusagen, die sie sprechen würde, nachdem sie zum erstenmal einen Mann mit in ihr Bett genommen hatte, er wäre wieder einmal meilenweit daneben gelegen. Wie gewöhnlich war ihre Reaktion vollkommen unerwartet.

Der Blick aus ihren grünen Augen war ernst und ihre Stimme unsagbar süß, und sie sagte: »Dankeschön.«

Wolfe spürte, wie sich etwas in ihm mit einem seltsamen, fast schmerzlichen Schlingern umdrehte. »Wofür?«, murmelte er und strich mit einer Hand feine, goldblonde Strähnen zurück. Seine Finger verweilten und glitten sanft über ihre warme, seidige Haut.

Sie lächelte. »Dafür, dass du mein erster Liebhaber warst. Du hast es wunderbar für mich gemacht.«

»Ich habe dir weh getan«, sagte er.

Storm war prosaisch. »Das habe ich erwartet. Aber es war überhaupt nicht schlimm, denn mein Verlangen nach dir war so groß, dass ich den Schmerz kaum spürte. Ich weiß, es hätte viel schlimmer ausfallen können. Ich glaube, es war nicht leicht für dich, so viel Geduld mit mir aufbringen zu müssen, und ich möchte es dich einfach wissen lassen, dass ich dir dankbar bin.«

In ihren grünen Augen war nichts als Aufrichtigkeit zu sehen, und wieder spürte Wolfe in seinem Innern dieses seltsame leichte Schlingern. Noch nie hatte sich eine Frau dafür bedankt, dass er sie geliebt hatte, und so wusste er nicht recht, wie er darauf reagieren sollte. Vor allem, da er dachte, es hätte eines absoluten Monsters bedurft, angesichts ihrer Zierlichkeit und ihrer Unerfahrenheit *nicht* vorsichtig mit ihr zu sein. Er wusste nicht, ob er sie auf diesen Umstand hinweisen oder ihren Dank einfach so taktvoll akzeptieren sollte, wie es ihm möglich war.

Schließlich entschied er sich für Letzteres, denn er musste zumindest versuchen, die Dinge zwischen ihnen so zwanglos wie möglich zu halten, und erwiderte sachlich: »Keine Ursache.«

Storm lächelte, küsste ihn auf das Kinn und stützte sich dann auf einen Ellbogen auf. »Ich bin wahrscheinlich schrecklich unromantisch, wenn ich in einem Augenblick wie diesem an Essen denke«, meinte sie, »aber es ist fast acht, und das Mittagessen ist lange her. Wollen wir etwas vom Zimmerservice bestellen?«

»Wir können auch ausgehen, wenn dir das lieber ist«, sagte er.

»Ich würde lieber mit dir hierbleiben.« Dann zögerte sie, und in ihren Augen flackerte kurz eine Verwundbarkeit auf, so kurz, dass er sie fast nicht registriert hätte. Ihre Stimme blieb unverbindlich und sachlich, als sie ihn fragte: »Du hast doch vor, die Nacht über zu bleiben, oder?«

Seine Hand war auf ihre Schulter gefallen, als sie sich bewegte, und seine langen Finger erkundeten die feinen Knochen unter ihrer seidigen Haut. »Wenn ich eingeladen bin, bleibe ich das ganze Wochenende. Die nächste Woche können wir später besprechen.«

»Du bist eingeladen«, erwiderte Storm lediglich und rieb

kurz ihre Wange an seiner Hand, bevor sie aus dem Bett glitt und aufstand.

Er konnte den Blick nicht von ihr nehmen. Aber er sah, dass sie beim Aufstehen leicht zusammenzuckte, und eine Sorge um sie dämpfte sein von neuem erwachendes Begehren. »Wenn du jetzt ein warmes Bad nimmst, werden deine Muskeln es dir später danken«, sagte er gelassen.

Sie streckte sich vorsichtig, aber vollkommen unbefangen. »Da könntest du recht haben. Ich bin nicht daran gewöhnt, im Bett etwas anderes zu tun als zu schlafen oder ein Buch zu lesen.«

Wolfe sagte sich, er werde noch viel Zeit haben, sein Verlangen nach ihr zu stillen, und setzte sich auf. Leicht. Er musste die Dinge leicht und unverbindlich halten. »Dann bestelle ich schon mal. Bis du mit deinem Bad fertig bist, sollte das Essen hier sein.«

»Klingt nach einem guten Plan.« Sie lächelte ihm zu und verschwand im Badezimmer, und einen Moment später hörte er, wie Wasser in die Wanne einlief.

Er stand auf und zog Unterhose und Hose an. Sein Hemd hängte er zusammen mit Storms auf dem Boden verstreuten Sachen über einen Stuhl. Auf dem Schreibtisch im Wohnzimmer fand er die Speisekarte für den Zimmerservice, aber erst als er sie sah, dachte er daran, dass noch »jemand« in der Suite war.

Bear war noch immer da, wo er die ganze Zeit gewesen war. Auf der Lehne der Couch saß er neben Wolfes schwarzer Lederjacke, in dieser eigenartigen Position zusammengekauert, die Katzen offenbar als angenehm empfanden – die Pfoten unter den Körper gesteckt und den langen Schwanz um sich herum gelegt. Er betrachtete Wolfe mit einem rätselhaften Blick aus Augen, die so grün waren wie die von Storm.

»Hallo«, sagte Wolfe versuchsweise. Er war nicht an Katzen gewöhnt, hatte jedoch das Gefühl, er sollte mit dieser sprechen.

Entweder war Bear gerade ungesellig, oder er hatte einfach noch nicht entschieden, ob er die Präsenz eines Mannes – oder dieses Mannes – in Storms Leben akzeptieren sollte, denn er blieb stumm. Und das aufmerksame Gesichtchen mit den klaren, grünen Augen blieb rätselhaft.

»Dann eben nicht«, murmelte Wolfe und ging mit der Karte für den Zimmerservice ins Schlafzimmer zurück. Er warf einen Blick darauf, merkte, dass er nicht die geringste Ahnung hatte, was Storm wohl zum Abendessen mochte, und trat vor die Badezimmertür. Sie war einen Spalt offen, und noch immer lief Wasser in die Wanne ein. Er klopfte vorsichtig an und fragte Storm, ob sie etwas anhabe.

Sie klang amüsiert. »Nein, aber du darfst trotzdem reinkommen. Kannst du bitte das Wasser abdrehen?«, bat sie ihn, sobald er im Raum war. »Ich möchte mich nicht bewegen.«

Er kam ihrer Bitte nach, und wieder forderte sie seine vollständige Aufmerksamkeit. Sie lag in der großen, ovalen Wanne, bis zum Hals von Badeschaum bedeckt. Die Haare hatte sie zu einem ziemlich unordentlich wirkenden Haufen hochgesteckt, doch dadurch sah sie noch zierlicher aus – und auf eine andere Art als sonst verdammt sexy, dachte Wolfe. Er konnte nicht aufhören, sie anzustarren.

»Danke«, murmelte sie und legte den Kopf auf den Rand der Wanne. Mit schläfrigen Augen sah sie zu ihm hinauf; auf ihren Lippen lag ein zufriedenes Lächeln. »Für diesen Vorschlag solltest du eine Medaille kriegen.«

»Ich denke mir für später eine Belohnung aus«, meinte er, ging neben der Wanne in die Knie und zwang sich, an praktische Dinge zu denken. »Was möchtest du in der Zwischenzeit vom Zimmerservice?« Er öffnete die Speisekarte und hielt sie ihr vor das Gesicht.

Storm seufzte genüsslich. »Daran könnte ich mich gewöhnen.«

Ehe Wolfe darauf etwas erwidern konnte, klingelte das Telefon im Schlafzimmer. Storm schüttelte sich den Schaum von den Händen und nahm ihm die Karte ab mit der Bemerkung, sie könne sich noch immer nicht rühren, deshalb ging er, um den Anruf entgegenzunehmen.

Wer immer es war, wollte offenbar nicht mit ihm sprechen, sondern hängte nach einer Sekunde auf. Als Wolfe ins Badezimmer zurückkam, bemerkte er ominös: »Wenn ein Mann darangeht …«

Gelassen entgegnete sie: »Ja, bloß dass du das ein bisschen falsch siehst. Ich würde einem Liebhaber nur dann sagen, er soll auflegen, wenn ich verheiratet wäre und Angst hätte, dass mein Mann ans Telefon geht. Das war anscheinend einfach eine falsche Nummer. Klingt Hähnchen gut für dich? Oder stehst du mehr auf Steak und Kartoffeln?«

»Ich bin nicht sonderlich wählerisch.«

»Freut mich zu hören.« Storm gab ihm die Karte zurück, sagte ihm genau, was sie wollte, und dass er bestellen solle, worauf er Lust habe. »Die Rechnung bezahlt Ace«, erklärte sie.

Wolfe zog erstaunt eine Braue hoch. »Ist das immer so?«

»Bei mir schon. Eine der Vergünstigungen dafür, dass ich bereit bin, überall hinzugehen, wo sie mich haben wollen.« Sie beäugte ihn vergnügt. »Und selbst, wenn sie herausfänden, dass sie dieses Wochenende dich mitfüttern, hätten sie nichts dagegen. Als du dich wichtig gemacht und obendrein noch Max Bannister angeführt hast, war mein Chef, soweit ich es sehe, bereit, so ziemlich alles zu tun, um es dir recht zu machen. Falls es dich interessiert, es hat sie einen Haufen Geld gekostet, mich von dem Auftrag in Paris abzuziehen und schnell genug hierher zu bringen, um deine Wünsche zu erfüllen.«

Wolfe lächelte wehmütig. »Das zeigt, was man mit ein wenig Feuer und Schwefel und ein bisschen Erpressung alles erreichen kann.«

Sie schloss kichernd die Augen. »Ich habe das Gefühl, in solchen Dingen bist du ziemlich gut. Auf jeden Fall kenne ich deine Fähigkeit, Feuer und Schwefel zu beschwören.«

»Da spricht die Richtige. Willst du Kaffee, Tee oder einen Softdrink?«

»Nein – Milch. Ich brauche meine Kraft.«

»Glaubst du?«

Sie grinste ihn an. »Du nicht?«

Wolfe betrachtete sie, wie sie in ihrem Schaumbad lag, und nickte. »Ehrlich gesagt schon«, antwortete er und ging ans Telefon, um das Essen zu bestellen.

Morgan hatte in den letzten Abenden viel zu viele Stunden damit verbracht, vor Museen und Juweliergeschäften Wache zu stehen. Am Freitagabend beschloss sie, keine Zeit mehr zu vergeuden.

Er hatte recht gehabt, verdammt. Wenn er nicht gefunden werden wollte, dann war er unauffindbar, basta. Welcher siebte Sinn oder welches Bewusstsein sie auch immer dieses eine Mal zu ihm geführt hatte, war seither verstummt – es war zum Verrücktwerden.

Sie hatte ihre Chance vertan, ihn hinter Schloss und Riegel zu bringen, und es geschah ihr recht. Aber was hätte sie auch tun sollen?

Es brachte ihr nichts, sich mit dem Gedanken zu trösten, dass Quinn der berüchtigtste Einbrecher der Welt war und dass seit mindestens zehn Jahren endlos viel Polizei hinter ihm her war. Ihn mit ihren amateurhaften Bemühungen zu finden, war einfach unmöglich – auch wenn sie seine Nähe spüren konnte.

Wenn er sie seine Nähe spüren ließ.

Verdammt.

Jedenfalls beschloss sie gegen acht Uhr, da sie für den Abend sonst nichts vorhatte und zu unruhig war, um zu Hause vor dem Fernseher zu sitzen oder ein Buch zu lesen, sich aus dem Museum einige Unterlagen zu holen, die sie das Wochenende über durcharbeiten konnte. Es war nichts Ungewöhnliches für sie, nach Feierabend noch dorthin zu gehen, und einer der

Wachmänner ließ sie ein, sobald er sie vom Foyer aus gesehen hatte.

»Hallo Steve«, begrüßte sie ihn gut gelaunt. »Irgendwas los heute?«

Steve, ein Mann mittleren Alters, schüttelte den Kopf. »Nö, nicht viel. Mr Dugan war bis nach der Schließung hier. Oh – und Mr Bannister ist wieder in der Stadt. Er war vor ein paar Minuten da, um sich kurz den Flügel anzusehen, in dem die Ausstellung seiner Sammlung stattfindet. Hatte jemanden dabei. Einen Bullen, glaube ich.«

Morgan musterte ihn stirnrunzelnd. »Einen Bullen? Sind Sie sicher?«

»Also, er hatte eine Pistole in einem Schulterhalfter, das weiß ich mit Sicherheit. Vielleicht war er auch eine Art Bodyguard für Mr Bannister, aber er hat sich nicht so verhalten. Sekunde bitte.« Steve ging zu dem Schreibtisch in einer Ecke des Foyers, sprach kurz mit einem zweiten Wachmann, der dort saß, und warf einen Blick in das Dienstbuch. Dann kam er zu Morgan zurück. »Mr Bannister hat sie selbst eingetragen – sich und einen Gast, ohne Namen. Sie sind noch hier, sagt Brian. Wahrscheinlich oben in der Ausstellung. Ich trage Sie ein, Morgan.«

Sie bedankte sich mit einem Nicken und ging dann, anstatt den Bürotrakt im Erdgeschoss aufzusuchen, zur Treppe im Westflügel. Es wunderte sie, dass Max mindestens eine Woche früher als erwartet aus seinen Flitterwochen zurückgekommen war, aber noch mehr als das war sie neugierig, mit wem er den für die Ausstellung vorgesehenen Gebäudeflügel inspizieren wollte.

Morgan war leger mit Jeans und Pullover bekleidet und hatte die Haare zu einem Pferdeschwanz zusammengebunden. Ihre Reeboks machten auf dem Marmorboden kein Geräusch, als sie rasch die Treppe hinaufging. Sie musste sich nicht darum kümmern, mit ihrer Codekarte Alarmsysteme oder andere Sicherheitsvorkehrungen auf dem Flur auszuschalten, denn in diesem Flügel war derzeit alles deaktiviert; hier gab es noch nichts von Wert, also auch nichts, was zu schützen war.

Morgan wollte gar nicht heimlichtuerisch sein, aber dennoch bemerkte sie auf ihrem Weg den Flur entlang, dass ihr Schritt leichter und vorsichtiger war als sonst. Immerhin, sagte sie sich, hatte Max diesen Mann außerhalb der Öffnungszeiten hierhergebracht und seinen Namen nicht ins Dienstbuch eingetragen – das konnte bedeuten, dass zumindest offiziell niemand wissen sollte, dass er hier war.

Sie ließ sich davon natürlich nicht abhalten. Dazu war sie viel zu neugierig.

Fast lautlos schritt sie voran und hielt schließlich im Schatten eines dunklen Schaukastens inne, der sie überragte. Von dort konnte sie die beiden Männer sehr gut beobachten. Sie standen nur ein paar Meter von ihr entfernt im Hauptraum der Ausstellung, wo weitere Schaukästen wie für eine Inspektion beleuchtet waren. Doch sie kümmerten sich gar nicht um die Kästen. Max lehnte lässig an einem, und der andere Mann trommelte mit langen Fingern auf das Glas, was, wenn die Sammlung schon an Ort und Stelle gewesen wäre, zu dieser Stunde bei einer solchen Berührung Alarm ausgelöst hätte.

Die zwei waren ein bemerkenswertes Paar. Beide trugen dunkle Regenmäntel, und sie verband eine eigenartige Ähnlichkeit, die nur wenig mit ihrer äußeren Erscheinung zu tun hatte, aber umso mehr mit der Haltung und einer inneren Härte, die sie beide zu charakterisieren schien.

Der Fremde war wahrscheinlich Mitte dreißig, etwa einsachtzig groß und athletisch gebaut, mit glänzenden schwarzen Haaren und eigenartig blassen Augen, die selbst aus dieser Entfernung schneidend scharf wirkten. Er machte einen auffallend eleganten Eindruck, beinahe aristokratisch und seltsam fremdartig.

Max war ein wenig älter und ein paar Zentimeter größer, er hatte breitere Schultern und war merklich kräftiger gebaut. Mit seinen schwarzen Haaren, den stahlgrauen Augen und seinem markigen, aber guten Aussehen hätte man ihn in jeder Stadt der Welt unschwer als Amerikaner erkannt.

Morgan stand reglos da und wagte kaum zu atmen. Sie beobachtete die beiden gespannt, belauschte ihr Gespräch und wünschte, sie hätte auch dessen Beginn bereits mitbekommen.

»Anders überlegt?«, fragte der Fremde Max. Seine Stimme war akzentfrei, wie es bei Menschen, die an vielen Orten der Welt gelebt hatten, öfter der Fall war.

»Du weißt doch, Jared, ich habe mein Wort gegeben, und ich werde es auch halten. Die Sammlung wird hier gezeigt, wie geplant.« Max' Stimme war wie gewöhnlich tief und ruhig und unerwartet weich für jemanden, der aussah wie aus Granit gemeißelt.

»Egal, was passiert?« Der gutaussehende Jared musterte sein Gegenüber mit etwas gequälter Miene.

»Es hat sich nichts verändert. Deine Leute bei Interpol haben es wie viele Polizeikräfte auf der ganzen Welt jahrelang versucht, aber niemand ist ihm auch nur nahe gekommen. Für eine Falle muss man einen guten Köder haben, und der einzige Köder, bei dem eine Chance besteht, ihn zu fangen, ist die Sammlung Bannister.«

Jared seufzte. »Das klingt so verdammt simpel. Warum macht es mir Albträume?«

»Weil du ein sensibler Mensch bist?«, fragte Max.

Jared fluchte und seufzte erneut. »Hör mal, es tut mir leid, dass ich dich vorzeitig zurückgeholt habe, aber wir haben eine ganze Reihe von Problemen. Das größte, das sich direkt vor uns auftut, ist dein Sicherheitsexperte.«

Max räusperte sich. »Na ja, es ist nicht so, dass wir etwas Derartiges nicht erwartet hätten.«

»Das ändert nichts an der Tatsache, dass er uns die Hölle heiß machen wird, wenn er herausfindet, was wir vorhaben. Sag mir eines: Hatten wir für diese Eventualität jemals einen Plan?«

Max rieb sich den Nacken. »So weit ich mich erinnere«,

meinte er etwas kleinlaut, »haben wir beschlossen, dieses Problem zu lösen, wenn es sich stellt.«

»So habe ich es auch in Erinnerung. Verdammt.«

»Na ja, wir können immer ...« Max brach abrupt ab und blickte zur Tür. Morgan erstarrte, doch sie hatte das komische Gefühl, dass er sie sah.

»Was ist?«, fragte Jared und spannte sich merklich an.

Max wandte sich wieder ihm zu, gelassen wie immer. »Nichts. Aber vielleicht sollten wir dieses Gespräch lieber woanders fortsetzen.«

Morgan wartete nicht mehr länger. Leise und so rasch wie möglich machte sie sich davon, eilte die Treppe hinunter ins Erdgeschoss in ihr Büro und nahm die Unterlagen an sich, die sie mitnehmen wollte, in der Hoffnung, dass Max, wenn er herunterkam, sie mit ihren Hausaufgaben sehen und keine Fragen stellen würde.

Aber er war nicht im Foyer, als sie sich an dem Schreibtisch in der Ecke abmeldete und Steve erschien, um sie aus dem Gebäude zu lassen. Sie hoffte, dass sie den Wachen so ungezwungen und gutgelaunt vorkam wie immer, aber ihre Gedanken waren wild durcheinander, und deshalb war sie sich dessen nicht sicher.

Sie stieg in ihren kleinen Wagen und fuhr sofort los, doch nach ein paar Hundert Metern parkte sie und stellte den Motor ab. Sie hatte nicht mehr weit nach Hause, nur noch ein paar Blocks, doch sie wollte jetzt nicht mehr in ihre Wohnung zurück.

Ihr erster zusammenhängender Gedanke war natürlich ein plötzlicher Ärger auf Max. Er hätte ihr Bescheid sagen können, dachte sie wütend.

Denn Morgan konnte sich nur eine Erklärung denken für das, was sie eben mitbekommen hatte. Max arbeitete offenbar mit einem Mann von Interpol zusammen und ließ zu, dass seine unbezahlbare Sammlung als Köder diente – als Köder in einer Falle, mit der Quinn gefangen werden sollte.

Sie wusste nicht recht, wie es ihr mit diesem Gedanken ging, und dieses Nichtwissen beunruhigte sie. Sie sollte sich doch freuen, sagte sie sich grimmig. Ein Dieb weniger auf der Welt war schließlich ein Grund zur Freude. Und auch wenn Quinn eher den Ruf eines Geistes oder Schattens hatte, so hatte sie doch gespürt, dass er sehr real war. Er war ein Mann, und mit einer Falle, die gut genug war, konnte man jeden Mann fangen.

Nach einer Weile startete sie den Wagen wieder. Doch sie fuhr nicht zu ihrer Wohnung, sondern ans andere Ende der Stadt zu dem Museum, das ihrer Vorstellung nach Quinns nächstes Ziel sein könnte. Sie fluchte auf sich, weil sie das tat, aber selbst ihre verächtlichen Worte für sich selbst zeigten nur wenig Wirkung. Seufzend hielt sie an, um sich einen Kaffee im Pappbecher zu kaufen, und parkte wenig später in einer Straße, von der aus sie die Rückseite des Museumsbaus beobachten konnte, verriegelte die Wagentüren und wartete.

Morgan saß da, nippte an ihrem Kaffee und behielt das große Gebäude im Auge, das vom aufziehenden Nebel eingehüllt wurde. Ihre Gedanken wanderten zu Quinn. Würde er in die Falle gehen, die Max und der Mann von Interpol ihm stellten? Er hatte den Ruf, unvergleichlich wagemutig und kaltblütig zu sein – und für sogenannte Sicherheitsvorkehrungen nichts als Verachtung übrig zu haben. Immer wieder schien er sich sogar einen Spaß daraus zu machen, mit seiner scheinbaren Hexenkunst zu prahlen, indem er unbemerkt die elektronischen Labyrinthe neuester Technologien überwand.

Keane Tyler hatte gesagt, Quinn sei unzweifelhaft ein hervorragender Kopf, der ebenso unzweifelhaft nach Situationen suchte, die ihn herausforderten, immer wieder seine Grenzen zu testen. Aber selbst er hatte Grenzen, das war der Punkt. Würde er dieses Mal an sie stoßen?

Würde das Sicherheitssystem, das Storm ausarbeitete, für Quinn ein größeres Problem darstellen als all die anderen, die er so scheinbar mühelos geknackt hatte? Wahrscheinlich standen die Chancen wenigstens fifty-fifty, dass er auch Storms System überwinden konnte, so wie er viele andere ausgetüftelte Systeme hochkarätiger Experten ausgetrickst hatte. Es sei denn …

Wenn man ihm eine regelrechte Falle stellte, dann musste es irgendwo eine beabsichtigte Schwachstelle geben, ein Schlupfloch sozusagen, das ein Dieb sehen und dann glauben würde, es sei auf Zufall oder Unachtsamkeit zurückzuführen. Man musste ihn an einen Ort oder in eine Position locken, wo man seiner habhaft werden konnte.

In eine Falle gelockt wie ein Tier im Käfig.

Morgan starrte auf das Museum, biss sich dabei auf die Lippe und versuchte – vergeblich –, ihn zu erspüren.

»Wo bist du?«, murmelte sie. »Verdammt, Quinn … wo zum Teufel bist du bloß?«

12

Der Kellner des Zimmerservice war eben gegangen, als Storm ins Wohnzimmer kam. Obwohl Wolfe alles zwanglos halten wollte, konnte er der Versuchung nicht widerstehen, sie zu berühren, und so tat er es, sobald sie vor ihm stand. Er legte einen Arm um ihre Taille und umfasste mit der anderen Hand ihr Gesicht, schob ihr Kinn hoch und küsste sie zärtlich.

Storm reagierte spontan und entzückend, und als er schließlich den Kopf hob, lächelte sie mit ungetrübter Freude zu ihm auf. »Du machst das sehr gut«, murmelte sie. »Aber ich denke, das weißt du. Mit all deiner Erfahrung, meine ich.«

Allmählich wurde er mit ihrem einzigartig geradlinigen Wesen vertraut, und so regte er sich über diese Bemerkung nicht auf – aber er spürte ein wehmütiges Lächeln auf seinen Lippen. »Kannst du dir auch vorstellen, dass das vielleicht gar nichts mit Erfahrung zu tun hat, aber dafür umso mehr mit einer gewissen … chemischen Reaktion zwischen zwei Menschen?«

Noch immer lächelnd, trat Storm an den Tisch, auf dem der Kellner das Essen serviert hatte. »Mit einer chemischen Reaktion?«

Er glaubte, dass seine Frage sie störte, auch wenn sie lächelte, aber er war sich nicht sicher. Trotzdem wünschte Wolfe, er hätte diese Worte zurücknehmen können. Er hatte lediglich vorgehabt, das Gespräch von einer Diskussion über seine vergangenen sexuellen Erfahrungen wegzulenken, doch so leidenschaftslos hatte er nicht klingen wollen. Aber noch bevor er erklären konnte, was er gemeint hatte, redete Storm schon wieder.

»Ist das etwas allgemein Übliches? Chemische Reaktion?« Sie nahm Platz und begann, ihre Serviette aufzufalten, und dabei beäugte sie ihn mit simpler Neugier. »Ich meine, wenn man fernsieht oder ins Kino geht, sieht man ganz schön heftige Leidenschaft, die aber selten lange anhält. Verliert die Chemie ihre Wirkung, oder was?«

»Warum fragst du mich das?« Er setzte sich zu ihr.

»Ich dachte, wenn einer das weiß, dann du.«

Er suchte in ihrem markanten Gesicht nach Anzeichen von Sarkasmus oder Spott, fand jedoch nichts dergleichen. Ihre Ernsthaftigkeit beunruhigte ihn, denn er war hin- und hergerissen zwischen dem dringenden Wunsch, ihr zu versichern, dass sie, Storm, eine besondere Frau war – und auch, dass sie beide etwas Besonderes waren –, und dem unguten Gefühl, das er noch immer bei dem Gedanken spürte, sich auf sie festzulegen.

»Ich glaube«, sagte er schließlich, »du hast einmal zu mir gesagt, angesichts dessen, was du von meinem Beziehungsleben weißt, müsse ich mein Glück in kurzen, oberflächlichen Beziehungen finden. Demzufolge bin ich für eine Frage bezüglich anhaltender Leidenschaft wahrscheinlich der falsche Ansprechpartner.« Doch diese Reaktion gefiel ihm ebenso wenig wie seine vorherige. Er war einfach nicht imstande, mit ihr über dieses Thema zu sprechen.

Storm nickte ernst. »So habe ich es nicht gesehen, aber ich vermute, du hast recht.« Mit einem leichten Achselzucken gab sie das Thema auf. »Hör mal, ich will mir in San Francisco schon seit einer Ewigkeit einmal ein Baseballspiel ansehen, und dieses Wochenende spielen die Giants zu Hause. Wie klingt das für morgen Abend?«

Erleichtert über den Themenwechsel meinte Wolfe, das sei eine gute Idee, und schon war er mit ihr in eine lebhafte Debatte über die Meisterschaftschancen verschiedener Mannschaften verstrickt. Es überraschte ihn nicht wirklich, dass sie in diesem Thema ebenso bewandert war wie offenbar in allem, was sie interessierte, vor allem, als sie ihn ein wenig entschuldigend darauf hinwies, dass es als eine von nur zwei weiblichen

Personen in einer Familie mit sieben Männern schlicht und einfach der Selbsterhaltung gedient hatte, an Sport Gefallen zu finden.

Bis sie mit dem Essen fertig waren, hatte Wolfe in Erfahrung gebracht, dass sie nicht nur Baseballfan war, sondern auch Fußball und Hockey toll fand, Basketball und Boxen hingegen verachtete, Tennis sie langweilte – es sei denn, sie spielte selbst –, und bei Olympischen Spielen schamlos sentimental und patriotisch wurde.

Sie hatte fundierte und klar umrissene Ansichten zur Politik und zum Weltgeschehen, war aber dennoch in der Lage, über derlei Dinge zu diskutieren, ohne ihre gute Laune zu verlieren, und es störte sie nicht im Mindesten, wenn Wolfe anderer Ansicht war als sie.

Nachdem der Zimmerservice das Essen abgeräumt hatte und sie zusammen auf der Couch saßen, bemerkte er ohne große Überraschung, dass er nichts von seinem gewöhnlichen Drang spürte, sich nach dem Sex aus dem Staub zu machen. Er wollte nicht in seine Wohnung zurück; er wollte hier bei ihr bleiben.

Wenn es auch keine Überraschung war, so war es dennoch eine beunruhigende Feststellung.

Falls Storm sich ihrer Wirkung auf ihn bewusst war, ließ sie sich das nicht anmerken. Sie war so entspannt und schien sich mit ihm so wohlzufühlen, als würde sie dieses neue Stadium ihrer Beziehung als etwas betrachten, womit sie »klarkommen« konnte – eine zwanglose Affäre, die nicht länger als ein paar Wochen dauern würde.

Ihrem Wort gemäß brachte sie das Thema ihrer Beziehung jedoch nicht zur Sprache. Es war klar, dass, soweit es sie betraf, Wolfe ihre Bedingungen stillschweigend akzeptiert hatte, indem er den einen großen Schritt auf sie zu gemacht hatte, und mehr Zusicherung brauchte sie nicht.

»Du sagst ja gar nichts mehr.«

Wolfe blickte zu ihr. Sie saß mit untergeschlagenen Beinen

neben ihm auf der Couch, ihm zugewandt. Zuerst hatte sie noch Bear gestreichelt, doch der kleine Kater war von der Couch gesprungen und hatte es sich inzwischen auf einem Stuhl am Fenster bequem gemacht – was Wolfe irgendwie erleichterte; er glaubte, Bear mochte ihn nicht besonders.

»Tatsächlich?« Er lächelte ihr zu. »Tut mir leid.«

Storm schüttelte leicht den Kopf. »Kein Grund, dich zu entschuldigen. Aber wenn es etwas gibt, worüber du reden möchtest …?«

Er zögerte und schüttelte dann den Kopf. Seine Gefühle waren noch zu neu und zu ungewohnt; er war noch nicht bereit, sie näher zu betrachten. »Nein, eigentlich nicht.« Er deutete auf den Couchtisch, wo sich Storms Unterlagen türmten. »Du hast dir eine Menge Arbeit mit nach Hause genommen.«

Ernst antwortete Storm: »Na ja, nachdem ich damit geprahlt habe, das neue System in zehn oder weniger Tagen geschrieben und installiert zu haben, musste ich mich ziemlich reinhängen. Aber das war mein eigener Fehler.«

Dem widersprach Wolfe nicht, doch er runzelte die Stirn. »Ich will dich darauf nicht festnageln. Wenn du das neue System in den nächsten zwei bis drei Wochen hinbekommst, sind wir unserer ursprünglichen Zeitplanung immer noch voraus.«

»Gut, dann mache ich dieses Wochenende frei«, erklärte sie prompt. »Das heißt, falls ich ein besseres Angebot bekomme.«

»Was würdest du denn als ein besseres Angebot betrachten?«, murmelte er und zog sie langsam an sich.

Kurz bevor ihre Lippen sich trafen, flüsterte sie noch: »Was immer dir vorschwebt.«

Es war lange nach Mitternacht, als der von Lampen erhellte Raum wieder friedvoll wurde und Storm in Wolfes Armen einschlief. Wie schon zuvor dachte Wolfe, er habe wohl gedöst, aber nicht lange. Er fand sich wach, auf ihren Atem lauschend und ihn warm auf seiner Haut spürend. Vorsichtig, damit er sie nicht weckte, strich er über ihr wunderschönes Haar, ihren Rücken, zeichnete die Kurve ihrer Hüfte nach, die sich an ihn schmiegte.

Er konnte nicht aufhören, sie zu berühren, und so hatte er mehr oder weniger aufgehört, es zu versuchen. Er hatte auch aufgehört, sich überzeugen zu wollen, dass seine Obsession mit ihr etwas wie ein Strohfeuer war, das kurz und heftig aufloderte und dann erstarb. Die Wahrheit war, diese kleine Person mit ihren grünen Augen und ihrer gedehnten Sprechweise, ihrem erotischen Mund und ihrer völligen Furchtlosigkeit hatte etwas in ihm berührt, das nie zuvor berührt worden war. Er hatte nicht gewollt, dass sie ihm unter die Haut ging, aber sie hatte es irgendwie dennoch geschafft.

Sie ging ihm unter die Haut.

Storm bewegte sich, als sie spürte, wie das Bett schwankte und die Wärme seines Körpers sie verließ. Sie öffnete ein Auge, sah die Sonne durch den Vorhang scheinen und schloss es sofort wieder. »Oh Gott, es ist noch gar nicht richtig Tag«, murmelte sie.

Wolfe beugte sich über das Bett und küsste sie auf die Wange und auf den Mund, als sie ihm das Gesicht zuwandte. »So früh ist es auch wieder nicht«, meinte er. »Fast acht. Ich gehe duschen.«

Sie drehte sich auf den Bauch, vergrub das Gesicht im Kissen und gab ein gedämpftes Stöhnen von sich. »Ich brauche noch mehr Schlaf.« Sie hörte ihn kichern und hielt die Augen geschlossen, bis das Rauschen des Wassers vernehmbar wurde.

Es fiel ihr schwer, so früh am Morgen schon zu denken. Am liebsten hätte sie sich einfach an dem erfreut, was sie mit Wolfe gefunden hatte, aber ihr Verantwortungsgefühl ließ ihr wie immer keine Ruhe. Sie stützte sich auf die Ellbogen auf, blickte grimmig auf die Tür des Badezimmers, aus dem Schwaden von Dampf drangen, und seufzte.

Nach einer kurzen Weile setzte sie sich auf den Rand des

Betts, griff zum Telefon, wählte eine vertraute Nummer und sagte, als abgehoben wurde: »Rufe hier nicht mehr an. Noch einmal falsch verbunden, und er würde Verdacht schöpfen. In Zukunft muss ich mich bei dir melden.«

Etwas unwirsch meinte der Mann am anderen Ende der Leitung: »Weißt du auch, was du tust?«

Storm lachte verhalten. »Das frage ich mich schon seit Tagen. Aber … jetzt ist es schon zu spät, um das Rad zurückzudrehen.«

Er schwieg einen Moment, und als er wieder sprach, klang seine Stimme ziemlich besorgt. »Was willst du tun, wenn er die Wahrheit herausfindet? Ich kenne ihn, Storm, und ich kann dir sagen, dass für ihn ein Vertrauensbruch schlimmer ist als alles andere. So etwas wird er nicht ohne Weiteres verzeihen. Vielleicht überhaupt nicht. Ich kann dieses Risiko eingehen. Kannst du es auch?«

Sie blickte weiterhin auf die Badezimmertür, ohne wirklich etwas zu sehen. »Wie gesagt … zum Umkehren ist es jetzt ein bisschen zu spät. Du hast einmal gesagt, ich hätte keine Wahl. Ich habe nach wie vor keine.« Sie atmete tief durch. »Ich werde wahrscheinlich den ganzen Tag mit ihm zusammensein, es ist also am besten, wenn ich dich am Montag vom Museum aus anrufe.«

»Mach's gut«, sagte er leise.

Storm legte auf und blieb reglos auf der Bettkante sitzen. Sie hatte ihre ganze Entschlusskraft aufwenden müssen, um Wolfe nicht zu sagen, dass sie ihn liebte; nur das Wissen, dass sie ihm das nicht sagen konnte, wenn so vieles andere Lüge war, hatte sie davon abgehalten.

Die schlimmste Lüge war die, die offenkundig würde, wenn er am Ende die Wahrheit erfuhr. Er würde erkennen, dass ein Teil ihres Jobs darin bestanden hatte, ihn zu verwirren, seine Aufmerksamkeit von der Installierung des neuen Computerprogramms abzulenken und seinen Argwohn gegen Ace Security so lange wie möglich zu beschwichtigen. Er würde das sehr klar erkennen. Und er würde sehr wahrscheinlich denken, dass sie es einzig und allein deshalb auf ihn abgesehen hatte.

Storm wusste nicht, ob er ihr je glauben würde, wenn sie das abstritt. Sie hatte nicht viel Hoffnung. Wenn er sie gut genug kannte … vielleicht. Wenn er sie so sehr mochte, dass er den Vertrauensmissbrauch verzeihen konnte … vielleicht. Wenn er ihre Beweggründe verstand … vielleicht.

Sie stand auf und ging ins Badezimmer, sah seine Bewegungen hinter dem Mattglas der Duschkabine. Sie hielt einen Augenblick inne, um sich an diesem Anblick zu erfreuen, dann schlüpfte sie zu ihm hinein.

»Hallo.«

»Auch hallo.«

»Ich schrubbe dir deinen Rücken, wenn du mir meinen schrubbst«, bot sie ihm an.

»Abgemacht«, sagte Wolfe und zog sie in seine Arme.

Nachdem Morgan am Freitag den größten Teil des Abends im Auto vor einem Museum und zwei Juweliergeschäften verbracht hatte, war sie mehr als nur ein bisschen frustriert. Sie hatte Quinn nicht gespürt, und gesehen schon gar nicht. Am Samstag arbeitete sie nur ein paar Stunden, dann ging sie nach Hause und machte ein Nickerchen.

Abends um neun Uhr stand sie dann wieder auf Posten, dieses Mal parkte sie in einer Straße, in der sich zwei Schmuckgeschäfte gegenüberlagen.

Um zehn Uhr bemerkte sie, dass sie ungeduldig mit den Fingern auf das Lenkrad trommelte und angespannt lauschte.

Lauschte? Oder spürte?

Morgan wartete noch kurz, dann startete sie den Wagen und fuhr los. Sie entschied sich nicht bewusst für eine Richtung, aber gleichzeitig zögerte sie nicht, in bestimmte Straßen einzubiegen, bis sie etwa einen halben Block von der Rückseite eines der kleineren Museen der Stadt entfernt parkte. Eines Museums, das sie nicht einmal auf ihrer Liste hatte.

Verwirrt fragte sie sich, weshalb Quinn sich um ein Museum scheren sollte, das nur Kunstwerke enthielt, die, auch wenn sie noch so wertvoll sein mochten, viel zu groß waren, als dass eine einzelne Person sie hätte mitnehmen können, ganz zu schweigen davon, sie in einen Beutel am Gürtel zu stecken.

Kaum war ihr dieser Gedanke gekommen, als ihr Blick auf einen Diensteingang des Museums fiel. Sie wurde starr vor Schreck. Wegen des Nebels konnte sie die Szene nicht sehr gut erkennen, aber es sah danach aus, dass mindestens drei Männer aus dieser Tür herauskamen – und sie trugen einen vierten.

Quinn.

Die Männer waren alle dunkel gekleidet, und die Entfernung war zu groß, um sie erkennen zu können. Aber sie wusste, er war es, ebenso wie sie wusste, dass er mehr als einmal in ihrem Museum gewesen war und sie beobachtet hatte. Sie wusste es.

Spürte es.

Verstört beobachtete sie, wie sich den Männern ein dunkler Lieferwagen näherte. Sie warfen den offenbar bewusstlosen Quinn hinein. Morgan zuckte zusammen, als sie sah, wie grob sie mit dem schlaffen Körper umsprangen.

Gott, er war doch nicht etwa tot?

Sie schob den Gedanken sofort weg und weigerte sich, diese Möglichkeit auch nur zu erwägen. Er war nicht tot. Sie würde nicht imstande sein, ihn zu erspüren, wenn er tot wäre.

Oder?

Nein, natürlich nicht. Tatsächlich konnte sie ihn jetzt wahrscheinlich nur deshalb spüren, weil er bewusstlos und deshalb nicht in der Lage war, es zu verhindern – was immer er tat, um sich zu vergewissern, dass sie nicht ungelegen aufkreuzen konnte, wenn er seiner »Tätigkeit« nachging.

Er war also nicht tot. Aber er war offensichtlich ohnmächtig. Und was sie tun sollte, sagte sie sich, während sie die drei Kerle beobachtete, wie sie in den Wagen einstiegen, war, Hilfe zu rufen. Das sollte sie tun.

»911«, murmelte sie vor sich hin. »Das sollte ich anrufen, die Polizei. Oder Max. Ich könnte auch Max anrufen und ihm sagen, er soll seinen Interpol-Agenten herschicken und Quinn retten – ich meine *festsetzen*.« Automatisch startete sie den Motor, als der Lieferwagen losfuhr, und murmelte irgendwie hilflos: »Warum tue ich das nicht?«

Eine Stunde später spürte Morgan diese Frage noch brennender. Was in aller Welt *tat* sie? Sie benahm sich wie eine Idiotin, das tat sie. Vorsichtig, mit einem Wissen, das sie lediglich aus Fernsehkrimis bezog, folgte sie einem Lastwagen, in dem wahrscheinlich drei gefährliche Gauner und ein international berüchtigter Einbrecher saßen, der entweder bewusstlos oder tot war.

Sie wusste nicht, wohin die Kerle fuhren, nur, dass sie in etwa in südlicher Richtung unterwegs waren, und sie bezichtigte sich selbst in einer monotonen Litanei einer ganzen Latte von Sünden, an deren oberster Stelle Dummheit stand.

Dem Wagen zu folgen erwies sich anfangs noch als relativ leicht. Die Straßen waren selbst zu dieser späten Stunde noch voller Verkehr, sodass Morgan immer ein oder zwei Autos zwischen sich und den Lieferwagen lassen konnte, und sie brauchte nicht ein einziges Mal wegen einer roten Ampel anzuhalten. Doch dann wurde der Verkehr dünner und der Nebel dichter, und sie musste näher an den Wagen heran, als ihr lieb war, wenn sie nicht riskieren wollte, ihn zu verlieren.

Keine zwanzig Minuten später hielt er am Straßenrand an, und Morgan hatte gerade noch die Geistesgegenwart, ihn zu passieren, einen Block weiter zu fahren und in eine Seitenstraße einzubiegen. Bisher hatte sie ihrer Umgebung kaum Beachtung geschenkt, und als sie es nun tat, griff sie sofort nach ihrem Handy und wählte die 911.

Kein Empfang.

»Mist«, murmelte sie, und auch die Erinnerung daran, dass Scully und Mulder aus der Serie »Akte X« das ständig passierte, konnte sie nicht aufheitern. Im Fernsehen ging es lediglich darum, die Protagonisten von leicht erreichbarer Hilfe abzuschneiden, das wusste sie. Es erhöhte schlicht und einfach die Spannung.

Im wirklichen Leben war es so, dass ihr das Universum das Leben schwer machte. Wahrscheinlich zahlte es ihr heim, dass sie ein absurdes und zweifellos falsches Interesse an einem Dieb hatte.

Sie biss sich auf die Lippe und musterte ihre Umgebung. Diese Gegend war sicher schon früher nicht gewesen, was man als ein »gutes Viertel« bezeichnet hätte, doch das letzte große Erdbeben hatte die meisten Gebäude, die Morgan sehen konnte, zu Trümmerhaufen gemacht. Ein Wiederaufbau stand bei den meisten Eigentümern offenbar nicht weit oben auf der Liste ihrer Prioritäten. Irgendwo weiter weg bellte ein Hund, doch ansonsten schien es hier keine Lebenszeichen zu geben.

Morgan schluckte und griff nach dem Pfefferspray in ihrer Handtasche, ließ diese auf dem Boden des Wagens liegen und stieg aus. Das Handy steckte sie in eine Gesäßtasche ihrer Jeans für den Fall, dass irgendwo doch ein Empfang möglich war. Sie schloss das Auto ab und steckte den Schlüsselbund in die Hosentasche, denn die Polizeipfeife, überlegte sie, würde hier ohnehin nichts nützen, sondern schlimmstenfalls unwillkommene Gesellschaft anlocken.

Das verdammte Ding war zu absolut gar nichts nütze!

Ein paar vereinzelte Straßenlampen gaben in dem Nebel ein eigenartig gedämpftes Licht von sich, aber es reichte, dass Morgan wieder zu dem Lieferwagen zurückfand. Er tauchte ziemlich plötzlich vor ihr auf, sodass sie wie angewurzelt stehen blieb, bis sie merkte, dass niemand darin saß. Sie sah noch einmal genau hin, aber er war wirklich leer.

Das zehn- bis zwölfstöckige Gebäude, vor dem er parkte, war wohl einmal ein Bürokomplex gewesen, dachte Morgan. Die meisten Türen und Fenster waren vernagelt, und obwohl sie es nicht richtig sehen konnte, hatte sie das Gefühl, dass dieses

Haus auch schon vor dem Erdbeben längere Zeit leer gestanden hatte. In der Luft lag ein muffiger Geruch, wie er für lange ungenutzte Gebäude typisch war. Ganz bestimmt hielt sich hier schon seit einer Ewigkeit keine Menschenseele mehr auf.

Sie prüfte ihr Handy, doch wieder sagte ihr das Display, dass dieses Ding hier mehr als nutzlos war – es sei denn, man wollte es als Taschenrechner nutzen oder ein Spiel spielen.

»Technik«, flüsterte sie vor sich hin. »Also, wirklich.«

Trotzdem ging sie auf der Suche nach einem Eingang mit größter Vorsicht einmal um das Gebäude herum. Sie fand ihn an der Rückseite – eine verzogene Holztür, die nur mehr an einem Scharnier hing –, und ungefähr im sechsten oder siebten Stock war ein schwaches Licht zu sehen, das aus einem mit Brettern vernagelten Fenster drang. Morgan blieb einige Minuten lang stehen und lauschte angestrengt. Sie glaubte, von dort oben ein paar dumpfe Schläge und einmal ein schauderhaftes Lachen zu vernehmen. Aber was sie hauptsächlich hörte, war das ängstliche Pochen ihres Herzens.

Sie musste erst ein paar Mal kräftig durchatmen, ehe sie den Mut aufbrachte, das Gebäude zu betreten. Es war stockfinster, selbst nachdem sich ihre Augen einigermaßen an das Dunkel gewöhnt hatten, und sie musste sich mit ihrer freien Hand vorsichtig an einer Wand entlang tasten.

Der Boden unter ihren Füßen schien fest zu sein, auch keine Hindernisse wie alte Möbel oder Ähnliches erschwerten ihr das Vorwärtskommen, aber aus der Dunkelheit drangen leise Quietschlaute und Geraschel an ihr Ohr, sodass sie unwillkürlich die Zähne zusammenbiss und ein wenig schneller voranschritt. Nach einer geraumen Weile erreichte sie eine Treppe, doch ihre erste Erleichterung schlug sofort in erhöhte Vorsicht um, als sie entdeckte, dass irgendwo dort oben ein Licht war.

Das Pfefferspray einsatzbereit, bewegte sie sich zögerlich vorwärts – obwohl sie sich fragte, was diese kleine Dose gegen drei ausgewachsene und wahrscheinlich bewaffnete Gangster ausrichten sollte. Mit dem festen Vorsatz, sich keinen unnötigen

Ärger einzuhandeln, ging sie weiter, immer weiter nach oben. Auf der dritten Etage konnte sie bereits einigermaßen gut sehen, und auf der fünften wusste sie, dass das Licht nur mehr ein paar Stockwerke über ihr sein konnte.

Auf dem Treppenabsatz des siebten Stocks fand sie eine verrostete, offenstehende Feuerschutztür vor, und dahinter im Korridor stand eine batteriebetriebene Lampe auf dem Boden. Morgan war versucht, sie an sich zu nehmen, rührte sie jedoch nicht an. Stattdessen spähte sie vorsichtig durch die Tür. Aus einer zweiten, halb geschlossenen Tür am Ende des Korridors drang ein weiterer Lichtschein, und von dort kamen unverkennbar auch die Stimmen.

Noch einmal warf Morgan einen Blick auf ihr Handy in der Hoffnung, in dieser Höhe einen Empfang zu haben, aber es war nach wie vor tot. Guter Gott, sie versuchte sich hier als eine Art Supergirl, und man konnte fast glauben, die Bösen hätten sie mit einer Blase aus Kryptonit umgeben!

Es war schon fast komisch. Allerdings nur fast.

Was nun?, fragte sie sich. Nach einem kurzen Zögern trat sie durch die Tür in den Korridor. Dicht an die Wand gedrückt schlich sie vorwärts, den Blick immer auf die halb geschlossene Tür gerichtet. Als sie ungefähr die Hälfte der Strecke hinter sich gebracht hatte, wurde plötzlich eine der Stimmen lauter als die anderen, und Morgan erstarrte – weil der Sprecher offenbar äußerst wütend war und weil sie ihn erkannte.

»Wir werden nicht lange brauchen, bis wir herausgefunden haben, wer du bist! Ich würde dich jetzt gleich umlegen, aber du könntest uns ja später noch nützlich sein. Vielleicht ist ja auf deinen Kopf sogar ein Preis ausgesetzt!«

Und darauf folgte fast unhörbar, aber für Morgans angestrengt lauschende Ohren wie eine süße, arglose Musik, Quinns Erwiderung.

»Wie – keine Diebesehre? Das macht mich traurig, Gentlemen, wirklich sehr traurig. Ganz zu schweigen davon, dass ich völlig desillusioniert bin.«

»Halt's Maul!«, befahl die harsche Stimme. »Du hast keine Chance, hier herauszukommen, also versuch es gar nicht erst. Und schreien kannst du, so lange du willst; hier ist niemand, der dich hört. Ich bin am Morgen wieder da, und dann entscheide ich, was ich mit dir anstelle.«

Morgan blieb noch einen Moment lang unbeweglich stehen, dann schnaufte sie einmal heftig und glitt an der Wand entlang bis zur nächsten Tür. Sie war unverschlossen und hatte nicht einmal eine Klinke. Morgan stieß sie auf, ging in das Zimmer hinein und presste sich an die Mauer. Sie wagte kaum zu atmen. Bald darauf hörte sie Schritte ihr Versteck passieren, schwere Schritte kräftiger Männer.

Sie zählte langsam bis zehn, dann öffnete sie vorsichtig die Tür und spähte den Flur entlang zur Treppe. Sie hatten die Lampe zurückgelassen, was sie überraschte, aber vermutlich hatten sie Taschenlampen. Morgan überlegte einen Moment und entschied, die Lampe erst zu holen, wenn sie wusste, in welcher Lage sich Quinn befand. Sie war zu ungeduldig, um noch länger zu warten, und so beeilte sie sich, zu ihm zu gelangen.

Vor der nun geschlossenen Tür stehend bemerkte sie einen großen Metallbeschlag anstelle eines Türknopfs. Er war offen, ohne ein Vorhängeschloss oder einen Bolzen. Auch die Tür selbst war aus Metall gefertigt und hing an wuchtigen schweren Scharnieren.

Morgan fragte sich kurz, wozu all diese neuen Metallteile in einem derart verfallenen Gebäude gut sein sollten – und als ihr einige passende Szenen aus den Spätfilmen im Fernsehen durch den Kopf gingen, erschauderte sie.

Gerade, als sie nach der Öse griff, hörte sie die Fußtritte wieder. Sie blickte zum anderen Ende des Korridors, sah das flackernde Licht von jemandem, der mit einer Taschenlampe die Treppe heraufkam, und war kurz davor, in Panik zu verfallen. Wenn sie jetzt versuchte, sich von dieser Tür zu entfernen, würde man sie entdecken; wer immer da kam, würde innerhalb der nächsten Sekunden im Korridor sein, und die nächste Tür war zu weit weg, um sie noch rechtzeitig zu erreichen.

Sie hatte keine andere Wahl.

Rasch öffnete sie die Tür zu Quinns Gefängnis, schlüpfte hinein und schloss sie leise hinter sich.

Es war stockdunkel und absolut still hier drinnen. An die Wand neben der Tür gepresst, hielt Morgan ihr Pfefferspray bereit, als sich die schweren Schritte näherten. Während sie angespannt wartete, hörte sie einige metallische Geräusche, das leise Quietschen eines Scharniers und schließlich ein hartes Klicken.

Die Schritte entfernten sich, Morgan sank an der Wand nach unten, von einer erschreckenden Erkenntnis erfüllt. Jemand war mit einem Vorhängeschloss zurückgekommen.

13

Wunderbar. Sie war mit Quinn im siebten Stock eines Abbruchhauses, in einem Zimmer mit einer bestens verschlossenen Tür, und selbst wenn sie die Bretter vor den Fenstern entfernen konnten, war zweifelhaft, ob es eine Feuerleiter gab.

Während Morgan an die Wand gelehnt stumm sich und Quinn verfluchte, hörte sie ein Rascheln und dann eine Stimme im Plauderton: »Ich sage das in letzter Zeit offenbar viel zu oft, aber – Morgana, was zum Teufel tust du hier?«

Sie atmete tief durch, lockerte den Griff um ihr Pfefferspray und steckte es ein. »Ich war rein zufällig hier in der Gegend«, sagte sie, stolz auf ihren unbekümmerten Ton. Er war fast so gut wie der seine.

»Ich verstehe. Nun ja, lassen wir die Absurdität dieser Behauptung mal für den Moment beiseite – hast du rein zufällig auch ein zuverlässiges Taschenmesser oder eine Schere dabei?«

»Nicht hier. Ich habe ein Handy, aber keinen Empfang. Eine Polizeipfeife – und keine Freunde, die nahe genug wären, um sie zu hören. Meine zuverlässige Dose Pfefferspray. Und an meinen Wagenschlüsseln ist ein Kompass dran.« Sie machte eine Pause und seufzte. »Das Universum hasst mich. Verstehe ich dich richtig, dass du gefesselt bist?«

»Ich fürchte ja. Und sie haben mir mein ganzes Werkzeug abgenommen.« Auch er seufzte, fuhr aber dann energisch fort: »Dieser Raum hat cirka fünfunddreißig Quadratmeter, und mein erbärmliches Feldbett steht knapp drei Meter von der Tür entfernt. Wenn du dich hier herüber bequemen und versuchen könntest, diese Fesseln aufzuknoten, fände ich das sehr anerkennenswert.«

Morgan war von ihrer Ruhe überrascht. Das Einzige, was sie sich dazu denken konnte, war, dass sie einen Schock hatte. Sie war tatsächlich imstande, langsam den Raum zu durchqueren, die Entfernung einzuschätzen, sodann die Liege an den Beinen zu spüren und auf dem harten Boden daneben niederzuknien. Und nun – in welcher Richtung lag sein Kopf?

»Warum dauert das denn so lange?«, nörgelte er. »Du musst doch nur …« Er brach mit einem seltsamen Laut ab.

Morgan zog hastig die Hände zurück; sie hatten sozusagen das Ziel verfehlt. »Mmh – Entschuldigung«, murmelte sie.

Quinn räusperte sich. »Keine Ursache«, erwiderte er höflich, wenngleich mit einer Spur Heiserkeit in der Stimme. »Ich habe mich schon immer gefragt, was es angeblich so toll macht, durch verschiedenste Fesseln immobilisiert zu sein und … äh … liebkost zu werden. Obwohl ich glaube, ich würde es vorziehen, die Hände frei zu haben, falls du …«

»Halt den Mund!« fuhr sie ihn an. »Es ist dunkel hier drinnen, das ist der Grund. Ich sehe nicht, was ich tue.«

Er seufzte. »Ja, natürlich. Dumm von mir, irgendetwas anderes zu denken.«

Morgan versuchte es noch einmal, dieses Mal mit größter Vorsicht, und ihre Hand traf auf seinen Werkzeuggürtel. Ein Anlass zu hoffen. Mit vermehrtem Selbstvertrauen erspürte sie seinen flachen Bauch und tastete sich langsam nach oben.

In seinem gewohnten Plauderton sagte Quinn: »Du zahlst es mir heim, dass ich dir deine Halskette geklaut habe, nicht wahr, Morgana?«

Verblüfft legte sie die Hände auf seine Brust. »Was?« Sie hatte die Halskette vergessen, bis er sie erwähnte.

»Diese Folter. Da liege ich, hilflos deiner Gnade ausgeliefert, während du dich mit mir amüsierst. Falls es Schändung ist, was dir vorschwebt, werde ich sie ertragen wie ein Mann, aber bitte pass auf, wie du mit meinem armen, geschundenen Körper umgehst. Diese Kretins waren alles andere als liebenswürdig.«

Morgan überging seine absurden Bemerkungen und hielt sich an das einzige Faktum, das er erwähnte. »Was haben sie mit dir gemacht?«

»Darüber möchte ich lieber nicht sprechen«, erwiderte Quinn freundlich. »Ich würde jedoch vorschlagen, dass du nicht – sind das …? Ja, sicher. Sogar im Dunkeln ganz offensichtlich. Ziemlich hervorragend, nicht wahr?«

Sie richtete sich hastig auf. »Quinn, willst du hier lebend herauskommen?«, fragte sie gereizt.

»Ich …«

»Ja oder nein, verdammt!«

»Ja.«

»Dann hör auf, geschmacklose Bemerkungen über meinen Körper zu machen.«

Er räusperte sich. »Bewundernde Bemerkungen, Morgana. Immer bewundernd.«

Wegen seiner übertrieben wehmütigen Stimme hätte sie am liebsten gekichert, doch sie überwand diesen lächerlichen Impuls. »Hör einfach auf, über meine Anatomie herzuziehen, oder ich lasse dich hier verrotten. Etwas anderes verdienst du eigentlich sowieso nicht.«

»Jawohl, Ma'am«, murmelte er, ohne sie darauf hinzuweisen, dass sie durchaus beide in diesem Zimmer verrotten konnten, gefesselt oder nicht.

Morgan nahm ihren Versuch, ihn zu befreien, wieder auf, hielt jedoch inne, als sie seinen warmen Hals spürte. Sie bemerkte, dass er keine Maske trug, und schluckte, schaffte es aber dennoch, zu sagen: »Ein Königreich für ein Streichholz.«

Er seufzte. »Damit kann ich leider nicht dienen. Die Fesseln, Morgana, bitte. Meine Finger werden langsam gefühllos.«

Sie konnte der Versuchung nicht widerstehen, zuerst noch ihre Finger über sein Gesicht gleiten zu lassen, spürte glatte Haut über seinem markanten Kinn und hohe Backenknochen, eine aristokratische Nase, unglaublich lange Wimpern, eine hohe Stirn und dickes, weiches Haar. Sie beeilte sich und hoffte, er würde denken, sie tastete sich ganz belanglos voran, doch er räusperte sich erneut, und seine Stimme klang ein wenig belegt und gequält.

»Wenn ich feierlich verspreche, dir nie mehr etwas zu stehlen, wirst du dann damit aufhören, Morgana? Wenigstens, solange ich gefesselt und wehrlos bin?«

Sie biss sich auf die Lippe, um ein plötzliches Kichern zu unterdrücken. »Als ob ich deinen Versprechungen glauben würde. Ah – hier ist es.«

Er war mit den Handgelenken an die dicken Pfosten des Feldbetts gefesselt, und Morgan war nicht mehr amüsiert, als sie merkte, wie sehr die Schnüre ihn ins Fleisch schnitten. Da sie nichts sah, war es schwierig, sie zu lösen, doch sie bearbeitete die Knoten sehr heftig, ohne Rücksicht auf ihre Fingernägel zu nehmen, und schürfte sich sogar an einem Knöchel etwas Haut ab.

»Was machst du wirklich hier?«, fragte er schließlich, während sie mit den Fesseln kämpfte. »Ich habe ja nicht viel mitbekommen, aber ich glaube, wir sind ziemlich weit von deiner Wohngegend entfernt.«

Morgan wollte ihm die Wahrheit nicht sagen, ihr fiel aber auch keine überzeugende Lüge ein. Sie konnte es nur zufälliger klingen lassen, als es gewesen war. »Ich bin an diesem Museum vorbeigefahren – dem mit all den Skulpturen und so weiter –, und sah drei Männer, die dich in einen Lieferwagen verfrachteten.«

Er fragte nicht, woher sie gewusst hatte, dass er es gewesen war. Die Antwort darauf kannten sie beide. Stattdessen meinte er: »Und du bist ihnen hierher gefolgt? Das muss ich sagen: Ganz schön mutig!«

»Anfangs hielt ich das für eine gute Idee«, antwortete sie und gab einen leisen Siegesschrei von sich, als das Seil um sein rechtes Handgelenk endlich gelöst war.

»Morgana, das ist auf jeden Fall das Unglaublichste, was ich je in meinem Leben gehört habe«, erklärte Quinn in einem umsichtigen Ton.

»Wenn das von dir kommt, ist das wohl ein Lob höchsten Ranges. Kannst du dein – ja, so. Jetzt nur noch eine Sekunde, glaube ich, und – fertig!«

Quinn setzte sich auf dem Feldbett auf, und auch wenn sie ihn nicht sehen konnte, wusste sie doch, dass er sich die Handgelenke rieb. »Vielen Dank, meine Süße.«

»Sind deine Fußknöchel ...«

»Das mache ich schon«, sagte er.

Sie ging in die Hocke und wünschte sich nur, es wäre etwas mehr Licht hier, damit sie sein Gesicht sehen könnte. Es wäre doch zu schade, dachte sie, wenn sie all das mitmachte und dann nicht einmal einen Blick auf sein unverhülltes Gesicht bekäme. So viel, dachte Morgan, hatte sie sich doch mindestens verdient.

»Quinn ... der Mann, der dich zu töten drohte – das war doch Ed, nicht wahr? Einer von der Diebesbande, die in der Nacht, in der wir uns kennenlernten, das Museum ausraubte?«

Quinn löste seine Fußfesseln. »Du hast ein gutes Ohr«, bemerkte er.

»Du bist also den gleichen Leuten wieder in die Quere gekommen? Sag mir jetzt nicht, ihr habt es ein zweites Mal geschafft, zur gleichen Zeit in ein und dasselbe Gebäude einzubrechen.«

»Lachhaft, nicht wahr? Und unglücklicherweise haben sie mich dieses Mal erwischt.«

Ein wenig trocken bemerkte Morgan: »Wenn ihr Typen euch noch öfter ›rein zufällig‹ begegnet, werden die Leute anfangen, darüber zu reden.« Sie wollte ihn gerade fragen, was ihn an diesem Museum speziell interessiert hatte, doch er lenkte sie ab.

»Morgana«, sagte er und lachte leise, »ich habe dich vermisst.«

Sie ignorierte diese Bemerkung nicht ohne Mühe. »Du lausiger Dieb, du hast meinen einzigen Schmuck von Wert gestohlen! Mit dir habe ich noch ein Hühnchen zu rupfen. Das heißt, falls wir jemals hier herauskommen.«

Das Feldbett quietschte, als er sich bewegte, und sie spürte, wie er schwungvoll seine Beine auf den Boden aufsetzte. »Ich habe nicht die Absicht, hier zu warten, bis der charmante Ed zurückkommt. Denn ich glaube, wenn ich das täte, wäre das Nächste, was über mich an die Öffentlichkeit gelangt, eine Todesanzeige.«

Morgan zuckte zusammen. »Das hättest du jetzt nicht unbedingt sagen müssen. Was ist dein Plan?«

»Von hier abzuhauen«, erwiderte Quinn lakonisch.

»An der Tür ist ein Vorhängeschloss – und es ist die einzige Tür in diesem ganzen miserablen Gebäude, die tut, was sie soll. Und wir sind im siebten Stock. Wie willst du da abhauen?«

»Hier gibt es doch Fenster, oder nicht?« Er stand etwas vorsichtig auf, hielt den Atem an und brummte: »Verdammt.«

Morgan hörte den Schmerz in seiner Stimme, stand nun ebenfalls rasch auf und war erleichtert, als sie seinen Arm ertastete. »Ist mit dir alles in Ordnung?«

Er lachte leise. »Das, meine Süße, ist eine Fangfrage. Sagen wir einfach, ich funktioniere, und lassen es dabei bewenden.«

Sie ließ seinen Arm los und spürte mehr als sie hörte, wie er an ihr vorbei und zu den schwachen, dünnen Lichtstrahlen ging, die die Positionen der Fenster andeuteten. »Die Fenster müssen vergittert sein«, meinte sie.

Quinn antwortete nicht gleich, doch dann hörte sie ein leises Knarzen und einen zufriedenen Laut von ihm. »Ah – genau, wie ich gehofft hatte. Dieser Raum ist dafür gemacht, dass nichts eindringen kann, und nicht umgekehrt. Die Gitter an den Fenstern lassen sich nach innen schwenken.«

Morgan versuchte, sich daran zu erinnern, was sie von dem Gebäude gesehen hatte. Herzlich wenig, wegen des Nebels. »Aber die meisten Fenster sind von außen zugenagelt.«

»Ja.« Ein lautes, dumpfes Geräusch folgte, und noch eines – Quinn hatte mit kräftigen Tritten eines der Bretter hinausgestoßen.

Das Licht, das nun in den Raum strömte, hätte man unter anderen Umständen als kärglich bezeichnet, doch für Morgan war es wie ein regelrechter Sonnenstrahl. Sie blinzelte, ging darauf zu und merkte gar nicht, dass sie Quinn nun sehen konnte, bis er ein zweites Brett nach unten segeln ließ.

Er war hell, was sie etwas überraschte, das Haar dick und von hellem Goldblond oder Silber. Er war wohl auch ein wenig jünger, als sie vermutet hatte, vielleicht Anfang dreißig. Und sein Gesicht, sein entblößtes Gesicht, war zum ersten Mal für sie sichtbar. Selbst in dem schwachen Licht konnte man sehen, dass es ein schönes Gesicht war, ein ausdrucksstarkes Gesicht mit viel Charakter. Es war das Gesicht, das sie berührt hatte. Schmal und ungewöhnlich gut aussehend, mit hohen Wangenknochen, einer aristokratischen Nase und diesen lebhaften grünen Augen unter dichten Brauen.

Es war ein Gesicht, das sie, Morgan wusste es, niemals vergessen würde, was auch geschehen mochte.

Außerdem war es ganz schön mitgenommen – am rechten Auge erblühte gerade ein wunderbares Veilchen, und ein weiterer Bluterguss hatte sich bereits über dem linken Backenknochen gebildet. Sie wusste, er war bewusstlos gewesen, und da er zusammengeschlagen worden war, hatte er vermutlich starke Kopfschmerzen. Es sagte einiges über ihn aus, dachte Morgan, dass er trotz solch äußerst widriger Umstände noch seinen Humor bewahrt hatte.

Quinn war sich ihres forschenden Blicks nicht bewusst; er lehnte sich aus der Öffnung, die er geschaffen hatte, und sagte dann: »Wir haben Glück. Da draußen ist eine Art Steg. Wenn er um das ganze Gebäude herumgeht, können wir darauf vielleicht zu einer Feuerleiter gelangen, oder zumindest zu einem offenen Fenster, durch das wir in einen unversperrten Raum einsteigen können.«

Diese Bemerkung erfüllte Morgan mit einer bösen Ahnung. Als er wieder im Zimmer war und sie an ihm vorbeisehen konnte, wurde ihre Angst bestätigt. Es war in der Tat nicht mehr als eine »Art« Steg. Eigentlich sah es mehr aus wie eines dieser wackligen Dinger, die Fensterputzer benutzten, nur dass es an dem Gebäude befestigt war.

Aber ebenso gut hätte es wohl als ein Kunstwerk irgendeines Verrückten durchgehen können.

»Auf keinen Fall«, erklärte sie höflich. »Wenn du das versuchen willst, dann nur zu. Und wenn du es schaffst, dann ruf die Polizei und bitte sie, mich zu holen, ja?«

Quinn schüttelte leicht den Kopf und betrachtete sie mit ernster Miene. »Morgana, wir wissen nicht, wie viel Zeit wir zur Verfügung haben. Leuten wie Ed kann man nicht trauen. Er könnte unten im Erdgeschoss ein brennendes Streichholz fallengelassen haben, oder er hat einen seiner Schläger zurückgelassen, der es später tut. Das Gebäude könnte verdrahtet sein, um ein ekliges kleines Problem loszuwerden – einen Zeugen zum Beispiel. Also dürfen wir keine Zeit verlieren. Wir müssen los. Sofort.«

Sie war darüber nicht glücklich, doch ihr gesunder Menschenverstand sagte ihr, dass Quinn recht hatte. Je eher sie hier herauskamen, desto besser für sie. Morgan unterdrückte ihre Angst und starrte ihm unverwandt ins Gesicht. »Also gut, aber wenn ich dabei umkomme, werde ich dich auf ewig als Geist verfolgen.«

Er lächelte, und falls in seiner Stimme Charme anklang, so war dies nichts im Vergleich zu diesem trügerischen, betörenden Lächeln. »Gutes Mädchen. Folge mir einfach – nicht zu dicht, denn wir müssen unser Gewicht möglichst gut verteilen –, und bleib mit dem Rücken ganz nah an der Wand. Es wird schon gut gehen!«

Morgan wartete, bis er aus dem Fenster gestiegen und auf den Steg geklettert war. Dann folgte sie ihm, den Blick fest auf ihn und nichts anderes gerichtet.

Die ersten fünf oder sechs Meter ging alles gut. Was dann geschah – und ob es auf das Alter des Gebäudes, Schäden durch das Erdbeben oder einen boshaften Scherz zurückzuführen war, den Ed oder seinesgleichen verbrochen hatten –, das konnte Morgan später nie mehr mit Sicherheit sagen.

Alles was sie wusste war, dass der Steg mit einem nicht einmal lauten Geräusch einfach irgendwie auseinanderfiel.

Hätte sie nicht Quinns Anweisung befolgt, sich ganz nah an der Wand zu halten, Morgan wäre nie imstande gewesen, sich zu fangen. Tatsächlich war sie gerade eben fähig, das Gleichgewicht so weit zu halten, dass sie nicht von dem mörderisch schmalen Gebäudesims fiel, der alles war, was von ihrem Steg übriggeblieben war.

Quinn hatte sich ein wenig weiter von der Wand weg bewegt, und der plötzlich abstürzende Steg hätte ihn beinahe mit sich gerissen. Hätte er sich nicht mit seinen außerordentlich starken Händen an dem Sims festklammern können, er wäre nicht in der Lage gewesen, sich zu retten.

Er bewegte sich mit der Behändigkeit einer Katze und zog sich nur mit der Kraft seiner Arme und Schultern auf den Vorsprung hoch. Dann tastete er sich, den Blick auf Morgan fixiert, langsam vorwärts. Sie presste sich an die Mauer, der schlanke Körper steif und den Kopf leicht angehoben, sodass sie mehr nach oben als nach unten blickte.

»Geht es?«, fragte er leise.

»Oh, bestens.« Ihre Stimme war unnatürlich ruhig.

Quinn runzelte die Stirn, doch dann konzentrierte er sich auf ihre missliche Lage und gab sich erst einmal damit zufrieden, dass Morgan nicht in unmittelbarer Gefahr schwebte. Der Teil des Vorsprungs, auf dem sie stand, sah – wenigstens für den Moment – ziemlich stabil aus. Der Steg hatte bei seinem Absturz kleine Teile der Mauer mit sich gerissen, unter anderem den größten Teil des erbärmlichen Vorsprungs, auf dem sie nun standen.

Auf der anderen Seite, jenseits von Morgan, war der Sims praktisch abrasiert, und so konnten sie auch nicht mehr in ihr Gefängnis zurück, selbst wenn sie es gewollt hätten. Zwischen ihr und ihm klafften, stummen Zeugen für die Baufälligkeit des alten Gemäuers gleich, mindestens zwei Lücken. Auf das Dach hinaufzuklettern würde nutzlos sein; was er von dem Gebäude gesehen hatte, reichte ihm, um zu wissen, dass das Dach steil und die Ziegel vom Nebel nass und daher sehr glatt sein würden. Und auch seine Abseilkünste halfen ihm in diesem Fall nicht weiter, denn hier gab es nichts, woran man ein Seil sicher hätte befestigen können, selbst wenn er denn eines gehabt hätte.

»Nicht bewegen«, sagte er.

»Keine Sorge.«

Ihre säuerliche Antwort entlockte ihm ein Lächeln, doch sein Gespür für die Gefahr trieb ihn an, sich zu beeilen. Jeden Schritt vorher prüfend, arbeitete er sich bis zur Ecke des Gebäudes vor. Mindestens zweimal bröckelte der Vorsprung unter ihm, und er wusste schon, bevor er die Ecke erreichte, dass sie in schlechtem Zustand sein und sein Gewicht kaum aushalten würde. Wenige Meter vorher hielt er inne und überlegte rasend schnell.

»Ich klettere auf den nächsten Vorsprung hinauf«, sagte er schließlich zu Morgan. »Auf diesem Stockwerk sind alle Fenster vernagelt, aber vielleicht ist darüber eines offen.«

»Toll«, meinte sie halblaut.

Seiner zuversichtlichen Ankündigung zum Trotz war Quinn durchaus nicht erfreut über das, was ihm nun bevorstand. Er hatte keine Möglichkeit, sich irgendwie abzusichern, und kaum eine, sich festzuhalten, denn auf der darüber liegenden Etage war kein Steg, dafür gab es aber vorstehende Verzierungen aus Stein, die ihn garantiert behindern würden. Den Sims über ihnen konnte er erreichen, doch er war glatt und rutschig und bot keinen Halt für seine Hände.

Und bis zum Boden war es ein langer Weg.

Diesen Gedanken verdrängte Quinn und konzentrierte sich stattdessen auf das Notwendige. Er schaffte es, sich umzudrehen, und balancierte seitlich auf dem schmalen Vorsprung, die Füße weit auseinander, um sein Gewicht besser zu verteilen. Dann griff er mit beiden Händen nach oben und erforschte sorgfältig den oberen Vorsprung in der Hoffnung, etwas zu finden, wo er sich festklammern konnte. Er musste wieder einen Schritt auf Morgan zu machen, ehe er fand, was er suchte, und gerade, als seine Finger an einer vorstehenden Kante Halt fanden, begann es unter einem seiner Füße zu bröckeln.

Die Kante hielt stand. Kaum atmend zog sich Quinn mit der Kraft eines einzigen Arms hoch. Seine Schuhe mit den extra weichen Sohlen scharrten auf der Suche nach einem Halt an der Wand, bis er den anderen Arm über den Vorsprung brachte. Augenblicke später lag er der Länge nach an der Mauer, auf einem Vorsprung, der nicht mehr als dreißig Zentimeter breit war.

»Quinn?«

»Hmmm?« Sich noch immer an der winzigen Kante festhaltend, legte er die Stirn auf den Arm und fragte sich, wie er wohl in Situationen wie diese geriet. Von den Schlägen, die er abbekommen hatte, dröhnte ihm der Kopf, sein Gesicht schmerzte, die Handgelenke waren aufgescheuert, und er vermutete, dass er mindestens zwei angeknackste Rippen hatte.

Nicht gerade einer seiner besten Tage.

»Was ist mit dir?« Morgans Stimme zeigte erste Anzeichen von Ermattung.

»Mir geht es prima.« Er hob den Kopf an, setzte sich vorsichtig auf und blickte um sich. Ah. Genau, was er erhofft hatte – ein nicht vernageltes Fenster. Und es war direkt über Morgan. »Einen Augenblick noch«, sagte er, »dann ziehe ich dich hoch.«

»Lieber nicht. Ich will dir keine Umstände machen«, erwiderte sie scheinbar freundlich, »aber ich denke, ich sollte erwähnen, dass ich Höhenangst habe.«

Quinn fühlte sich in seiner jetzigen Position relativ sicher, und so beugte er sich ein wenig hinaus, um sie sehen zu können. »Das ist jetzt ein guter Zeitpunkt, um mir das zu erzählen.«

»Ich hatte gehofft, sie würde nicht hochkommen.«

»Lausiges Wortspiel.«

Sie gab einen seltsamen Laut von sich – vielleicht ein Lachen, das stecken geblieben war. »Keine Absicht, das verspreche ich dir. Hör mal – warum siehst du nicht zu, dass du hier rauskommst, und dann holst du die Feuerwehr. Die haben anständige Leitern.«

Quinn machte sich nicht die Mühe, ihr zu erklären, dass dazu keine Zeit war. Stattdessen rutschte er auf dem Vorsprung weiter, bis er genau über ihr war. Das Fenster hatte er innerhalb von Sekunden offen, auch wenn es ziemlich viel Kraft erforderte, den alten Rahmen hochzuschieben. Er arbeitete so schnell er konnte, denn er war sicher, dass Morgan nicht mehr lange würde durchhalten können. Sie hatte zwar viel Mut, dachte er, doch eine Phobie konnte selbst das tapferste Herz schwach werden lassen.

Der Raum, in dem er sich wiederfand, enthielt nichts, was er zu ihrer Rettung hätte benutzen können. Er nahm sich zusammen, so gut er konnte, dann lehnte er sich aus dem Fenster und über den Vorsprung und streckte ihr eine Hand entgegen.

»Gib mir deine Hand, Morgana.«

»Tut mir leid. Ich kann mich nicht bewegen.«

»Du wirst das Gleichgewicht nicht verlieren. Strecke einfach eine Hand genau über deinen Kopf.«

»Nein. Dann falle ich.«

Quinns Stimme blieb ruhig und zuversichtlich. »Schatz, ich werde dich nicht fallen lassen. Ich verspreche es dir. Du weißt, dass ich meine Versprechen halte.«

Sie war einen Augenblick lang still, dann kam langsam ihre rechte Hand nach oben, und ihre Finger legten sich krampfhaft um sein Handgelenk. Er packte sie fest an ihrem wesentlich grazileren Gelenk und hielt sie mit erstaunlich sicherem Griff.

»Okay. Ich habe dich. Und jetzt drehst du dich um, sodass du die Wand ansiehst. Wenn du die Füße mitbenutzen kannst, fällt es dir leichter, hochzukommen.«

»Nein, das kann ich nicht.«

»Doch, das kannst du. Du musst nur …«

»Was tue ich hier eigentlich?«, fragte sie völlig verwirrt. »Ich klebe an einer Hauswand. Das ist absurd. Solche Sachen mache ich nicht.«

»Natürlich nicht. Dreh dich um und schau die Wand an, sei ein braves Mädchen.«

Gereizt kommentierte sie: »Ich bin kein Kind.«

»Dann hör aber auch auf, dich wie eines zu benehmen!«, wies er sie zurecht. Er spürte, wie sie sich versteifte, und ihn durchfuhr Erleichterung, als sie sich umzudrehen begann. Er hatte unendlich viel Geduld, er verstand ihre Gefühle vollkommen, und er hätte sich für sie wenn nötig stundenlang aus dem Fenster gehängt – aber von seiner Position aus konnte er zwischen ihren Füßen einen Riss in dem Vorsprung sehen, und dieser Riss wurde breiter.

Sie verlor das Gleichgewicht, als sie sich drehte, doch darauf war er gefasst. Es war nicht das erste Mal, dass er ihr Gewicht hob, und eine eher kleine Frau wie sie zu halten, fiel ihm nicht schwer, wenngleich seine Rippen ihm höllische Schmerzen bereiteten. Und unglücklicherweise machte es Morgans Anatomie auch für sie etwas schmerzlich, über den Rand des Vorsprungs und durch das Fenster gezogen zu werden.

Einige atemlose Augenblicke später stand sie mit ihm in dem halbdunklen Raum und rieb sich die Körperteile, die in Mitleidenschaft gezogen worden waren, ohne sich dessen wirklich bewusst zu sein.

»Soll ich sie küssen, damit es besser wird?«, fragte er, schon wieder ganz und gar der Unbekümmerte.

Morgan befreite sich mit einem Achselzucken von seinem stützenden Arm und trat entschlossen einen Schritt zurück. »Nein, sollst du nicht.« Ihre Erwiderung kam eher unwillkürlich denn aus Verärgerung, doch dann fügte sie aufrichtig hinzu: »Aber vielen Dank dafür, dass du mich nicht da draußen hast stehen lassen.«

»Das war das Mindeste, was ich tun konnte. Schließlich hast du davor mir den Pelz trocken gehalten. Und jetzt, denke ich, sollten wir diesen Ort räumen, bevor unsere Freunde zurückkommen.«

»Dagegen ist nichts einzuwenden. Sie übernehmen die Führung, Macduff.«

Sie folgte ihm stumm, als er den Korridor der achten Etage entlang auf die Treppe zuging. Ihre Panik draußen auf dem Mauervorsprung hatte sie vollkommen erstarren lassen. Jetzt, wo sie wieder festen Boden unter den Füßen hatte, war jegliche Angst plötzlich wie weggeblasen. Jedenfalls kämpfte sie innerlich nun bereits mit anderen Dingen.

Loyalität, zum Beispiel.

Allem Anschein nach hatte Quinn ihr das Leben gerettet. Vielleicht war er ihr das seinem Gefühl nach, wie er gesagt hatte, schuldig gewesen, doch nichtsdestotrotz blieb die Tatsache, dass sie ohne ihn ziemlich sicher umgekommen wäre – dass sie gar nicht hier sein würde, wenn sie ihm nicht gefolgt wäre, einmal ganz außer Acht gelassen. Der Vorsprung unter ihren Füßen war zerbröckelt, das hatte sie mitbekommen. Er hatte sie also vor dem sicheren Tod bewahrt, während sie lediglich seine Fesseln gelöst hatte – etwas, das er mit genügend Zeit wahrscheinlich selbst fertiggebracht hätte.

Sie stand in seiner Schuld. Aber ihre Loyalität galt Max Bannister.

»Du bist so still«, bemerkte Quinn, als er die Tür zum Treppenhaus öffnete und rasch, wegen der offensichtlichen Baufälligkeit des Gebäudes aber dennoch vorsichtig, hinunterzusteigen begann.

Morgan kämpfte noch zwei Stockwerke lang mit sich, dann seufzte sie und sagte mit fester Stimme: »Halte dich von der Sammlung Bannister fern, Quinn.«

Darauf schwieg er seinerseits eine ganze Treppenflucht lang, und schließlich blieb er an einem in Schatten getauchten Absatz stehen, drehte sich zu ihr um und erwiderte: »Gibt es irgendeinen Grund außer dem offenkundigen, weshalb ich das tun sollte?«

»Ja. Weil sie eine Falle ist.« Sie atmete schwer und blickte zu ihm auf. »Max arbeitet mit einem Agenten von Interpol zusammen. Sie wollen dich fassen.«

14

Quinn blickte ihr ausdruckslos in die Augen. »Ich verstehe. Die Sammlung ist ein Köder.«

Morgan nickte. »Wohl der einzige Köder, der es wirklich schaffen kann, einen weltberühmten Dieb über den Ozean und den ganzen Kontinent hierher zu locken.« Es fiel ihr schwer, seine Miene zu ergründen – sie war ihr noch immer zu unvertraut –, doch sie glaubte darin eine seltsame Bewunderung zu erkennen.

»Warum warnst du mich, Morgana?«

»Ich zahle meine Schulden zurück«, antwortete sie steif.

»Selbst wenn der Preis die Aufgabe deiner Loyalität ist?«

Seine leise Stimme war wie Salz in einer Wunde. Sie streckte das Kinn vor und fixierte ihn. »Ich werde mit meinem Gewissen auf meine Weise Frieden schließen«, erklärte sie. »Und auch mit Max. Vielleicht wird er mir verzeihen. Vielleicht auch nicht. Aber ich war dir etwas schuldig. Und jetzt sind wir quitt.«

»Noch nicht ganz«, meinte er und zog sie in seine Arme.

Irgendwo im Hinterkopf erkannte Morgan, dass dies keine hinterlistige Ablenkung eines Diebes war, der sie um ihren wertlosen Schmuck erleichtern wollte. Nein, dies war etwas anderes.

Und es war Irrsinn, auch das wusste sie. Sie wusste es spätestens dann, als ein seltsames fiebriges Zittern durch ihren ganzen Körper lief, als sich ihre Arme um seine Taille legten und ihr Mund sich begehrlich unter seinen Lippen öffnete.

Sie wusste es, als sie erkannte, dass er ihr mehr gestohlen hatte als eine simple, mit kleinen Rubinen verzierte Halskette.

Es war dumm, und leichtsinnig, und hoffnungslos irrational – doch Morgan kämpfte nicht dagegen an, weil sie dazu einfach nicht imstande war.

Endlich ließ er von ihr ab und sagte mit einer etwas rauen Stimme: »Wir müssen sehen, dass wir hier herauskommen.«

Sie nickte stumm und protestierte nicht, als er zurücktrat, und sie war dankbar, dass er sie den restlichen Weg die Treppe hinunter an der Hand hielt. Sie wollte nicht nachdenken, denn sie musste mit dem Schock der Erkenntnis fertig werden, dass sie im Begriff war, sich in einen Dieb zu verlieben.

Quinn vergeudete keine Zeit, er brachte sie so rasch wie möglich, aber dennoch mit größter Vorsicht aus dem Gebäude. Sobald sie auf der Straße waren, fragte er: »Wo ist dein Wagen?«

Morgan deutete stumm in die Richtung, wo sie geparkt hatte, und sie gingen schweigend, Hand in Hand, weiter. Am Auto angekommen, wartete er, bis sie aufgesperrt hatte, und sagte dann: »Verschwinde von hier, Morgana.«

Sie blinzelte verwirrt, »Und du …?«

»Ich komme schon klar. Du fährst jetzt nach Hause. Und – vielen Dank für die prompte Rettung. Das gibt mir beinahe Hoffnung …«

Sie glaubte kurz, er würde wieder in seine spöttische Don-Juan-Rolle fallen, und dachte, sie würde ihm das nie verzeihen.

Doch er trat zu ihr und küsste sie mit einer Zärtlichkeit, dass ihr schwindlig wurde. »Ich glaube, du brichst mir das Herz«, murmelte er. Und war, ehe sie reagieren konnte, in Nacht und Nebel verschwunden.

Einen langen Moment später stieg Morgan in ihren Wagen und ließ die zertrümmerten Gebäude hinter sich.

Wolfe hatte versucht, sich bei Storms rätselhaftem Kater einzuschmeicheln, ihn unter dem Kinn gekrault und ihm von ihrem Essen am Sonntagabend kleine Stückchen Fleisch gefüttert, aber er war sich sicher, damit nicht viel erreicht zu haben.

Bis zum Montagmorgen, als er in Storms Bett aufwachte. Sie war wie gewöhnlich an seine Seite geschmiegt, und der blonde kleine Kater hatte sich in der Beuge ihres Arms zusammengerollt – der über Wolfes Brust lag. Er hatte ein beinahe groteskes Triumphgefühl verspürt, als er dagelegen war, mit Storm in seinen Armen und ihrem Kater, der auf seiner Brust schlief.

Eigentlich wollte er die beiden gar nicht stören, aber da weder er noch Storm es sich leisten konnten, kurz vor der Eröffnung der Ausstellung einen ganzen Wochentag nicht im Museum zu erscheinen, hatte er keine Wahl.

Er hatte inzwischen entdeckt, dass Storm kein Morgenmensch war. Sie war zwar nicht mürrisch, aber verschlafen und äußerst träge – und amüsanterweise galt exakt das gleiche auch für ihren Kater. Als er Bear von seiner Brust aufhob, lag das Tierchen in seinen Händen wie ein kleines, goldenes Pelzknäuel – als hätte es keine Knochen. Und die rätselhaften grünen Augen blieben geschlossen.

»Wach auf, du lächerlicher Kater«, sagte Wolfe und schüttelte Bear vorsichtig.

Storm murmelte verschlafen: »Er ist ein Morgenmuffel, wie ich.«

»Tja, er muss aber aufwachen. Und du auch. Ich möchte dich auf dem Weg zum Museum zum Frühstück einladen.«

Sie stützte sich auf einen Ellbogen und sah ihn aus schläfrigen grünen Augen an. »Oh Gott, heute ist Montag, nicht wahr?«

»Sozusagen.« Er dachte darüber nach, acht oder neun Stunden mit ihr im Museum zu verbringen, frustriert und von Leuten umgeben, die ständig kamen und gingen, und fragte sich, ob er sie überreden konnte, mittags in seine Wohnung mitzugehen oder hierher zurückzukommen.

Storm seufzte ungehalten. »Das wird heute ein langer Tag.«

Wolfe dachte daran, ob sie das ebenso meinte wie er, aber er fragte nicht. Er hob ihren Kopf an und küsste sie, und Bear setzte er dabei geistesabwesend wieder auf seine Brust.

Sie lächelte. »Lass uns mittags wieder hierher kommen.«

»Gute Idee.«

Sie richtete sich halb auf, das lange Haar verhüllte ihren nackten Körper, und Wolfe versuchte, sich abzulenken, bevor der Drang, sie wieder neben sich aufs Bett zu drücken, zu stark wurde. Die Ablenkung, die er fand, war Bear, der wieder auf seiner Brust lag, jetzt ausgebreitet, als bestünde er aus Weichgummi, und leise schnarchte.

»Schläft er noch?«

»Ich sagte doch, er ist ein Morgenmuffel.« Sie zwickte Bear leicht in die Schwanzspitze.

Der Kopf des kleinen Katers schnellte hoch, und er blinzelte verschlafen. Das ausdrucksstarke Gesichtchen war Storm so ähnlich, dass Wolfe ein Lachen herausplatzte. »Grrrr«, machte Bear, aufgestört durch Wolfes sich unter ihm bewegende Brust, und torkelte auf das Bett.

Noch immer leise lachend, meinte Wolfe: »Ich bin ja froh, dass wenigstens einer von uns leicht aufwacht.«

»Er braucht nur etwas zu fressen«, erklärte Storm. »Und ich brauche eine Dusche und einen Kaffee.«

Sie duschten gemeinsam, und trotz Wolfes guter Vorsätze hatte die Hitze in der Kabine weniger mit heißem Wasser zu tun als mit ihrer Leidenschaft. Schon zum zweiten Mal war ihr beider Begehren so stark, dass sie nicht warten konnten, bis sie die Kabine verlassen hatten. Sie liebten sich so explosiv, dass sie sich danach erschöpft aneinander klammerten.

»Oder vielleicht brauche ich doch keinen Kaffee«, murmelte sie, ihre nasse, rosige Wange an seiner Brust reibend.

»Wenn wir so weitermachen«, meinte er kläglich, »dann werde ich demnächst einen Chiropraktiker brauchen.«

»Beschwerst du dich?«

»Nein, wo denkst du denn hin.«

Er hatte absolut keinen Grund, sich über irgendetwas zu beschweren – höchstens darüber, dass sie beide zur Arbeit gehen mussten.

Sie frühstückten in einem kleinen Restaurant, und Wolfe amüsierte Storm damit, dass er ein Stück von seinem Schinken aufhob, um es dem kleinen Kater mitzubringen, der geduldig draußen im Auto wartete.

»Er bekommt sein Futter im Hotel«, erinnerte sie ihn.

»Ich weiß. Aber er sah einfach so ... erbärmlich drein, als wir ihn da draußen ließen.«

Storm kicherte. »Wenn du dich von seiner mitleiderregenden Miene beeindrucken lässt, dann hat er dich genau da, wo er dich haben will. Katzen sind die schlimmsten Opportunisten auf Erden.«

Wolfe wollte nicht mit ihr streiten; er glaubte ganz einfach, dass sie recht hatte. Aber den Schinken für Bear nahm er trotzdem mit.

Es war nach neun, als sie ins Museum kamen, und Wolfe spürte deutlicher als sonst, wie die gleichmütigen Blicke der Wachleute ihn verfolgten, als er den Großteil von Storms Unterlagen hineintrug.

Es beschäftigte ihn nur deshalb, weil dieselben Wachen ihn im Verlauf der vergangenen Monate öfter beobachtet hatten, wie er bei diversen Blondinen aus dem Auto ein- oder ausgestiegen war, und er hätte ihnen gern gesagt, dass dies etwas vollkommen anderes war. Abgesehen davon, dass sie das ohnehin nichts anging.

Sie sperrte die Tür des Computerraums auf, und er legte ihre Sachen auf dem Schreibtisch ab. »Bist du heute den ganzen Tag hier drinnen?«, fragte er.

»So ziemlich«, meinte sie lächelnd. »Ich muss heute sämtliche Grundrisse und die Pläne der für das Alarmsystem relevanten Geräte in den Computer eingeben, als Grundlage für die Sicherheitssoftware. Das bedeutet, ich muss immer in der Nähe bleiben.«

Er seufzte. »Ich werde wohl den ganzen Vormittag mit Lloyd's telefonieren. Und nachmittags muss ich zur Polizei und mich mit denen über diesen Raub von Samstagnacht unterhalten.« Die Morgenzeitung in Storms Hotel hatte zwar die Fakten berichtet, Wolfe hoffte jedoch, über seine Kontakte noch mehr in Erfahrung zu bringen.

Storm hatte die Zeitung mitgenommen, weil sie den Artikel noch einmal genau lesen wollte. Er lag auf dem Schreibtisch, und sie warf einen Blick darauf. »Hat dieses Museum ein modernes Sicherheitssystem?«, fragte sie Wolfe.

»Ja, ein sehr modernes. Und ich möchte herausfinden, wie sie es geknackt haben.«

»Sie?« Storm blickte neugierig zu ihm auf. »In dem Artikel steht, es wurden nur ein paar große Stücke gestohlen, und es sei vollkommen unbekannt, wer der Dieb sei. Hast du irgendeine Idee?«

Wolfe zuckte die Achseln. »So wie in dieser Stadt Dinge verschwinden, könnte man meinen, wir hätten hier ein wanderndes schwarzes Loch. Ob ich eine Idee habe? Klar, mehr als eine sogar. Aber alles, was ich sicher weiß, ist, dass wir in San Francisco mindestens eine Diebesbande haben, und Gott weiß wie viele Konkurrenten und Sammler, von denen jeder nur für sich arbeitet.«

»Und Quinn«, sagte Storm.

»Und Quinn.« Wolfe runzelte die Stirn. »Ich wollte dich schon fragen, woher du weißt, dass er in der Stadt ist. Die Polizei hat ihn bislang, jedenfalls öffentlich, noch mit keinem Diebstahl in Verbindung gebracht, und die Medien auch nicht.«

Storm verfluchte sich stumm dafür, dass ihr das herausgerutscht war, und sagte achselzuckend: »Morgan hat gesagt, er ist in der Stadt.«

»Hat sie.«

»Korrigiere mich, wenn ich falsch liege, aber da er offenbar schon seit Wochen hier ist und alles, was er in dieser Zeit nachweislich gestohlen hat, ein einziger, mit Edelsteinen besetzter Dolch ist, sollte er da auf unserer Prioritätenliste nicht ganz weit oben stehen? Ich meine, er wartet doch ganz offensichtlich auf etwas, und wenn das die Eröffnung der Ausstellung *Geheimnisse der Vergangenheit* ist ...«

Wolfe schaute etwas grimmig drein. »Ja, ich weiß. Das ist auch ein Grund, weshalb ich mit der Polizei reden will – ich will herausfinden, ob sie irgendeinen Verdacht haben, dass das von Samstagnacht vielleicht er war. Da nur einige ausgewählte Stücke entwendet wurden, hat es eher den Anschein, dass er oder einer der Sammler es war als diese Bande. Und das muss ich wissen.«

Sie nickte. »Das ergibt Sinn. Lässt du mich wissen, was du herausfindest?«

»Natürlich.« Er beugte sich vor, um sie zu küssen, doch es endete damit, dass er die Arme um sie schlang und sie vom Boden abhob, eine Position, die Storm eindeutig nicht weniger gefiel als ihm.

Widerstrebend setzte er sie wieder ab, doch als er sie losließ und sich aufrichtete, bemerkte er, dass er einen »Passagier« bekommen hatte.

Offensichtlich überrascht, dass ihr Kater von ihrer Schulter auf die Wolfes übergewechselt war, sagte Storm: »Wenn er dich stört, dann setze ihn einfach auf den Schreibtisch.«

Wolfe zögerte, doch er mochte das leichte, warme Fellbündel, und er war auch noch immer ein wenig stolz, dass er Storms Vertrauten für sich hatte gewinnen können. »Nein, das ist schon okay. Aber – er wird ja wohl nicht jedes Mal, wenn ich mich nur ein bisschen bewege, seine Krallen in mich schlagen, oder?«

»Nur, wenn du ihn durch eine zu plötzliche Bewegung erschreckst. Sein Gleichgewichtssinn ist ziemlich gut, deshalb muss er sich kaum festhalten. Wenn er herunter will, sagt er es dir, und dann solltest du ihn zurückbringen. Denk daran, ich habe sein Katzenklo hier im Zimmer.«

Das wusste er; es stand in einer Ecke und sah genauso aus wie das in ihrer Hotelsuite.

»Ich denke daran.« Er zögerte noch immer und küsste sie schließlich, dieses Mal flüchtig.

Sobald er gegangen war, schaltete sie den Computer ein und schaffte auf dem Schreibtisch etwas Ordnung. Dann begann sie mit den Vorbereitungen für die Eingabe der Daten von spezifischen Details des Museums und dessen unterschiedlichen Sicherheitseinrichtungen. Alle Daten lagen bereits auf CD-ROMs vor, die ihr Vorgänger erstellt hatte und die, wie Storm festgestellt hatte, einwandfrei waren.

Während der Computer die Daten hochlud, warf Storm einen Blick auf das Telefon, beschloss, den notwendigen Anruf zu verschieben, und griff stattdessen zur Zeitung. Der Raub von Samstagnacht erweckte ihre ganze Neugier.

Sie hatte den kurzen Artikel gerade zum zweiten Mal gelesen, als sie eine helle Stimme hörte: »Möchtest du eine Tasse Kaffee?«

Storms erster Eindruck war, dass Morgan irgendetwas ärgerte, wenngleich es mehr eine Empfindung war als eine Gewissheit. Morgan schien gleichzeitig nervös und seltsam ruhig zu sein, als würde sie eine oberflächliche Gefasstheit zur Schau tragen, unter der sich jedoch ein heftiger Gefühlsaufruhr verbarg. Und das war es hauptsächlich, was Storm veranlasste, den Becher anzunehmen, den Morgan mitgebracht hatte.

»Danke. Setz dich doch«, bot sie ihr an.

Der einzige Besucherstuhl des Computerraums war in eine Ecke verbannt, deshalb setzte sich Morgan einfach auf eine Kante des großen Schreibtisches. »Wo ist deine Katze?«, fragte sie.

»Bei Wolfe.«

»Oho – ist das so viel versprechend, wie ich meine?«

Storm bekam unschuldige große Augen.

»Also hör mal«, meinte Morgan mit einem gewinnenden Lächeln, »ich weiß ja, dass mich das überhaupt nichts angeht, aber ich muss es einfach wissen. Als Wolfe am Freitag, nachdem ich ihm deine Botschaft überbracht hatte, aus dem Museum rannte, war er so wütend, wie ich ihn noch nie gesehen habe. Er sah drein, als wollte er dich erwürgen. Oder so.«

Storm räusperte sich. »Er hat mich nicht erwürgt«, murmelte sie.

»Das sehe ich. Würde ich sehr danebenliegen, wenn ich annähme, dass ihr beide das Wochenende miteinander verbracht habt?«

»Sagen wir es mal so«, meinte Storm, »als Wolfe heute Morgen aufwachte – lag Bear auf seiner Brust.«

»Darf man also gratulieren?«, fragte Morgan feierlich.

»Noch nicht. Wir haben noch ein paar Hürden zu überwinden, bevor sich etwas konkretisieren lässt.«

In einem etwas nüchternen Ton erklärte Morgan: »Ein paar seiner Verflossenen hatten auch Haustiere, doch mit denen blieb er auf Abstand, das kannst du mir glauben. Er wollte sich auf nichts einlassen, und das war zu merken. Wenn er jetzt deine Katze auf der Schulter trägt, dann ist das Ganze nur eine Frage der Zeit.«

Storm hatte diesbezüglich selbst Hoffnungen gehegt, doch da die Hürden, die vor ihnen aufragten, ganz gewaltig waren, wagte sie nicht allzu viel zu hoffen. Mit einem leichten Achselzucken sagte sie: »Mag sein. Aber, da wir gerade von seinen Verflossenen sprechen, hast du gesehen, wann Nyssa Armstrong am Freitag das Museum verlassen hat?«

»Nein, wieso?«

»Das ist irgendwie seltsam.« Storm zögerte, sah jedoch keinen Grund, Morgan dieses Detail zu verschweigen. »Wolfe und ich gingen am Samstagabend zum Spiel der Giants, und ich hätte schwören können, dass ich sie dort auch in der Menge sah.«

»Nyssa? Bei einem Baseballspiel?«

»Wie gesagt – irgendwie seltsam, nicht wahr? Es gab dann einen Homerun, der mich ablenkte, und als ich wieder hinschaute, habe ich sie nicht mehr gesehen. Aber ich bin ziemlich sicher, dass sie es war. Ich habe Wolfe nichts gesagt, aber ich habe mich gewundert.«

In einem theatralischen Ton, der einen Radiosprecher aus alten Tagen beschämt hätte, intonierte Morgan: »Ganz offenbar ist sie dir auf der Fährte. Schleicht hinter dir her, verbittert und mit gebrochenem Herzen, weil du Wolfe aus ihrem Bett gelockt hast. Wahrscheinlich wetzt sie schon jetzt, während wir darüber reden, das Messer, ihre Serienkilleraugen funkeln vor wahnsinniger Wut und Eifersucht, und sie schmiedet einen Plan, wie sie dich am besten meucheln kann, ohne dafür büßen zu müssen.«

Storm kicherte. »Ja, genau!«

Morgan grinste. »Hey, du brauchst gar nicht zu spotten. Ich habe erst letzte Woche ein Buch gelesen, wo genau das das Motiv der Mörderin war. Und sie ist auch davongekommen. Also pass besser auf dich auf.«

Storm schüttelte den Kopf und deutete auf die offene Zeitung vor ihr. »Diese Art von Verbrechen macht mir im Moment mehr Sorge. Hast du davon gehört?«

»Der Raub? Ja, ich habe davon gehört.«

»Wolfe meint, es könnte Quinn gewesen sein«, bemerkte Storm wagemutig und beobachtete ihr Gegenüber genau, denn sie spürte mehr als sie es sah, dass Morgan sich anspannte. »Wie siehst du das?«

Morgan blickte in ihren Kaffeebecher, schürzte etwas die Lippen und runzelte die Stirn, als würde sie sich konzentrieren. »Nein, ich denke nicht, dass er es war.«

»Warum nicht?«

Bernsteinfarbene Augen fixierten Storm, schweiften ab, und statt einer Antwort sagte Morgan: »Ich habe ihn getroffen, weißt du. Quinn. Vor ein paar Wochen.«

»Wirklich?« Storm wartete ab und fügte dann leise hinzu: »Ich bin eine gute Zuhörerin. Und ich plaudere nicht aus dem Nähkästchen.«

»Diese Redewendung hat mir schon immer gefallen«, sagte Morgan mit einem kurzen Lächeln. »Aus dem Nähkästchen plaudern … Das klingt, als wären Geheimnisse etwas völlig Harmloses.«

»Aber manchmal sind sie das nicht«, murmelte Storm. »Manchmal sind Geheimnisse gefährlich.«

Es war wirklich schade, dass er Carla verloren hatte. Er hatte immer viel mehr das Gefühl, die Dinge in der Hand zu haben, wenn seine Informanten wussten, was auf dem Spiel stand, auch wenn das riskanter war. Einen Handlanger drinnen zu haben, der keine Ahnung hatte, dass er benutzt wurde – er war immer der Meinung gewesen, dass in einem solchen Fall etwas fehlte.

Dennoch, es hatte Vorteile, ein nichtsahnendes Werkzeug zu benutzen, und er war sich dieser Vorteile voll und ganz bewusst. Es hatte auch Nachteile, die ihm ebenso bewusst waren; es war ein weit weniger direkter Ansatz, und man musste schon sehr genau darauf achten, wie man seine Fragen formulierte.

Doch während dieses angenehmen Treffens bei einem Brunch musste er kaum Fragen zu irgendetwas stellen. Er musste einfach nur zuhören.

»Ich weiß nicht, was es mit seinem neuen Sicherheitssystem auf sich hat, das im Museum installiert wird. Die Programmiererin soll ja eine der besten ihres Fachs sein, aber … sie macht einfach nicht diesen Eindruck. Und ich bin mir nicht einmal sicher, ob es möglich ist, mit all der neuen Software noch die alten Vorrichtungen zu verwenden. Bannister stellt natürlich einiges an neuer Hardware zur Verfügung, aber deswegen kann es nach wie vor nur eine Patchwork-Lösung sein, meinst du nicht?«

»Hört sich so an.«

»Und mit all diesen Dieben in der Stadt. Diese Gang, die die Polizei offenbar nicht zu fassen kriegt, zum Beispiel. Ich habe auch läuten hören, dass Quinn womöglich hier ist. Hast du das auch gehört?«

»Ja, das habe ich, in der Tat.«

»Lieber Gott, hoffen wir, dass das nicht stimmt. Das hätte mir gerade noch gefehlt.«

»Vielleicht ist er ja gar nicht hinter der Sammlung Bannister her, sondern hinter etwas anderem.«

»Machst du Witze? Diese Sammlung ist doch der Traum jedes Einbrechers.«

»Trotzdem, es gibt in dieser Stadt noch jede Menge andere Wertsachen.« Er machte Anstalten, seinem Gast Wein nachzuschenken.

»Oh, ich sollte nicht mehr trinken. Eigentlich hätte ich überhaupt keinen Alkohol trinken sollen. Es ist noch so früh am Tag, und ich muss ja wieder zurück.«

Er lächelte. »Wenn ich etwas gelernt habe, dann, dass das Leben zu kurz ist. Man kann nie wissen, was hinter der nächsten Ecke auf einen wartet.«

Sein Gast lachte. »Lebe heute, denn morgen könnte es mit uns allen aus sein?«

»Genau.« Noch immer lächelnd, füllte er beide Gläser nach. »Morgen könnte es mit uns allen aus sein.«

»Ja. Geheimnisse können gefährlich sein.« Morgan stellte ihren Kaffeebecher mit einem Seufzer auf den Schreibtisch. Dann erzählte sie Storm rasch und etwas kurz gefasst von ihrer nächtlichen Begegnung mit einem berüchtigten Einbrecher namens Quinn vor einigen Wochen. Wie er ihr das Kettchen stahl, das sie um den Hals getragen hatte – hier ging sie allerdings nicht ins Detail. Und schließlich davon, was Samstagnacht geschehen war. Alles bis auf das, was Morgan hier im Museum mitgehört hatte, und die letzten Minuten mit Quinn.

Storm atmete tief und murmelte dann: »Wow, du bist ein furchtloserer Mann als ich, Gunga Din.«

»In Wirklichkeit hatte ich schreckliche Angst. Ich weiß nicht, was mich dazu trieb, so etwas Lächerliches und Gefährliches zu tun.« Morgan blickte stirnrunzelnd in ihren Kaffeebecher, eine Hand spielte mit dem Henkel. »Aber jedenfalls weiß ich deshalb, dass es nicht Quinn war, der Samstagnacht dieses Museum ausgeraubt hat. Ich meine, er war drauf und dran, es zu tun, aber diese Bande kam ihm dazwischen ... oder was auch immer.«

Storm lehnte sich in ihrem Stuhl zurück, verschränkte die Hände vor dem Bauch und musterte ihr Gegenüber. »Das erinnert mich irgendwie an etwas, das ich einmal von Byron gelesen habe«, sagte sie.

Durch ihre gedehnte Aussprache klang der Name seltsam exotisch, sodass Morgan einen Moment brauchte, bis sie erkannte, dass Storm den englischen Dichter meinte. »Byron? Du vergleichst Quinn mit Lord Byron?«

Storm lächelte. »Es ist etwas, das jemand einmal über Byron sagte. Ich weiß nicht mehr wer, aber es muss eine Frau gewesen sein. Sie sagte, Byron sei ›verrückt, böse und eine gefährliche Bekanntschaft‹ gewesen. Das klingt doch ganz nach deinem Quinn.«

»Er ist nicht *mein* Quinn!«, protestierte Morgan sofort. Doch dann dachte sie an seine letzten Worte, und ein kleiner Schauder durchlief sie. Absurd, natürlich. Das war nur eine seiner Don-Juan-Anwandlungen gewesen, mit denen er sie aus der Fassung bringen wollte. Wenn sie irgendetwas, das dieser verachtenswerte Dieb sagte, ernst nehmen würde, dann war sie einfach nicht ganz richtig im Kopf.

Sie war die Leiterin einer Ausstellung unschätzbar wertvoller Kunstschätze und Altertümer, die in Kürze eröffnet wurde, und das war der einzige Grund, weshalb Quinn immer wieder in ihrem Leben auftauchte.

Der einzige Grund.

»Wenn du das sagst«, murmelte Storm.

Morgan fühlte sich ein wenig bestürzt, bis sie merkte, dass

Storm sich lediglich auf ihre Aussage bezog, dass der berüchtigte Dieb und Einbrecher definitiv nicht »ihr« Quinn war.

Mit einem Seufzer fasste sie ihr Gegenüber ins Auge. »Der Punkt ist, Quinn ist definitiv in San Francisco. Das ist der eigentliche Grund, weshalb ich hierher kam, weil ich dir das sagen wollte. Ich weiß, Wolfe hat es dir wahrscheinlich schon gesagt, aber ich wollte einfach sichergehen, dass du es weißt.« Was sie wissen wollte, war, ob Storms Computersystem darauf ausgelegt war, Quinn in die Falle zu locken, doch sie wagte es nicht, das zu fragen. Da sie von diesem Plan nur durch Zufall erfahren hatte, zögerte Morgan preiszugeben, dass sie davon wusste. Zudem wusste sie nicht, wer außer Max und dem Interpol-Agenten eventuell noch in diese Sache involviert war.

Falls Wolfe beteiligt war, musste er sich entschlossen haben, Anordnungen ausschließlich von Max entgegenzunehmen und nicht von Lloyd's in London, denn das Unternehmen würde zweifellos verrückt spielen, wenn es erfuhr, dass die unbezahlbare Kollektion, die es versicherte, als Köder herhalten sollte. Doch das war möglich, denn Max und Wolfe waren Halbbrüder, und Blutsbande waren schließlich stärker als ein Beschäftigungsverhältnis.

Falls *Storm* jedoch darüber Bescheid wusste, musste das bedeuten, dass auch Ace Security involviert war, und das war eher unwahrscheinlich.

Das Problem war, dass Morgan außer Max eigentlich niemanden fragen konnte, was hier vor sich ging. Und das bedeutete, sie musste ihm beichten, dass sie gelauscht hatte. Es bedeutete außerdem, dass sie ihm irgendwann würde sagen müssen, dass sie Quinn vor der Falle gewarnt hatte.

Aber vielleicht konnte sie das noch eine Weile hinausschieben …

»Da er in der Stadt ist«, sagte Storm gelassen, »muss er wohl an der Sammlung interessiert sein. Hast du es mir deshalb erzählt? Damit ich daran denke, wenn ich das Programm schreibe?«

Morgan zuckte die Achseln. »Ich dachte, es kann nicht schaden.« Sie nahm einen Schluck von dem kalten Kaffee. »Übrigens, Max ist aus seinen Flitterwochen zurück. Er war am Freitag nach Dienstschluss hier, um sich den Ausstellungsflügel anzuschauen. Ich habe aber nicht mit ihm gesprochen.«

»Dann halte ich mich besser ran«, meinte Storm, »und verdiene mir mein Geld.«

Morgan stand auf. »Ja, ich auch. Wir sehen uns später.«

»Alles klar.« Storm blieb noch einen langen Moment sitzen, nachdem Morgan gegangen war, dann stand sie auf und schloss die Tür. Auf dem Weg zurück an ihren Schreibtisch schob sie eine neue CD in das Laufwerk des Rechners, dann zog sie das Telefon zu sich und wählte.

Er antwortete nach dem ersten Klingelzeichen. »Ja?«, fragte er ungeduldig.

»Ich bin es«, sagte sie.

»Wir müssen uns treffen«, drängte er. »Noch heute.«

Storm seufzte. »Das wird nicht einfach. Vor Mittag geht es gar nicht, das weiß ich jetzt schon.«

»Und während der Mittagspause?«

Bei dem Gedanken an ihren erregten Vorschlag, zum Mittagessen in ihre Suite zurückzukehren, und Wolfes sofortige Zustimmung spürte sie, wie ihr Gesicht heiß wurde. Trotz der leidenschaftlichen Dusche danach hatte Storm das starke Gefühl, dass sie nicht nur zum Essen ins Hotel zurückgehen würden.

»Storm?«

Sie räusperte sich. »Ich glaube nicht. Wolfe sagte, er würde wahrscheinlich nachmittags zur Polizei gehen, um mit ihnen über den Raub Samstagnacht zu reden. Vielleicht dann. Aber ich bin heute Morgen nicht mit dem Jeep zur Arbeit gekommen, also müsste ich ein Taxi nehmen.«

Er fluchte leise. »Ich weiß nicht, wie viel Zeit wir haben.«

Ebenso leise erwiderte Storm: »Ich wünschte, ich hätte ein bisschen mehr.«

Nach einem kurzen Schweigen sagte er: »Je länger das weitergeht, desto schlimmer wird es. Das weißt du.«

Sie wusste es. »Ich rufe dich an, sobald Wolfe das Museum verlässt und wir ein Treffen arrangieren können. In Ordnung?«

»Ja, gut.«

Sie legte sanft den Hörer auf und starrte blind ins Leere. Hürden – Gott. Es waren Wände, gigantische Steinmauern, und sie konnte sie weder übersteigen noch umgehen. Sie belog den Mann, den sie liebte, und hatte entsetzliche Angst davor, dass er ihr das nie verzeihen würde.

15

Als Morgan vom Mittagessen zurückkam, wurde sie von einem Boten erwartet, der ihr einen großen Briefumschlag von Inspektor Keane Tyler brachte. Sie warf einen Blick auf den Schnellhefter darin und griff dann zum Telefon, um Keane anzurufen.

»Du hast die Sachen ja schneller zusammenbekommen, als ich erwartet hatte«, begann sie.

»Na ja, es ist ja nicht so, dass er hier ein Unbekannter wäre. Ich meine, wir wissen vielleicht nicht, wer er wirklich ist, aber Quinn der Meisterdieb ist bei allen Polizeibehörden im Westen gut bekannt – und zum Teil auch im Osten.«

»Im Osten?«

»Hast du die Akte noch nicht gelesen?«

»Nein, ich habe sie ja eben erst bekommen. Quinn hat auch im Osten Raubdelikte begangen? Also im östlichen Teil der Welt?«

»Auf jeden Fall in Hongkong. Möglicherweise aber auch in Tokio, wenngleich eindeutige Beweise dafür, dass er es war, fehlen. In Singapur war er womöglich auch schon.« Keane seufzte. »Was soll ich dir sagen, der Kerl kommt eben herum.«

»Sieht so aus. Äh … aber dies ist definitiv das erste Mal, dass er in den Staaten ist, richtig?«

»Soweit wir wissen, ja. Wir glauben übrigens nicht, dass der Raub von Samstagnacht auf sein Konto geht, falls du dich das gefragt hast.«

»Ihr meint, das war diese Bande?«

»Ziemlich sicher, wenn man davon ausgeht, was gestohlen wurde. Es sei denn, Quinn arbeitet jetzt mit einem Partner zusammen. Die fehlenden Stücke sind einfach zu schwer, als dass ein Mann sie allein hätte wegschaffen können. Selbst für ihn.«

Morgan starrte auf den noch immer geschlossenen Ordner vor ihr und wunderte sich über ihr Widerstreben, ihn zu öffnen. Wollte sie die Fakten über die Verbrechen, die er begangen hatte, nicht schwarz auf weiß sehen?

»Morgan? Bist du noch dran?«

»Ja. Hör mal, willst du den Ordner wiederhaben?«

»Nein, das sind nur Kopien, die kannst du behalten. Ich habe dasselbe Paket auch noch für Wolfe bereit, wenn er kommt. Er hat sich auch nach Quinn erkundigt.«

»Ich finde es überraschend, dass Lloyd's offenbar nicht wenigstens ebenso viel über Quinn weiß wie die Polizei von San Francisco«, sagte sie langsam.

»Oh doch, wahrscheinlich schon, zumindest, was seinen Werdegang betrifft. Ich nehme an, Wolfe interessiert sich mehr dafür, ob wir irgendwelche Informationen über Quinns Aktivitäten haben, seit er in der Stadt ist.«

»Und – habt ihr welche?«

Keane lachte. »Na ja, ich habe dir ja schon gesagt, er steht im Augenblick nicht gerade auf unserer Top-Fahndungsliste. Das heißt nicht, dass wir uns nicht um Raubdelikte kümmern, aber wir haben momentan ein halbes Dutzend Morde, die uns auf den Nägeln brennen, von den diversen anderen Gewaltverbrechen erst mal gar nicht zu reden. Was du über Quinn und seine Aktivitäten hier siehst, ist so ziemlich alles, was wir wissen.«

Morgan spürte ein leichtes Schuldgefühl, sagte jedoch nur: »Okay. Also, falls ihr etwas Neues in Erfahrung bringt, würde es mich freuen, wenn du mir Bescheid sagst. Und vielen Dank für die Kopien.«

»Keine Ursache. Bis dann, Morgan.«

»Tschüss, Keane.« Sie legte auf, atmete tief ein und öffnete den Schnellhefter.

Keane Tyler war ein guter Polizist, er hatte ganze Arbeit geleistet. Und Quinn war seit fast zehn Jahren ein äußerst erfolgreicher Einbrecher. Entsprechend umfangreich waren die polizeilichen Unterlagen und Zeitungsausschnitte.

»Ach du lieber Gott«, murmelte Morgan, als sie den Bericht über einen unbeschreiblich waghalsigen Raub im Penthouse eines Wolkenkratzers in Hongkong las. Es folgten Reports über ähnlich tollkühne und eigentlich unmögliche Einbrüche in verschiedenen Teilen der Welt. Immer wieder war zu lesen, dass mit fast lächerlicher Mühelosigkeit raffinierteste Sicherheitssysteme überwunden worden seien. Und immer wieder war es Quinn gelungen, keinerlei Spuren zu hinterlassen – noch nicht einmal eines seiner blonden Haare.

Und die Rede war von Schmuck und Kunstgegenständen im Wert von Hunderten Millionen Dollar. Vielleicht sogar Milliarden.

Langsam begriff Morgan die Dimensionen, um die es sich im Zusammenhang mit diesem Mann handelte, und nun verstand sie auch, was Keane gemeint hatte, als er von »außergewöhnlichen« oder gar »genialen« Individuen sprach, die Herausforderungen brauchten und sich härter ins Zeug legen mussten als normale Menschen. Denn um Geld allein konnte es hier nicht gehen: Quinn hatte schon längst mehr als genug geraubt, um den Rest seines Lebens in Luxus auf einer Sonneninsel zu verbringen.

Es war der Kick.

Das musste es sein, dies musste der Grund dafür sein, dass er noch immer aktiv war. Er musste sich immer noch härter ins Zeug legen, sich mit immer noch schwierigeren Einbrüchen selbst herausfordern, immer noch kompliziertere Sicherheitssysteme knacken. Höhere Gebäude, kniffligere Safes, riskantere Ziele. Ständig die eigenen Grenzen austesten, und dazu die Fähigkeiten und die Intelligenz von Polizeieinheiten auf der ganzen Welt.

Und bei all dem kam das fast unvermeidliche Risiko dazu, ertappt zu werden, womöglich sogar verletzt. Oder getötet.

Morgan schloss den Ordner und legte ihn in eine Schublade ihres Schreibtischs. Dann saß sie lange da, die Ellbogen auf ihr Dienstbuch und das Kinn in die Hände gestützt. Sie dachte nach, und sie tat ihr Möglichstes, logisch zu denken. Rational.

Quinn war ein Verbrecher. Schlimmer noch, er war nicht nur ein Verbrecher, sondern er suchte auch die Gefahr. Er liebte den Adrenalinkick, er liebte das Risiko, er liebte es, seine Intelligenz und seine Fähigkeiten mit den besten Polizeikräften und den ausgeklügeltsten Sicherheitssystemen der Welt zu messen. Und er würde seine und ihre Grenzen so lange weiter ausreizen, bis er eines Tages mit dem Kopf voran in eine Wand rannte.

Oder in eine Kugel.

Nur so würde er sein Räuberleben beenden. Man würde ihn entweder fassen, oder er würde zu Tode kommen. Jedenfalls war es sehr unwahrscheinlich, dass er einmal als alter Mann im Seniorenheim für pensionierte Diebe hinter den Pflegerinnen her sein würde.

Das war der erste Punkt. Aber es gab noch andere, nicht weniger wichtige. Nur Reiche zu bestehlen, machte ihn nicht zu einem Robin Hood, es machte ihn zu einem Dieb – nichts weiter. Die Tatsache, dass er noch nie einen Menschen verletzt hatte, machte noch keinen guten Menschen aus ihm, sondern es war lediglich ein Beweis mehr dafür, was für ein brillanter Kopf er war: Einfacher Raub wurde weniger hart bestraft als bewaffneter Raub oder Mord.

Die Tatsache, dass er sie vor dem möglichen Tod gerettet oder zumindest vor wahrscheinlichen Verletzungen bewahrt hatte, veränderte gar nichts.

Er war hier in San Francisco, weil er es auf Max Bannisters unbezahlbare Sammlung abgesehen hatte. Und auch wenn die Stadt derzeit offenbar voll von Dieben war, hatte er wahrscheinlich die besten Chancen zu bekommen, was er wollte.

Die Tatsache, dass er charmant war, änderte gar nichts.

Die Tatsache, dass er sie geküsst hatte, änderte gar nichts.

Die Tatsache, dass sie bereits halb in ihn verliebt war, änderte gar nichts.

Ganz und gar nichts.

Als Wolfe endlich das Museum verließ, um mit der Polizei zu sprechen, war es schon wesentlich später, als er geplant hatte – hauptsächlich deshalb, weil sich sein mittägliches Treffen mit Storm bis in den Nachmittag hineingezogen hatte. Und auch deshalb, weil er eine Entschuldigung nach der anderen aus dem Hut gezaubert hatte, um das Museum nicht verlassen zu müssen. Den ganzen Tag lang hatte ihn das Gefühl verfolgt, dass Storm sich auf eine subtile Art, die er mehr spürte als sah, von ihm zurückzog.

Es schien absurd, wenn er daran dachte, wie intensiv sie körperlich auf ihn reagierte, doch Wolfe hatte gelernt, seinen Instinkten zu vertrauen, und die sagten ihm, dass etwas nicht stimmte.

Er war besorgt, wollte sie aber nicht zu einer Antwort drängen, und so beschloss er schließlich, wie geplant zu Keane Tyler zu fahren. Er lud sie ein, mitzukommen, doch sie meinte, sie habe noch mindestens eine Stunde Arbeit vor sich, die sie unbedingt vom Tisch haben wolle – und das könne sie doch bestens tun, während er mit der Polizei spreche. Inzwischen war es fast sechs Uhr abends. Sie sagte, wenn er nicht wieder im Museum sei, bis sie ihre Arbeit für heute beendet habe, werde sie mit Bear ein Taxi zum Hotel nehmen.

Das verschaffte Wolfe ein neuerliches ungutes Gefühl, dieses Mal, weil sie ihn anscheinend für eine Weile los sein wollte; er schrieb dies jedoch einer Paranoia zu. Dennoch wollte er nicht aufbrechen, ohne sich vorher mit ihr zum Abendessen zu verabreden, sobald er bei der Polizei fertig sein würde.

Doch als er dann zu seinem Wagen hinausging, überlegte er es sich bereits anders. Er fuhr aus dem schräg angelegten Parkplatz heraus, stellte den Wagen mit Blick zum Museum am Straßenrand ab und versuchte, seine wachsende Beunruhigung einzudämmen. Schwere Wolken und ein hereinziehender Nebel machten es für die Tageszeit dunkler als gewöhnlich, sodass er hinter dem beleuchteten Eingangsbereich nicht viel erkennen konnte. Weil es schon so spät war, ging niemand mehr in das Museum hinein, aber viele Besucher strömten heraus.

Als ein Taxi vor der Treppe parkte, dachte sich Wolfe zunächst nichts dabei. Er beobachtete gedankenverloren, trommelte mit den Fingern auf das Lenkrad und sagte sich, dass es für einen Mann in seiner Verfassung wahrscheinlich ganz normal war, von den lächerlichsten Gedanken und Befürchtungen erfüllt zu sein. Eines Tages müsse er Max einmal fragen, ob es bei ihm auch so gewesen sei.

Als sie aus dem Museum kam und auf das Taxi zuging, war Wolfe erst einmal nur überrascht. Ein Blick auf seine Uhr sagte ihm, dass er noch nicht mehr als zehn Minuten hier draußen saß – Storm sollte ihre Arbeit eigentlich noch längst nicht beendet haben. Er wollte schon auf die Hupe drücken, um sie auf sich aufmerksam zu machen, doch etwas, ein vager Verdacht, veranlasste ihn, es nicht zu tun.

Er wartete, um sicherzugehen, dass das Taxi in die andere Richtung losfuhr, weg von ihrem Hotel, und folgte ihm dann mit diskretem Abstand. Weniger als fünfzehn Minuten später hielt es an einem kleinen Park an, der gerade umgebaut wurde.

Wolfe fuhr zeitgleich mit dem Taxi an den Straßenrand und stellte sofort Motor und Scheinwerfer ab. Seltsam fröstelnd wartete er, bis Storm ausstieg und einen schmalen Gehsteig entlangging, der zu einem Karussell führte. Wolfe kannte den Park, doch wegen der zunehmenden Dunkelheit und dem Nebel war das Karussell nicht zu sehen. Er registrierte, wie das Taxi wieder losfuhr, wartete ein paar Sekunden und nahm dann denselben Weg, den Storm eingeschlagen hatte.

In fast fünfzehn Jahren im Geschäft mit der Sicherheit hatte Wolfe einige nützliche Dinge gelernt, unter anderem, einer Person unbemerkt zu folgen. Das erwies sich jetzt als hilfreich. Lautlos wie ein Schatten blieb er Storm auf den Fersen. Der

Verschlag, der das riesige Karussell während der Renovierung vorübergehend beherbergte, war normalerweise verschlossen. Wolfe war nahe genug, um beobachten zu können, dass Storm durch eine einladend offenstehende Tür hineinging.

Er zögerte, doch das fahle Licht, das aus der Halle drang, kam tiefer aus dem Inneren, sodass es ihm sicher erschien, ihr weiter zu folgen. In dem Gebäude versteckte er sich sofort im Schatten des Karussells, sein Blick ging über die buntbemalten Tiere hinweg auf die beiden Gestalten auf der anderen Seite.

»Wo ist er?«, fragte Storm leise, nachdem sie einen Blick rundum geworfen hatte.

»Noch unterwegs. Du hast uns beiden nicht viel Zeit gegeben, hierher zu kommen.« Jared Chavalier zuckte mit den Schultern und vergrub die Hände in den Taschen seines dunklen Regenmantels. Neben ihm auf dem Karussell stand eine batteriebetriebene Lampe, die etwas Helligkeit verbreitete.

»Ich habe nicht viel Zeit«, sagte Storm. »In einer oder zwei Stunden holt mich Wolfe zum Abendessen ab. Ihr müsst eine Entscheidung treffen.«

»Ich weiß, ich weiß.« Jared seufzte. »Er stellt Fragen, gute Fragen, und ich kann ihn nicht ewig hinhalten.«

Wolfe ging langsam um das Karussell herum auf die beiden zu. »Warum es dann nicht mal mit der Wahrheit versuchen?«, fragte er eisig. Sein Blick war auf Storm fixiert, und sogar in dem schwachen Licht sah er, dass sie schon bei seinem ersten Ton totenbleich wurde. Sie wandte sich langsam ihm zu. Die einzige Farbe in ihrem Gesicht waren ihre dunkelgrünen Augen. Bear saß auf ihrer Schulter, das Gesichtchen so unbewegt wie ihres, und zum erstenmal hatte der Anblick des kleinen blonden Katers auf der Schulter der zierlichen blonden Frau nicht die Kraft, in Wolfe irgendetwas zu erweichen.

»Immer mit der Ruhe …«, begann Jared, doch Wolfe ignorierte ihn und wandte sich direkt an Storm.

»Du hast mich angelogen.« Seine Stimme klang so rau wie eine Stahlfeile auf Stein.

Sie zuckte nicht zusammen, aber auch wenn sie das Kinn ein wenig anhob, war jetzt nichts von der Furchtlosigkeit zu bemerken, die ihn vordem beeindruckt hatte. Und in ihrer Stimme lag eine für sie untypische Hoffnungslosigkeit. Sie gab sich geschlagen. »Ja, ich habe dich angelogen. Meine Arbeit betreffend. Und weswegen ich hierher kam.«

Wolfe wartete ab, doch sie gab keine Gründe an, und es kam keine Entschuldigung. Sie blickte ihn nur an, die Miene unnahbar und die Augen leer. Alles, was er denken konnte, war, wie ehrlich ihm diese Augen vorgekommen waren. Er glaubte, dass Schmerz und Wut ihn zerreißen würden.

»Worüber hast du mich noch angelogen?«, fragte er bitter. Als sie stumm blieb, wandte er sich ruckartig Jared zu. »War es seine Idee oder deine, das ultimative Opfer zu bringen, Storm? Sag es mir, ich bin neugierig. Ist wenigstens eine Zulage dabei für dich herausgesprungen?«

Jareds Stimme beendete bedächtig das schreckliche Schweigen, jedes seiner Worte wog schwer wie Stein. »Wenn du noch ein Wort sagst, ich schwöre bei Gott, dann schlage ich dich nieder.«

Aber es war Storm, die die Konfrontation beendete. Sie schritt stumm an Wolfe vorüber, die unnahbare Miene nun von Schmerz gezeichnet. Und sie blickte nicht zurück.

Wolfe wirbelte herum und machte hastig einen Schritt ihr nach, hielt jedoch dann abrupt inne. Das Herz hämmerte ihm rasend in der Brust, während er beobachtete, wie sie durch die Tür verschwand, und er konnte keinen Atemzug machen, ohne stechende Schmerzen zu spüren. Seine Wut war verflogen, so schnell, dass er plötzlich nur mehr Leere fühlte.

Lieber Gott, was habe ich gemacht!

Die Stille hinter ihm war so spürbar, dass er meinte, sie greifen zu können. Als er sich langsam umdrehte, gewahrte er Jared, der mit verschränkten Armen dastand; seine seltsamen, hellblauen Augen funkelten vor Zorn.

»Gut gemacht, Kumpel«, sagte er mürrisch.

Bevor Wolfe antworten konnte, blickte Jared über seine Schulter nach hinten, denn dort trat nun schweigend Max aus dem Schatten und gesellte sich zu ihnen. Seine steinerne Miene wurde etwas weicher, doch es war eindeutig, dass er sehr beunruhigt war.

»Wenn du jemanden schlagen willst«, sagte er zu Wolfe, »dann lieber mich. Ich bin an all dem schuld.«

»Zu spät«, murmelte Jared. »Er hat sein Opfer bereits niedergemacht.«

Storm dachte überhaupt nichts, als sie sich von dem Karussell entfernte. Es würde schlimm werden, das hatte sie gewusst, aber nicht, dass es so wehtun würde. Düster fragte sie sich, wie sie es fertigbrachte zu funktionieren, zu gehen und ein Taxi herbeizuwinken, einzusteigen und die Adresse ihres Hotels anzugeben, und dabei die ganze Zeit von diesem entsetzlichen Kummer erfüllt zu sein. Es war, als habe sie eine tödliche Wunde erhalten, doch ihr Körper hatte es noch nicht erkannt, weil er sich in einem Schockzustand befand.

Im Hotel ging sie mehr oder weniger blind und taub durch den großen Eingangsbereich zum Aufzug. Bear maunzte ihr nervös ins Ohr, aber sie hörte ihn nicht wirklich. Als sie den Lift verließ und auf die Tür ihrer Suite zuschritt, wurde ihr vage bewusst, dass sich Krallen in ihre Schulter bohrten, doch sie schenkte dem Kater keine Beachtung.

Erst als sie die Tür aufsperrte und öffnete, wurde Storm im wahrsten Sinne des Wortes aus ihrem Elend katapultiert. Ein harter Stoß in ihren Rücken beförderte sie so überstürzt in ihre Suite, dass sie beinahe der Länge nach auf dem Teppich gelandet wäre. Bear sprang von ihrer Schulter und floh mit einem ängstlichen Fauchen unter die Couch, Storm fand gerade noch das Gleichgewicht wieder.

Sie drehte sich langsam um, der Schmerz in ihrem Inneren war im Augenblick dem angeborenen Selbsterhaltungsinstinkt gewichen. Ihr Verstand war klar und eiskalt, und das Erste, was sie bemerkte, war die automatische Pistole in Nyssa Armstrongs schlanker, wunderschön manikürter Hand.

Das zweite war die wahnsinnige Wut in diesen wunderschönen blauen Augen.

Oh Morgan, du warst prophetischer, als wir es uns beide haben vorstellen können …

Da Storm als technische Spezialistin für Interpol arbeitete und nicht als Agentin, war ihre Ausbildung für Situationen wie diese eher unzureichend gewesen. Dank einem Vater und sechs älteren Brüdern konnte sie sich physisch zwar ganz gut verteidigen, aber sie wusste nicht, wie man in einer solchen Lage einen Feind entwaffnete, und sie wünschte sich in diesem Moment von ganzem Herzen, sie hätte in ihren wenigen Psychologieseminaren besser aufgepasst.

»Können wir über diese Sache reden?«, fragte sie so beiläufig, wie es ihr möglich war.

Nyssa hatte die Tür der Suite hinter sich zufallen lassen. Sie stand nicht weit von Storm entfernt, die Pistole unverwandt auf sie gerichtet. Und sie lächelte. »Das glaube ich nicht«, sagte sie nachdenklich. »Wissen Sie, ich verliere einfach zu ungern. Und wenn ich Sie nicht bremse, dann verliere ich gleich doppelt. Zuerst Wolfe, und dann die Sammlung.«

Storm spürte einen Schauder, der sich mit nichts vergleichen ließ, was sie jemals gefühlt hatte. Was Nyssa sagte, war ja furchteinflößend genug, aber wie sie es sagte, das war schlichtweg entsetzlich. Ohne jegliches Zeichen von Spott oder Hohn imitierte sie Storms Südstaatenakzent, den Kopf leicht geneigt, als würde sie sich selbst zuhören.

Storm verbannte den Akzent aus ihrer Aussprache. »So weit es die Sammlung betrifft …«

»Nein, tun Sie das nicht.« Nyssa runzelte vorwurfsvoll die Stirn. »Ich muss das richtig hinkriegen. Ich habe sein Gesicht gesehen, wenn Sie mit ihm sprechen, daher weiß ich, dass es ihm gefällt.« Sie spannte den Abzug der Pistole. »Wenn Sie mir nicht helfen, lege ich Sie auf der Stelle um.« Ihr Ton war so sachlich-nüchtern, fast gleichgültig, dass Storm wusste, Nyssa würde töten, ohne zu zögern.

Alles auf der Welt für ein bisschen mehr Zeit, dachte Storm. Jetzt war die erste Priorität, am Leben zu bleiben. »Wie Sie wollen«, sagte sie gedehnt. »Sie möchten, dass ich rede? Mit Vergnügen. Außerdem, ich bin neugierig. Wie könnten Sie meinetwegen die Sammlung verlieren? Sie gehört nicht mir oder Wolfe – sie gehört Max Bannister.«

Nyssa hatte den Kopf wieder geneigt und hörte zu, und dann antwortete sie in einem authentischen Südstaatenakzent und sogar einem Tonfall, der Storm geradezu unheimlich imitierte. »Ich hätte Wolfe überreden können, mich die Sammlung sehen zu lassen. Und danach wäre es ein Leichtes gewesen, die sicherheitsrelevanten Details von ihm zu bekommen. Ich hätte das tun können, wissen Sie. Die Männer erzählen mir alles Mögliche im Bett. Und er hätte es auch getan, früher oder später.«

»Dann wollten Sie also versuchen, die … Sammlung … an sich zu bringen?«, fragte Storm, jedes Wort sorgsam abwägend. Sie wollte das Gespräch möglichst nicht auf Wolfe bringen, denn sie hatte die instinktive Gewissheit, dass er die Gefahrenzone war.

»Meine Leute hätten das gemacht.« Stolz erklärte sie: »Ich habe sie gut trainiert. Die Polizei hat keinen Schimmer.«

»Sie meinen – diese Diebesbande, nach der alle suchen, hört auf Ihr Kommando?« Storm war ehrlich erstaunt. Interpol hatte Nyssa verdächtigt, nicht jedoch in dieser Sache.

Sie lachte leise. »Es ist ein perfektes Arrangement. Ich stelle die sicherheitsrelevanten Details fest, und sie machen den Einbruch. Ich nehme mir ein paar ausgewählte Stücke und lasse sie den Rest an ein paar andere Sammler auf ihrer Liste verkaufen. So bekommt jeder, was er will, und alle sind glücklich.« Sie sprach noch immer gedehnt.

»Es klingt in der Tat effizient«, pflichtete Storm bei.

Nyssa sah auf ihre Uhr. »Ich glaube, wir gehen besser. Er kommt doch heute Abend hierher zurück, nicht wahr? Um mit

Ihnen zusammen zu sein, wie schon das ganze Wochenende. Ich bin euch beiden gefolgt, zu unterschiedlichen Zeiten. Ich weiß, was zwischen euch läuft. Er wird also bald hier sein, nicht wahr?«

Noch ehe Storm etwas erwidern konnte, setzte sich die große Blondine in Bewegung, und als sie erneut sprach, hatte ihre Stimme den Akzent wieder etwas verloren.

»Als mir das klar wurde, wusste ich mit Gewissheit, dass ich Sie loswerden muss. Ich mochte es schon am ersten Abend nicht, wie er Sie angesehen hat, in diesem Restaurant – er konnte ja gar nicht mehr wegschauen. Damals dachte ich allerdings noch, er würde das Interesse an Ihnen bald verlieren. Bis er mir am Freitag im Museum eine Abfuhr erteilte.« Ihr Lachen war spröde und schneidend. »Oh, er hat es in nette Worte gekleidet, aber was er meinte, war, dass er kein Interesse mehr an mir hat. Ihretwegen. Ich folgte ihm hierher, daher weiß ich, dass er die Nacht mit Ihnen verbrachte. Ich weiß, dass er das gesamte Wochenende mit Ihnen verbrachte.«

»Nyssa …«

Sie schüttelte den Kopf, sichtlich um Kontrolle bemüht, und als sie redete, war es wieder gedehnt. »Er ist der Erste, den ich wirklich wollte«, murmelte sie, fast mehr für sich selbst. »Ich weiß auch nicht, warum, er hat einfach etwas.«

»Ich bin schon wieder neugierig«, warf Storm verzweifelt ein. »Sind Sie mir denn heute Abend auch gefolgt?«

Nyssa runzelte die Stirn. »Nein. Ich hatte noch etwas zu tun, deshalb konnte ich nicht vor dem Museum auf Sie warten. Aber ich hatte Glück, denn ich kam gerade hierher, als Sie auch kamen. Und als ich sah, dass er nicht bei Ihnen war, wusste ich, dass ich es heute Abend tun kann. Los, gehen wir.«

Storm brauchte kein besonderes Training und kein spezielles Wissen, um die unversöhnliche Miene und den Wahnsinn in den Augen dieser Frau zu erkennen. Alles, woran sie denken konnte, war, dass sie auf dem Weg von hier bis zum Ausgang des Hotels etwas unternehmen musste. Wenn sie das Haus einmal verlassen hatten, würden sich ihre Chancen, Hilfe zu bekommen, rapide verschlechtern.

Sie unternahm nichts, als sie mit kurzem Abstand vor Nyssa die Suite verließ und den Flur entlang zum Lift ging. Die Kabine war leer, als sie sich öffnete. Storm wollte den rechten Augenblick abwarten und hoffte stumm, dass unten im Eingangsbereich Menschen sein würden. Normalerweise war dort um diese Zeit ziemlich viel Betrieb, und außerdem gab es Sitzgruppen und riesige Pflanzen mit Übertöpfen und andere Dinge, hinter denen man Schutz suchen konnte.

Aber was, wenn Nyssa einfach zu schießen begann? Verzweifelt fragte sich Storm, ob sie das riskieren konnte, ob sie dafür verantwortlich sein konnte, dass diese Verrückte am Ende noch unschuldige, unbeteiligte Menschen ermordete. Gott, sie *konnte* nicht zulassen, dass das passierte …

Innerlich erstarrt, ihre Instinkte schreiend, sie solle etwas tun, während der Kopf ihr sagte, dass das unmöglich war, trat Storm aus dem Fahrstuhl. Nyssa war einen halben Schritt hinter ihr, sie hatte einen Schal über ihre Hand geworfen und die Pistole, die sie Storm ins Kreuz drückte, darunter verborgen. Sie hatten die ziemlich geschäftige Lobby bereits zur Hälfte durchquert, als eine ruhige Stimme hinter Nyssa ihren Namen sprach.

Für Storm schienen sich die nächsten Sekunden hinzuziehen, als seien es Stunden. Sie fuhr zusammen, weg von der Pistole, und drehte sich um; Nyssa riss die Waffe zurück und machte ebenfalls kehrt auf die Stimme zu, denn es war Wolfes Stimme.

Er stand da, reglos, und sah in Nyssas Gesicht anstatt auf die Pistole, die nun auf ihn gerichtet war. Storm wollte eine Warnung schreien, doch eine kraftvolle Hand zog sie fort. Sie wusste, dass es Max war, denn neben Nyssa sah sie plötzlich Jared, die ungewöhnlichen Augen kalt und entschlossen.

»In Wirklichkeit willst du doch mich, nicht wahr?«, sagte Nyssa zu Wolfe in dieser gedehnten Sprechweise, die der

Storms so unheimlich ähnelte. »Ich verzeihe dir, Darling, sag nur, dass du sie nicht mehr willst.«

Wolfe musste darauf keine Antwort geben, was wahrscheinlich gut war, denn er sah ein wenig krank aus. Noch bevor Nyssa Wolfes Miene bewusst wurde, trat Jared in Aktion. Mit einer blitzschnellen Bewegung entwand er ihr die Waffe, und noch ehe Nyssa sich wehren konnte, befand sie sich in einem Polizeigriff, aus dem es kein Entrinnen gab.

Als sie endlich zu schreien begann, war bereits ein Streifenwagen eingetroffen.

Storm sah die drei großen Männer, die in ihrer Hotelsuite standen, nicht an. Stattdessen blickte sie auf das nervöse blonde Katerchen auf ihrem Schoß und streichelte es zärtlich. Max hatte sie bald nach dem Eintreffen der Polizei in ihre Suite zurückgebracht. Ein paar Minuten später waren dann auch Wolfe und Jared gekommen. Sie war sich vage bewusst, dass die drei miteinander gesprochen hatten, allerdings wusste sie nicht worüber.

Max hatte sich ruhig und ernst bei ihr entschuldigt und gesagt, er habe sie in eine Lage gebracht, in der sie Wolfe habe belügen müssen. Das sei wirklich ironisch, hatte er gemeint. Denn wäre sie nicht so aufrichtig und gewissenhaft gewesen, dann hätte sie sich viel Schmerz ersparen können, einfach indem sie Wolfe, als ihre Beziehung persönlich wurde, die Wahrheit gesagt hätte. Stattdessen hätte sie sich durch ihr Verantwortungsgefühl ihrer Arbeit und ihren Vorgesetzten gegenüber gezwungen gesehen, weiter zu lügen.

Storm bezweifelte, dass Wolfe es so sehen würde beziehungsweise es so sehen wollte.

Mit der Bedrohung durch Nyssa war auch ihr Adrenalinschub verschwunden, und sie fühlte sich wieder wie betäubt und so elend wie zuvor. Sie konnte nicht einmal die Energie aufbringen, jemanden zu fragen, wie sie von Nyssa erfahren hatten. Sie mussten aber etwas gewusst haben, denn sonst hätten sie ja nicht in der Hotellobby gewartet, dachte sie. Aber es war ihr einfach gleichgültig.

Irgendwann tauten ihre erstarrten Sinne ein wenig auf, und sie bekam mit, dass Max und Jared im Gehen begriffen waren. Sie blickte auf und beobachtete die beiden. Wolfe schloss die Tür hinter ihnen. Er blieb. Er zog seine Jacke aus und warf sie über einen Stuhl, ohne hinzusehen, wo sie landete. Dann kam er mit sehr entschlossenen Schritten auf sie zu. Sie musterte ihn, und ihr Gefühl sagte ihr, dass er so angespannt war, dass er kurz davor war, etwas Gewalttätiges zu tun.

Er beugte sich nieder, hob Bear aus ihrem Schoß und setzte ihn vorsichtig auf die Couch neben sie, und dann zog er sie in seine Arme.

16

Im ersten Moment blieb ihr die Luft weg, und mehr als nur ein bisschen durch sein Tun verwirrt, registrierte sie nicht einmal, was er ihr ins Ohr murmelte. Als sie es dann endlich doch mitbekam, konnte sie kaum glauben, was sie hörte.

»Oh Gott, Baby, es tut mir so leid. Ich habe das nicht so gemeint, das schwöre ich dir … ich weiß, du hättest mich niemals belogen, wenn du eine Wahl gehabt hättest, und ich weiß auch, dass du nie deines Jobs wegen mit mir geschlafen hast.«

Als er endlich den Kopf hob, lehnte sich Storm weit genug zurück, um ihn ansehen zu können. Etwas Verstörtes war in seinem Blick, das sie hypnotisierte. »Diesbezüglich habe ich nicht gelogen«, flüsterte sie. »Was ich fühlte, als du mich berührtest … wie sehr ich dich begehrt habe. Ich wollte nicht, dass das passiert, Wolfe, aber ich konnte nichts dagegen tun. Und ich konnte dir nicht die Wahrheit darüber sagen, darüber, wie ich mich fühlte, als ich log, weswegen ich hier bin …«

Er legte die Hände um ihr Gesicht, und seine glühenden Augen wurden noch wilder. »Sag es mir jetzt.«

Storm zögerte nicht. So lange eine Chance bestand, dass er ihr verzeihen konnte, war sie bereit, alles aufs Spiel zu setzen, was sie hatte, jeden Funken Stolz und jedes kleinste Maß an Würde. Vollkommen aufrichtig sagte sie: »Ich habe mich schon am allerersten Tag in dich verliebt, als ich aufblickte und du dastandst und mich so finster und übelgelaunt angesehen hast …«

Wolfe gab einen heiseren Laut von sich und küsste sie. »Ich liebe dich.«

Sie wusste nicht, wie viel Zeit verstrich, doch allmählich erkannte sie, dass Wolfe auf der Couch saß und sie auf seinem Schoß, von seinen Armen umschlungen. Es war eine erstaunlich bequeme Position, und sie schmiegte sich mit einem Seufzer noch fester an ihn, auch wenn ihr Verstand nun wieder normal zu arbeiten begann – mehr oder weniger zumindest.

Leise sagte sie: »Ich wollte dich nie belügen, Wolfe. Das musst du mir glauben.«

»Ich weiß«, erwiderte er ebenso leise. Seine Stimme klang noch etwas angestrengt. »Schon bevor du von dem Karussell weggingst, wusste ich es. Dann war Max da, und er erklärte mir zusammen mit Jared, weshalb sie beschlossen hatten, mich nicht in ihre Pläne einzuweihen.«

Storm blickte ernst in seine Augen. »Jared hat mir natürlich nicht alles gesagt. Er sagte lediglich, Max wolle nicht, dass du dich zwischen deiner Loyalität ihm und deiner Verantwortung Lloyd's gegenüber hin- und hergerissen fühltest. Er meinte, dein Job sei, die Sammlung zu schützen, und da sich daran nichts änderte, was immer sie auch planten, gebe es keinen Grund, dass du Bescheid wissen solltest.«

Wolfe lächelte ein wenig, doch es war ein wehmütiges Lächeln. »Das hätten sie eigentlich beide besser wissen müssen.«

»Ich dachte auch, das hätten sie beide besser wissen sollen«, pflichtete sie ihm bei, »aber das zu sagen, stand mir natürlich nicht zu. Mir scheint, sie wollten eigentlich nur, dass du es so spät wie möglich herausfindest, damit sie sich einen guten Grund dafür ausdenken konnten, dich zu überreden, dass es das Richtige sei, die Sammlung als Köder zu benutzen.«

»Ich glaube, da hast du recht.«

»Aber trotzdem, als ich meine Gefühle für dich erkannte, war ich in der Zwickmühle. Interpol hat mich schon im College angeworben – sie brauchten technische Spezialisten, und mit einem Abschluss als Programmiererin und einem in Jura hatte ich genau das, was sie suchten – und ich habe nie Anordnungen missachtet. Und da war also nun Jared, der sagte, er wolle nicht, dass du Einsicht in das Programm bekommst, das ich erstelle, und gleichzeitig verliebte ich mich so sehr in dich, dass ich mich so subtil und vorsichtig verhielt wie ein Komet, der auf die Erde zurast …«

Wolfe küsste sie. »Ich nehme an«, sagte er, »dein Programm hat eine dieser Türen, eines dieser Schlupflöcher, über die wir vor einer Million Jahren sprachen? Groß genug, um einen Dieb einzulassen?«

»Also, *eines* meiner Programme hat so etwas. Ich schreibe nämlich zwei, die vollkommen gleich sind – nur dass das eine eben eine Schwachstelle hat – eine Tür. Der ursprüngliche Plan war, es bei Ace als Köder zu hinterlegen.«

»Ich habe mich schon gefragt, wann wir zu Ace kommen würden«, erklärte Wolfe mit sichtlicher Zufriedenheit. »Ich habe immer gewusst, dass mit Max' angeblichem Vertrauen in diese Firma etwas faul war.«

Storm blickte ihn überrascht an. »Du meinst, du hast keine Ahnung? Sie haben es mir überlassen, dir alles zu sagen?«

»Sie sind durch und durch korrupt, alle beide«, antwortete Wolfe prompt, doch dann lächelte er schuldbewusst. »Um die Wahrheit zu sagen, ich war nicht recht in der Verfassung, um darüber zu reden. Ich weiß einiges, aber nicht alles. Also, schieß los – was hat es mit Ace auf sich?«

Sie räusperte sich. »Ich nehme an, du hast nicht gewusst, dass die Firma Max gehört?«

Er blickte sie an. »Nein.«

Storm war froh, dass wenigstens diese Lüge (oder das Verschweigen der Wahrheit) nicht ihr zuzuschreiben war. Und sie fragte sich, ob das der Grund war, weshalb die beiden Männer es ihr zugeschoben hatten, die Lücken zu füllen. Zweifellos hielten sie es für das Beste, sich nicht in Wolfes Reichweite zu begeben, wenigstens bis er genügend Zeit gehabt hatte, ihre verschiedenen Tricks und Listen zu verdauen.

»Ja, so ist es«, sagte Storm und versuchte dabei, möglichst beiläufig zu klingen. »Als sie beschlossen, die Sammlung als Köder zu benutzen, schleuste Jared ein paar Leute bei Ace ein. Sie sollten vorgeblich für Bestechung zugänglich sein, und auf diesem Weg sollte mein falsches Programm als Teil des Köders mit herhalten.«

»Moment mal«, warf Wolfe stirnrunzelnd ein. »Die Angestellte, die ermordet wurde, verschaffte sich angeblich Zugang zu sicherheitsrelevanten Dateien …«

Storm nickte. »Das hatte niemand vorhergesehen. Jared war ja noch dabei, seine Leute in der Firma zu etablieren; eigentlich sollte nichts passieren. Niemand rechnete damit, dass ein Dieb Interesse an dem Museum zeigen würde, bevor die Ausstellung dort eingerichtet sein würde.«

Einschließlich Wolfe. »Ja. Und dass eine Angestellte von Ace tatsächlich ermordet wurde, wahrscheinlich nachdem sie erpresst worden war, hat bei mir natürlich Alarm ausgelöst, was diese Firma anbelangte.«

»Und das hatte sich natürlich absolut niemand so gewünscht«, kommentierte Storm nüchtern.

»War die Computerpanne Absicht?«

Sie kicherte. »Eigentlich nicht. Eigentlich war es so gedacht, dass der Techniker den Großteil der Basisprogrammierung erledigen und dann vorgeben sollte, dass ihm das Ganze über den Kopf wächst. Er sollte sich unterwürfig entschuldigen und niedergeschlagen abreisen, und dann hätte Ace mich geschickt. Ich habe übrigens tatsächlich in Paris an einem anderen Projekt gearbeitet.«

»Aber nicht für Ace«, murmelte Wolfe.

»Nein.«

»Und was ist dann passiert?«

»Der arme Kerl hat tatsächlich Mist gebaut«, antwortete Storm wehmütig. »Woraufhin du an die Decke gingst und Ace zum Teufel gewünscht hast, und alle – ich meine Jared und Max – befürchteten, du würdest jetzt querschießen und eine andere Sicherheitsfirma verlangen. Also musste ich überstürzt anreisen und das blaue Auge, das Ace abbekommen hatte, möglichst rasch kurieren. Ich sollte dich überzeugen, dass ich die Beste bin, *und* deinen Argwohn von Ace ablenken.«

»Dein großspuriges Auftreten am ersten Tag war also nur Show?«

Sie schaute ein wenig betreten. »Nein. Das war ich schon wirklich, wie ich bin. Wenn du klein bist, lernst du, große Töne zu spucken – vor allem mit sechs älteren Brüdern.«

Wolfe grinste. »Dann bin ich ja erleichtert. Falls du es noch nicht weißt, einer der Gründe, weshalb ich mich in dich verliebt habe, ist dein selbstbewusstes, furchtloses Auftreten.«

»Du warst einfach nur froh, jemanden zum Streiten zu haben«, sagte Storm, aber sie freute sich trotzdem.

»Das auch.« Er konzentrierte sich auf das Gespräch. »Jetzt, äh, sehen wir mal … ah ja – das angezapfte Telefon.«

»Das«, erklärte sie, »sollte eine weitere Ablenkung für dich sein – falls eine gebraucht würde. Jared dachte, ich hätte es zu früh benutzt, und er war entsetzt, als ich dich auf Nyssa aufmerksam machte.«

»Weshalb?«

»Weshalb Nyssa?« Storm seufzte. »Es ist so verwickelt. Weißt du, einer der bei Ace eingeschleusten Männer hat tatsächlich Informationen weitergegeben – an sie. Die Falle war nicht für Nyssa gedacht, aber sie wird schon seit Jahren von Interpol beobachtet, und dieser Agent wusste das. Er ließ etwas zu ihr durchsickern, das er für unwichtig hielt.«

Wolfe brauchte nur einen Moment. »Er verriet ihr die Sache mit dir.«

»Genau. Also spricht sie mich in der Damentoilette an und sagt mir, sie wisse, dass ich der neue Computertechniker sei, und schon habe ich ein potenzielles Problem. Aber sie sagt mir auch noch, dass ihr beide euch sehr nahe seid – ergo muss ich annehmen, dass sie ihre Informationen ohne Weiteres auch dir mitteilt –, und zu diesem Zeitpunkt wusste ich ja noch nicht, was noch alles zu ihr durchgesickert ist. Egal, was sie dir erzählen würde, es würde deinen Ärger und deine Aufmerksamkeit sofort wieder auf Ace lenken. Also entschließe ich mich, den Stier bei den Hörnern zu packen. *Ich* sage dir, sie habe irgendwie von mir Wind gekriegt, und gleichzeitig tue ich mein Bestes, um dich zu überzeugen, dass sie das unmöglich von Ace hat erfahren können.«

»Du bist ja ganz schön verschlagen«, sagte Wolfe.

»Danke. Aber Jared war überzeugt, wenn deine Aufmerksamkeit Nyssa galt, würdest du früher oder später wieder auf Ace zurückkommen, deshalb war er nicht sehr glücklich mit mir.«

»Er wusste auch, dass sie unberechenbar ist«, sagte Wolfe mit einem Anflug von Unmut.

»Tatsächlich? Woher?«

»Storm, sie wurde von Interpol beobachtet, weil mindestens drei Kuriere, die angeblich Kunstwerke von ihr zu Käufern bringen sollten, tot aufgefunden wurden – und die Kunstschätze waren verschwunden. Und Nyssa war in allen drei Fällen der gemeinsame Nenner.«

Storm schauderte. »Ich bin froh, dass ich das nicht wusste. Übrigens, wie kam es dazu, dass ihr drei in letzter Sekunde hier aufgekreuzt seid?«

»Das ist der einzige Grund, weshalb ich noch mit Jared rede. Der Mann, von dem er Nyssa beschatten ließ, hatte durchgegeben, dass sie dir ins Hotel gefolgt war.«

Storm wollte nicht noch länger bei diesem Thema bleiben, und so sagte sie ruhig: »Na ja, ich kann nur hoffen, dass dich all das ein für alle Mal von Barbiepuppen geheilt hat.«

»Das kannst du laut sagen. Tatsächlich habe ich ein neue Leidenschaft entdeckt.«

Sie sah ihn fragend an. »Ach ja?«

»Definitiv. Ich gehe davon aus, dass sie in den nächsten vierzig oder fünfzig Jahren all meine Aufmerksamkeit erfordern wird.«

»Das ist eine lange Zeit«, meinte sie ernst. »Bist du sicher, dass dir nicht langweilig wird?«

Wolfe begann, herzhaft zu lachen. »Langweilig? Du lieber Himmel.«

Jetzt musste auch Storm lachen. »Okay, dann die Kehrseite«, meinte sie. »Bist du sicher, dass ich dich nicht in den Wahnsinn treibe?«

»Ich bin absolut sicher, dass du das tun wirst«, erklärte er. »Und anders will ich es auch gar nicht haben.«

Einige Tage später fuhr Wolfe von Storms Hotel zu seinem Apartment, um sich umzuziehen, denn sie wollten mit Max und seiner neuen Frau Dinah zum Essen gehen. Wolfe und Storm waren noch nicht zusammengezogen, aber nur, weil sie nach einer Wohnung oder einem Haus mit Garten suchten, wo Bear Insekten jagen und in der Sonne liegen konnte. In der Zwischenzeit verbrachten sie die Nächte jeweils in ihrer Suite oder seinem Apartment, je nachdem, was gerade näher oder bequemer war.

Wolfe war in guter Stimmung, als er für den Abend angezogen aus seinem Schlafzimmer kam, doch er spannte sich etwas an, als er sah, dass er einen Besucher hatte – wenngleich er vielleicht zugegeben hätte, auch eine gewisse Erleichterung zu verspüren.

Der Besucher war ganz in Schwarz gekleidet, aber unmaskiert. Er stand am offenen Fenster, durch das er offenbar auch in das im dritten Stock gelegene Apartment hereingekommen war, und sagte leichthin: »Ich habe deine Aufforderung erhalten. Aber Wolfe, also wirklich – eine Kontaktanzeige in der Zeitung?«

»Das Letzte, was ich hörte«, erwiderte Wolfe, »war, dass du keine feste Adresse hast.«

»Stimmt.« Quinns Stimme war noch immer freundlich, doch seine grünen Augen beobachteten scharf – und das offene Fenster war nah genug für eine schnelle Flucht, falls nötig. »Aber – du hast anscheinend vor, auszugehen. Soll ich nicht ein andermal wiederkommen?«

»Rühr dich nicht vom Fleck.«

Wolfes bestimmender Ton ließ Quinn zusammenzucken.

»Das war lediglich ein Vorschlag. Ich wäre ja nicht gleich von der Erdoberfläche verschwunden.«

»In London hast du das gemacht.«

»Das war etwas anderes. Damals bekam ich das sichere Gefühl, dass du im Begriff warst, etwas zu tun, das wir beide bedauert hätten, deshalb habe ich mich aus dem Staub gemacht. Die Versuchung weggenommen, sozusagen.«

Wolfe winkte mit einer abrupten Geste ab und musterte seinen Besucher aus zusammengekniffenen Augen. »Du siehst ja übel aus«, bemerkte er, auf Quinns diverse Blutergüsse und sein nur langsam heilendes blaues Auge anspielend, die das ansonsten gut aussehende Gesicht ziemlich entstellten.

»Oh, allerbesten Dank.«

»Na ja, was soll ich denn sonst sagen? Willkommen in den Vereinigten Staaten? Wohl eher nicht. Ich will wissen, was du hier tust. Und ich will die Wahrheit.«

Nach einem Schweigen, währenddessen er Wolfes Entschlossenheit abzuwägen schien, seufzte Quinn. »Also gut«, sagte er dann. »Aber die Antwort wird dir das Leben nicht leichter machen.«

Am Freitagmorgen in dieser Woche kam Morgan etwas überstürzt in den Computerraum, holte den Besucherstuhl aus der Ecke und ließ sich darauf plumpsen.

Storm unterbrach ihre Arbeit – sie gab gerade ihr neues Programm in den Computer ein –, stützte sich auf einen Ellbogen und studierte ihr brünettes Gegenüber nachdenklich. »Du siehst ein bisschen bedrückt aus«, sagte sie.

Morgan atmete tief durch und begann dann, hastig zu sprechen. »Als ich heute Morgen aufwachte, fand ich ein bunt eingepacktes Päckchen an meinem Türgriff hängen. Und zwar auf der *Innen*seite. Die Tür war doppelt verschlossen und verriegelt, wohlgemerkt. Und hat ihn das vielleicht aufgehalten? Keineswegs.«

»Quinn?«, riet Storm.

Morgan holte ein Schächtelchen aus ihrer Tasche und schob es Storm über den Schreibtisch zu. »Schau dir das an. Eine Kopie, natürlich, aber eine verdammt gute. Dieser lausige Dieb hat Geschmack, das muss man ihm lassen.«

Storm öffnete es, und ein spektakulärer Ring kam zum Vorschein, mit einem riesigen, quadratischen Stein, der wie Mondlicht glänzte. »Er ist unglaublich schön«, sagte sie bewundernd.

Morgan blickte düster. »Das ist ein Nagel für seinen Sarg.«

»Wieso?«

»Es gibt eine ganze Kollektion davon in einem Museum im Osten«, erklärte Morgan, fast sichtlich kochend vor Wut. »Er wusste, dass ich ihn erkennen würde. Er wusste es! Das hat er mit Absicht getan, nur um mich zu verspotten. Und wenn er meint, ich würde tatsächlich beginnen zu glauben … Ach, was soll's. Der Punkt ist …«

»Morgan?«

»Was?«

Storm hielt das Etui hoch und klopfte mit dem Finger auf den Ring. »Sagst du mir, was das ist?«, fragte sie.

»Es ist ein Ring für eine *Mätresse!*«, rief Morgan beinahe jammernd. »Dieser lausige Dreckskerl hat mir einen Ring geschenkt, wie er in Harems gang und gäbe war!«

Storm konnte nicht anders, sie musste lachen. »Entschuldige«, sagte sie reuig. »Aber es ist doch wirklich so, dass er haargenau weiß, wie er dich zur Raserei bringt, nicht wahr?«

»Was er weiß, das ist, wie er mich sauer machen kann!«, konterte Morgan wütend. »Und das hat er geschafft. Vielleicht war ich ja blöd genug, ein paar Gelegenheiten zu verpassen, ihm die Polizei auf den Hals zu hetzen, aber das wird mir nicht noch mal passieren.«

»Nein?«

»Nein. Er hat sich heute an die Spitze der Liste *meiner* Meistgesuchten gesetzt.«

»Das«, bemerkte Storm freundlich, »könnte man aber auch anders verstehen.«

»In der Stimmung, in der ich jetzt bin, würde ich die Zellentür höchstpersönlich zuknallen und den Schlüssel in die San Francisco Bay werfen. Dieser Kotzbrocken von einem Dieb!«

»Na ja, vielleicht bekommst du dafür ja eine Chance. Sobald die Sammlung Bannister aus den Tresoren heraus ist, wird es Quinn sein, der uns das größte Kopfzerbrechen bereitet, schätze ich.«

»*Er* wird sich den Kopf zerbrechen müssen«, erklärte Morgan grimmig. »Und zwar so sehr wie noch nie zuvor in seinem Leben. Wenn du Spaß daran hast, Wetten abzuschließen, dann kannst du auf mich setzen.«

FORTSETZUNG FOLGT

Deutsche Erstausgabe 2009
Weltbild Buchverlag – Originalausgaben –

Projektleitung: Almut Seikel
Übersetzung: Heinz Tophinke
Redaktion: Christine Schlitt
Umschlaggestaltung: zeichenpool, München
Umschlagabbildung: © Shutterstock (Arman Zhenikeyev)
Satz: avak Publikationsdesign, München
Gesetzt aus der Adobe Garamond 11/12,5 pt
Druck und Bindung: CPI Moravia Books s.r.o., Pohorelice

Gedruckt auf chlorfrei gebleichtem Papier

Printed in the EU

ISBN 978-3-86800-076-4